Kurt Lanthaler

Der Tote im Fels

Ein Tschonnie-Tschenett-Roman

Diogenes

Lizenzausgabe mit
freundlicher Genehmigung
des Haymon-Verlags, Innsbruck

Das Glossar im Anhang enthält sachliche und
sprachliche Erläuterungen und Übersetzungen
Umschlagillustration von
Peter Kaser

*Ähnlichkeiten mit lebenden
und verstorbenen Personen, Zuständen und
Vorkommnissen sind rein zufällig*

Für Berta

Veröffentlicht als Diogenes Taschenbuch, 1999

Diogenes Verlag AG Zürich
30/00/43/2
ISBN 3 257 23130 X

Diogenes Taschenbuch 23130

1

Als ich ihn zum ersten Mal sah, war er tot.

Als ich ihn zum zweiten Mal sah, war er immer noch tot. Und mir ziemlich gefährlich geworden.

In den Tagen dazwischen sollte ich, nicht ganz unfreiwillig und nicht eben im Zustand völliger Unschuld, noch anderes zu sehen bekommen. Genug, um weder die Toten noch die Lebenden zu beneiden.

Der hier war einfach tot. So weit vom Leben entfernt wie sonst nie. Aber was konnte man von dem Mann auch anderes verlangen.

Sie hatten soeben fünf Kubikmeter bestes, massives Alpengestein abgesprengt in diesem Tunnel. Dazu waren sie schließlich da.

Man hatte sie ins Pflerschtal geschickt, um ein Loch durch den Berg zu wühlen. Einen Tag nach dem anderen. Sie hatten den Berg mit kleinen Nadelstichen angebohrt, Sprengstoff hineingestopft. Und die Löcher scharf gemacht. Dann war der Tunnel geräumt worden. Die Druckwelle hatte Staub die Röhre hinausgeblasen. Entwarnung. Sie waren eingerückt, um das Gestein abzubauen. Der Hund am Nachbarshof beruhigte sich wieder. Bis zum nächsten Mal.

Ich hatte das schon oft genug miterlebt auf dieser Tunnelbaustelle. Weil ich mir hier schon oft genug die Füße platt getreten hatte. Bestellt, und nichts zum Abholen da. Es ist immer dasselbe, langweilige Spiel. Wenn die Fuhrunternehmer so einen wie mich überhaupt anheuern, dann nur, weil sie mit ihren Terminen in ärgsten Schwierigkeiten sind. Dann nehmen sie sogar so ungeliebte Idioten wie mich. Hauptsache, einer schafft es auf die Zugmaschine. Wie, ist egal. Einen solchen Job anzunehmen bedeutet: heute laden, vorgestern abliefern. Und dann bringt irgendein Büromensch die Termine durcheinander. Und man steht gratis stundenlang neben einem leeren LKW und wartet darauf, daß sie ihn endlich volladen.

An so was gewöhnt man sich. An anderes nicht.

Diesmal gab es Geschrei. Und alles lief. Richtung Tunnel.

Es ging mich zwar nichts an. Aber schließlich kannte ich einige der italienischen Arbeiter hier ziemlich gut. Vom Kartenspielen her.

Ich lief mit in die Tunnelröhre hinein. Gute fünf Minuten. Ein dunkles Loch. Als wir endlich angekommen waren, lag, am Ende des Tunnels, unter kniehohen Steintrümmern, ein Mann im schwarzen Anzug. Lag da, wo eigentlich nur freigesprengter Felsen liegen sollte.

Viel war von dem Mann zuerst nicht zu sehen. Die Arbeiter räumten mit bloßen Händen die kleineren Felsbrocken zur Seite.

Ich wollte mich nicht einmischen, hier waren sie zuständig. Zeit genug für mich, um genauer hinzuschauen.

Das, was man von dem Mann jetzt erkennen konnte, sah nach einem Abspüler mit dazugehöriger fünfzehnjähriger Karriere in der transalpinen Hotellerie aus. Hoffnungslos gezeichnet. Und so wie's aussah, trug er immer noch seinen Erstkommunionsanzug. Seit zwanzig Jahren. Gestreift, und an den Ärmeln um ein paar Zentimeter zu kurz. Das Gesicht war staubbedeckt. Wie das einer reichlich alternden Dame von einer dicken Puderschicht überzogen. Ich kannte ihn nicht.

Es war wie immer: Angesichts eines Toten wurde ich ruhig; und wurde die Kotzgefühle nicht los.

»Himmel«, sagte ich, »wozu denn das?«

»Non gridare«, sagte Santini, der Vorarbeiter, hinter mir.

In der feuchten Dunkelheit hier drin hatte ich ihn noch gar nicht bemerkt.

Non gridare, dachte ich. Und ob, Santini. Ich hatte vor ein paar Tagen genug Geld an ihn verloren, um hier tagelang herumschreien zu dürfen.

»Non serve a niente«, sagte Santini, »bringt nichts.«

Dasselbe hatte er gesagt, als ich mir Geld leihen wollte, um weiterspielen zu können. Für einen Italiener kann Santini verdammt trocken sein. Diesmal mußte ich ihm recht geben. Hier konnte wirklich nichts mehr helfen. Jedenfalls nicht im Augenblick.

Der Tote hatte einen Aktenkoffer in der Hand. Nicht einmal mehr sterben schien man zu können ohne diese grausligen Dinger.

Die Arbeiter versuchten, mit Stangen die größeren Felsbrocken zu bewegen, um die Leiche frei zu bekommen. Wenn man dem Toten nicht alle Knochen brechen wollte, war das eine verdammt komplizierte Angelegenheit. Und aus irgendeinem Grund wollten sie ihn so unbeschädigt wie möglich da herauskriegen. Vielleicht war es einfach ihre Art von Mitleid.

Die Luft war feucht hier drin und warm. Man schwitzte vom Nichtstun. Ich jedenfalls. Es war mir ein Rätsel. Was wir alle nicht verstanden: Wie, verdammt, wie war der Tote in den Berg gekommen?

»Bestia. Quà qualcuno cerca di fotterci«, sagte Santini, der Vorarbeiter. »Irgendwer scheißt uns hier an.«

Weiter draußen im Tunnel hatte es vor Monaten Schwierigkeiten gegeben, weil ihnen bei den Bohrarbeiten ein ganzer Bach entgegengekommen war. Dafür fehlte der Pflerer Sonnseiten dann plötzlich das Wasser. Was deswegen besonders schlimm war, weil man nun gezwungen war, Schattseitwasser zu trinken. Und das, da waren sich die Leute auf der Sonnseiten einig, schmeckte nach gar nichts.

Aber das hier war etwas anderes. An der Stelle, wo sie heute gesprengt hatten, war der Fels so massiv gewesen, wie man es sich als Tunnelbohrer nur wünschen konnte.

Es war eine etwas eigenartige Situation. Da standen an die fünfzehn Männer in einem halbfertigen Tunnel. So weit im Berg drin, wie sie sich wie die Maulwürfe in den letzten Monaten hineingearbeitet hatten. Und ich, ein verhinderter Aushilfs-LKW-Fahrer, stand dabei. Vor uns der eben abgesprengte Steinhaufen. Und mittendrin eine Leiche.

Die Tunnelbauer hatten bei ihrer Arbeit schon Tote gesehen. Ich auch. Dieser hier fiel etwas aus der Reihe.

So Scheißunfälle wie der am 1. Mai, vor genau einer Woche, saßen ihnen allen noch lange in den Knochen. Es hatte einigen Ärger gegeben, damals. In den Wohnbaracken der Tunnelarbeiter war viel geredet worden, heftig und laut. Natürlich wollten sie sich ein Haus bauen mit dem Scheißgeld, das hier zu verdienen war. Aber ein Toter braucht kein Haus.

Und dann waren plötzlich alle aus ihren Löchern gekommen und über sie hergefallen, genau einen Tag lang: Polizei, Carabinieri, das Arbeitsinspektorat, die Gewerkschaft und ein Arbeiterpriester. Ein paar Stunden lang war die Gewerkschaft laut geworden und hatte eine blasse Schmalbrust geschickt, die in einem früheren Leben einmal einen zweifingerdicken Schrieb über Arbeitssicherheit verfaßt haben mußte. Ohne sich dabei auch nur den Zeigefinger zu verstauchen.

Die Firma hatte sich auf das Schicksal hinausgeredet, als ob es Teil des Arbeitsvertrages wäre. Und ansonsten nicht die geringste Schuld an sich entdecken können. Wie auch. Scheiß Schreibtischhocker. Mehr hatte man hier für die nicht übrig.

Die Arbeiter wußten, daß die Höhe ihres Gehaltes auch etwas damit zu tun hatte, daß das hier immer wieder zu einem Höllenjob werden konnte. Aber verheizen ließ man sich ungern. Und daß einer von ihnen ausgerechnet an einem 1. Mai jämmerlich von einem Felsbrocken erschlagen wurde, war ihnen doch zuviel. Außerdem hatte der Unfall einen unangenehmen Beigeschmack von Unausweichlichkeit gehabt. Etwas von einem Gottesurteil. Von einem Menschenopfer. Mitten in der Arbeit hatte sich von der

Tunneldecke eine metergroße Felsplatte gelöst. Und war zentimetergenau auf den Arbeiter geknallt.

Man hatte den Zeitdruck ganz einfach auf sie abgewälzt. Und der hatte einen von ihnen unter sich begraben.

Jahrelang waren die Tunnelbauarbeiten wegen politischer Kungeleien verschleppt worden. Die Politiker hatten sich aufgeführt, als hätten sie es mit einem Jahrhundertwerk zu tun. Dabei ging es eigentlich nur darum, einen neuen Eisenbahntunnel zu bauen. Der alte war an die hundert Jahre alt. Die k. u. k. Ingenieure hatten damals eine unterirdische Schleife durch das Pflerer Tal gezogen, um den hustenden Dampflokomotiven die Arbeit auf dem Anstieg zum Brenner zu erleichtern. Mit einer Steigung von 23 Promille und Kurvenradien von bis zu 229 Metern.

Für das moderne Europa war das zuviel und zuwenig. Der neue Tunnel sollte einen größeren Radius bekommen, um höhere Geschwindigkeiten zu erlauben. So einfach war das. Eigentlich. Und unter normalen Umständen. Gekommen war es ganz anders.

Was Tunnels anbelangte, war man etwas heikel hier in der Gegend. Geplant war seit gut dreißig Jahren eigentlich einer, der tief unten im Berg den Brennerpaß unterlaufen sollte. Das Problem dabei war vor allem, daß der Brennerpaß zugleich auch Grenzübergang war. Und nicht nur irgendeiner. Sondern ein tirolischer, und ein italienischer, und wer weiß was noch. Und einen solchen Grenzübergang einfach so zu untertunneln war anscheinend nicht möglich. Jahrelang hatten sie sich gerauft und hinten und vorn intrigiert. Und dafür und dagegen. Und wenn es schon einmal gegen die Tunnel ging, dann lieber gleich gegen alle. Auch gegen den Pflerer. 1988 sollte er eigentlich schon fertiggestellt sein und die Kleinigkeit von neunzig Milliarden Lire gekostet haben. Jetzt schrieben wir das Jahr 1991, und wann der Tunnel fertig werden würde, stand in den Sternen.

Im letzten Jahr hatten sie es dann plötzlich eilig gekriegt mit dem Tunnel. Höchstwahrscheinlich aus denselben Gründen, aus denen man vorher dagegen gewesen war.

Nach dem Unfall hatten ein paar von ihnen einen Streik versucht. Umsonst. Die Gewerkschaft war verschwunden. Und ich hatte bei der Firma *M-Bau* zwei Fuhren abgesagt. Daraufhin hatte mich die *M-Bau*-Chefin einen sturen Hund genannt. Kann sein, daß sie recht hatte. Ich weiß es nicht.

Ich wußte auch jetzt nicht unbedingt, was ich tat. Es hatte mich niemand hierher geschickt. Ich hätte draußen an meinem LKW warten können. Bis sich die Aufregung gelegt hatte. Statt dessen stand ich in einem Tunnel, an dem die italienischen Staatseisenbahnen seit Jahren herumbauten. Und vor mir lag eine Leiche.

Vielleicht war mir die Fahrerei zu langweilig geworden. Vielleicht war mir in dieser Alpenrosengegend auch einfach zuwenig los. Oder zuviel. Und ich hatte die Kontrolle verloren, über mich. Aber wann hat man die schon.

Sie arbeiteten sich behutsam vor. Als ob der hier noch am Leben wäre. Während die Arbeiter wieder einen Felsbrocken zur Seite räumten, kam der Aktenkoffer langsam deutlicher zum Vorschein. Wir hatten hier also nicht nur eine Leiche im schwarzen Anzug gefunden, die nicht älter als ein paar Tage sein konnte. Sondern in deren Hand auch noch einen Aktenkoffer. Aus Leder.

Hier, wo ringsherum bis vor kurzem noch massiver Fels gewesen war, und sonst nichts. Und über unseren Köpfen ein Berg, der auf gut zweitausend Meter Höhe kam. Oben lag noch jede Menge Schnee. Schließlich hatten wir grad Anfang Mai.

Ich hatte das deutliche Gefühl, daß hier etwas nicht stimmte. Ich wußte nur noch nicht, was.

Die Tunnelarbeiter hatten den Koffer bisher nicht gesehen, weil sie zu sehr damit beschäftigt waren, die Leiche freizuräumen. Oder er interessierte sie einfach nicht. Vielleicht aber wußten sie auch nur zu genau, was sie taten.

Keiner sagte etwas, als ich der Leiche den Aktenkoffer aus der Hand nahm. Sie taten, als würden sie nichts sehen. Oder sie sahen wirklich nichts. Zwei Finger waren noch einigermaßen fest um den Handgriff geschlungen. Ich zog mit einem Ruck am Koffer; es ging.

Die Arbeiter machten sich daran, die Stelle gegen einen Einsturz abzusichern.

»Meglio che tu te ne vai«, sagte Santini, der Vorarbeiter, zu mir. »Du gehst besser.«

Er war plötzlich wieder in meinem Rücken aufgetaucht. Und blendete mich jetzt mit seiner Stirnlampe. Nur gut, daß ich ihn vom Kartenspielen her genau kannte. Er war immer so. Kurz angebunden, manchmal undurchschaubar. Santini drehte die Lampe nach oben und sah mich an. Den staubigen Aktenkoffer in meiner Hand konnte er nicht übersehen haben.

»Non vorrei, che ti trovassero qua. Vai.«

»Già«, sagte ich. »Giusto quello che volevo fare. Bin schon weg.«

Und ging. Dem Tunnelausgang zu.

Es mußte wirklich nicht sein, daß mich irgendeiner dieser Ordnungshüter hier antraf. Ich hatte schon genug Ärger gehabt mit ihnen. In früheren Zeiten. Das sollte reichen. Und eigentlich wollte ich die nächsten Wochen und Monate so ruhig wie möglich verbringen. In meinem Alter war das auch zu verstehen. Gut achtunddreißig Jahre waren Grund genug, sich einen warmen Platz hinterm Ofen zu suchen. Nur hatte ich immer Pech dabei. Meistens saß da schon einer. Und tat unschuldig.

2

Langsam kam mir etwas frische Luft entgegen.

Ich war froh, wieder aus dem Loch herauszukommen. Licht, Luft und das bißchen Sonne, das zur Zeit schien. Sonst sind mir solche Dinge ziemlich egal. Aber die letzte halbe Stunde in dem warmfeuchten Tunnel hatte mir gereicht. Weiß der Teufel, ob das schon Höllenhitze war, die da aufstieg. Schließlich lag da drin ja auch ein Toter herum.

Meine Augen mußten sich erst an die Helligkeit gewöhnen.

»Tschenett, dich wollte ich hier eigentlich überhaupt nicht sehen.«

Das war im Umkreis von mindestens fünfundzwanzig Kilometern der fähigste Carabiniere. Sagte er. Prackwieser, ein Gesicht wie der Name, den er trug. Und eine ziemlich gesprenkelte Laufbahn. Aber was dieses Thema betraf, durfte ich selber auch nicht allzuviel lästern.

»Gleich werden Sie überhaupt keinen mehr sehen wollen, Chefinspektor.«

Chefinspektor mochte er gar nicht.

Er war mir nie sehr sympathisch gewesen. Ohne besonderen Grund. Einfach so. Höchstwahrscheinlich hatte er nicht einmal Schuld dran, auch wenn er mich ein paarmal recht unsanft behandelt hatte. Aber dazu war er ja ein Karpf. Auch so Heinis, die nur Geld kosten. Und Ärger machen. Völlig überflüssig. Vielleicht sollte ich's ihm einfach verraten. Daß ich vor ihm dagewesen war.

»Falls Sie's noch nicht erfahren haben: Da drinnen liegt eine Leiche und wartet auf Sie.«

»Das ist gar nicht nett, Tschenett.« Wenn er bös wurde, fing er an zu reimen. Und hielt das dann für Humor. »Vorsicht«, sagte er.

»Beeilen Sie sich lieber«, sagte ich und wollte gehen, »sonst haut Ihnen die Leiche noch ab.«

In dem Bereich, das wußte ich zu genau, war er etwas empfindlich. Vor zwei Jahren war ihm einmal ein Mißgeschick passiert.

»Einen Augenblick noch, Tschenett«, sagte Prackwieser und setzte eines seiner übleren Gesichter auf, »was suchst du denn eigentlich hier?«

»Arbeit«, sagte ich und ging.
Einen trinken gehen ist schließlich auch Arbeit.

Hier auf der Baustelle stand erst einmal alles still. Soviel war sicher. Bis die mir den LKW mit ihren Bohrkronen und Gestängen vollgeladen hatten, konnte noch ein Tag vergehen. Überhaupt bei dem uniformierten Durcheinander, das jetzt auf der Baustelle auftauchen würde, um die Ordnung zu hüten. Es war kaum anzunehmen, daß ich mich heute noch nach Steyr auf den Weg machen konnte. Um Steyr war's nicht schade. Außer Nutten gab es da nichts Anständiges.

Ganz verloren stand er da, der Carabinieribrigadier Prackwieser. Ein halbes Stück Mensch, zwischen Aushub und Baumaschinen. Jetzt war er beleidigt. Vielleicht war ich doch zu grob zu ihm gewesen. Schließlich war er der kleinste Fisch unter seinesgleichen. Obwohl seit fünfzehn Jahren Carabiniere, hatte er in seinem Verein rein gar nichts zu sagen. Erstens war er nicht verschlagen genug, zweitens kein Italiener. Einer, der bei jedem Viehhandel über den Tisch gezogen wird. Und ich hatte ihn Chefinspektor genannt. Fast tat er mir schon wieder leid. Höchstwahrscheinlich dachte er darüber nach, was zu tun sei. Und denken ließ es sich am besten, solang er an sein blaues Dienstauto gelehnt war. Mehr als einen FIAT Panda hatte es für ihn nicht getragen. Traurig sah er aus.

Prackwieser war nur die Voraustruppe. Das wußte ich. Bedeutende Fälle hatten sie ihm schon seit langem keine mehr gelassen. Und sobald hochnotpeinliche Persönlichkeiten in irgendeine Sauerei verwickelt waren, mußte er froh sein, wenn er wenigstens die Autotüren aufhalten durfte. Und hier, das sagte mir irgendein Gefühl, würde sich bald herausstellen, daß man es mit einem komplizierten Fall zu tun hatte. So oder so. Und auch dafür war Prackwieser nicht der Richtige. Außer man brauchte einen Dummen.

Die vier Leute, die in der Bürobaracke saßen, werkelten mit ihren Papieren, als wüßten sie gar nicht, was sonst in der Welt alles vorgefallen war. Konnte gut sein.

»Ich fahr in die Bar hinaus. Ruft halt an, falls es heut noch klappt mit der Ladung«, sagte ich und grinste sie bös an.

»Mach uns nicht schlechter, als wir sind«, sagte einer der grauen Schreibtischmäuse. »Uns ist gesagt worden, du und dein LKW, ihr kommt erst morgen.«

»Gesagt worden. Blöd reden den ganzen Tag und dann sich wundern, wenn nichts Gescheites rauskommt.«

»Das waren die in deinem Büro, die den Fehler gemacht haben.«

Jetzt wurde mir's langsam zuviel.

»Ich«, sagte ich und haute ihm so ordentlich auf seinen Schreibtisch, daß ein paar Zettel durcheinanderflogen, »ich hab kein Büro. Oder schau ich so aus?«

»Tschenett«, sagte der Fette, der sich Bürovorsteher nennen ließ und, seit er es in einem alten Schinken gesehen hatte, Ärmelschoner trug, »Tschenett, mach uns hier nicht schon wieder einen Puff. Verstanden? Diesmal hol ich die Polizei. Ich sag's dir.«

Als Zeichen meines guten Willens fing ich an, den von

mir verunstalteten Schreibtisch zu ordnen. Und ließ mir Zeit damit. Die Schreibtischmaus sah mich gequält an. Er würde Stunden brauchen, um sich in seinem Zettelwerk wieder zurechtzufinden. Hatte er wenigstens eine Lebensaufgabe, und seinen Enkelkindern was zu erzählen.

»Die Polizei, Herr Bürovorsteher«, sagte ich, »die Polizei ist schon da.«

Es war sinnlos, sich auf eine Diskussion einzulassen. Ich kuppelte den Hänger ab und fuhr mit der Zugmaschine langsam die Kurven talauswärts.

Die ganze Geschichte kostete mich nur Geld. Ich hätte längst schon auf Fahrt sein können.

Wenn so einer wie ich eine Fuhre übernimmt, rechnet sich Zeit in Geld um. Aushilfsfahrer werden überhaps bezahlt. Egal was passiert. Auch wenn nichts passiert, wie jetzt, weil sie die Bohrgestänge, die ich mitnehmen sollte, noch gar nicht abmontiert hatten. Man mußte nicht hinterm Geld her sein, um zwischendurch auf die Uhr zu schauen. Wenn einer seinen Hintern schon aufhebt, um zu arbeiten, dann soll's wenigstens bald vorbei sein. Bis jetzt sah's mau aus damit.

Das einzige, was ich mir heute in vier Stunden erarbeitet hatte, war ein brauner Lederkoffer mit unbekanntem Inhalt. Und sogar der war sozusagen gestohlen. Einer Leiche. Und lag jetzt hinter dem Sitz meiner Zugmaschine.

In der ersten Kurve kam mir eine der Fahrerinnen der *M-Bau* mit ihrem LKW entgegen. Mehr auf meiner Seite als auf ihrer. Zwei Frauen hatte die *M-Bau* inzwischen auf dem Bock sitzen. Eine Blonde und eine Schwarze. Fuhren wie die Teufel, und sahen noch besser aus.

Gottseidank war ich nur mit der Zugmaschine unterwegs. Es wurde auch so knapp genug. Die Straße war verdammt eng hier. Bis jetzt war's immer gutgegangen. Zweimal hatte ein LKW einen PKW von der Straße geschoben. Zivilisten. Mehr war nicht passiert. Mit meinem Hänger dran wär's knapp geworden. Für beide höchstwahrscheinlich. Genauer weiß man's vorher nie. Sie hatte die Hand gehoben, ich hatte mit den Fingern gewachtelt. Die festangestellten Fahrer der *M-Bau* verzichteten meist darauf, wenn wir uns auf der Strecke trafen. Für sie gehörte ich nicht dazu. Mir sollte es recht sein. Solang man mich in Ruhe ließ.

Zwei Kurven weiter kamen mir die Ordnungshüter entgegen. Drei blitzblaue Carabinieri-Wagen. Sirene, Blaulicht. Ich konnte mir die Lichthupe nicht verkneifen. Sollten sie denken, was sie wollten. Sie wußten noch gar nichts. Nicht, was sie im Tunnel erwartete. Und nicht, daß sie dort nur mehr die Hälfte finden würden. Die uninteressantere.

Die andere war hinter meinem Sitz verstaut. Wo sie niemand suchen würde. Wenn die Tunnelbauer still blieben. Falls sie überhaupt gesehen hatten, daß ich ihn genommen hatte.

Vielleicht war auch gar nichts im Koffer. Nichts, was die Sache erklären würde. Den Toten. Und die mißliche Lage, in der er sich immer noch befand, mitten im Berg. Mir war das gleichgültig. Ich wollte nichts. Nicht unbedingt. Schließlich war ich LKW-Fahrer. Aushilfsweise. Und sonst gar nichts. Ich hatte es gar nicht eilig, das schwarze Ding zu öffnen. Hauptsache, ich hatte es. Irgend etwas würde dann schon passieren.

3

Bei Berta war, wie immer, kein Parkplatz mehr frei. Es gab nur einen.

Ich stellte meine Zugmaschine einfach an den Straßenrand. Sehr unvorschriftsmäßig. Einen Vorteil haben diese Geräte auf jeden Fall: Sie werden selten abgeschleppt.

»Einen Roten«, sagte ich.

Bertas Bar ist schon hoffnungslos überfüllt, wenn sie sieben Gäste hat. Meistens waren es ein, zwei mehr.

Dabei konnte man hier nicht einmal einen Espresso trinken. Berta hatte früher einmal eine Maschine gehabt. Geschenkt bekommen von einem Sterzinger Gastwirt, weil sie so alt war, daß ihm die Piefkes immer erschrocken davongelaufen waren, alldieweil der alte Schrotthaufen einen höllischen Krach machte, wenn er eingeschaltet wurde. Bei Berta hatte die Espressomaschine dann nach ein paar Wochen den Geist aufgegeben. »Weil sie das Pflerer Wasser nicht vertragt«, hatte Berta gesagt.

Eine Bar ohne ordentlichen Kaffee war für einen LKW-Fahrer eigentlich unmöglich. Trotzdem waren die LKWler Bertas treueste Gäste. Und ein paar alte Bauern, die hier nicht vorbeifahren konnten, ohne anzuhalten. Auf den betreffenden Höfen und beim Gossensasser Pfarrer war Bertas Bar gar nicht beliebt.

Als ich das dritte Glas Roten bestellte, sagte Berta: »Ich denke, du fährst.«

Stützte sich am Pudel auf und schaute mich an. Wenn Berta schaute, taten sich ganze Löcher im Erdboden auf.

»Woll«, sagte ich.

»Wenn schon einmal eine Fuhre kriegst«, sagte Berta und hatte gar nicht vor nachzugeben, »wenn schon einmal eine Fuhre kriegst, dann fahr sie auch.«

Man konnte ihr nicht bös sein. Da stand sie, ruhig und rund, hinter ihrem Pudel, und zog einem gestandenen Mannsbild die Ohren lang.

»Berta«, sagte ich, »es ist alles ganz anders.«

»Nicht schon wieder«, sagte Berta und schenkte mir Wein nach.

Bertas Bruder hatte das Haus gebaut, vor zwanzig Jahren mindestens. In dieses dunkle Loch direkt an der Straße. An der schmalsten Stelle im ganzen Pflerer Tal. Hinterm Haus hatte sich der Wald in die Felsen gekrallt. In der Hoffnung, nicht abzustürzen. Bertas Hennenstall hätte mindestens dran glauben müssen. Neben der Straße war grad noch Platz für den Pflerer Bach. Wenn er überging, was er regelmäßig tat, da konnte die Wildbachverbauung tun, was sie wollte, stand die Straße unter Wasser, und in Bertas Keller schwammen die Marmeladengläser. Den Rest der Zeit war's hier nur feucht und hinterschattig. Im Winter gab es Tage, wo die Sonne gar nicht zukam.

Aber dafür hatten sie, jahrein, jahraus, den Tribulaun vor sich. Eine Felsenpyramide, die sich steil in den Himmel reckt. Einmal war sie hinaufgeklettert, hatte mir Berta erzählt. Mit ihrem Verlobten, der ein ganz wilder Kraxler gewesen war. Das hatte ziemlich einen Aufstand gegeben im Tal, weil damals höchstens die jungen, feinen Damen, die in den Gossensasser Kurhotels abgestiegen waren, auf den Berg gingen. Und dann gleich der Tribulaun, vor dem sogar die Einheimischen einigen Respekt hatten. Der Verlobte war ein paar Jahre später, wie er mit einem Herrischen in der Tribulaun-Wand eine neue Route aufmachen sollte, abgestürzt. »Weil sich der Herrische blöd angstellt hat«, hatte Berta erzählt. Und war sich ganz sicher gewesen dabei. Und hatte trotzdem ihrem Verlobten die Schuld gegeben. »Herrische stellen sich immer blöd an. Das muß einer wissen, wenn er mit ihnen unterwegs ist. Wenn's nicht fürs Geld wär, wär sowieso gscheiter, man läßt die Herrischen allein hinaufsteigen und allein herunterfallen. Was hat unsereiner schon da ganz oben auf dem Tribulaun verloren. So weit gehn nicht einmal die Geiß. Dann muß der Mensch auch nicht so weit.«

Einen Zorn hatte sie immer noch auf ihren am Berg gebliebenen Verlobten, die Berta. Und hatte nachher sich auf keinen mehr eingelassen. »So oder anders hauen sie immer ab«, hatte sie gesagt, »meiner ist halt aus der Wand gefallen.«

Bertas Bruder war, kaum hatte er das Haus an diese unmögliche, aber grad noch bezahlbare Stelle gebaut gehabt, ledig wie er war, beim Sesselliftbau gestorben. Einen ziemlich gemeinen Tod. Keiner der Touristen, die sich sommers wie winters hier den Berg hinaufkarren ließen, ahnte auch nur im geringsten, daß Bertas Bruder in einem der Pfeilerfundamente des Sesselliftes ruhte. Und wenn sie's gewußt hätten, wär die Geschichte für sie nur ein etwas makabrer Teil des Lokalkolorits gewesen. Und dafür zahlten sie ja schließlich.

Die schon als Verlobte verwitwete Berta hatte sich umtun müssen. Sie hatte aus dem kleinen ebenerdigen Raum ihre Bar gemacht. Ohne Lizenz oder Genehmigung. Sie schenkte einfach aus. Bis jetzt hatte ihr noch niemand einen Strick daraus gedreht. Was bei der Geiermentalität, die manche Leute umtreibt, beinahe schon an ein Wunder grenzte. Aber die Berta kam mit den Leuten zu gut aus, und außerdem war sie mit ihren paar Litern Rotwein, die sie am Tag ausschenkte, offensichtlich doch niemandem eine unliebsame Konkurrenz.

Berta kannte ihre zwei Handvoll Kunden alle ziemlich genau. Nicht mehr oder weniger. Die Bar gab es seit gut zehn Jahren. Berta war jetzt fünfundsechzig.

Ich kannte sie seit fünf Jahren. Seit ich wieder ins Land zurückgekommen war. Ob ich mit dieser Rückkehr nicht einen Fehler gemacht hatte, darüber war ich mir immer weniger im klaren.

Dafür hatte ich bei Berta keine Zweifel. Sie war Gold wert.

Beziehungsweise das Geld, das ich im Lauf der Jahre bei ihr gelassen hatte. Dafür hatte Berta ihrerseits immer ein wachsames Auge auf mich gehabt. Sie konnte gar nicht anders. Und obwohl sie zeit ihres Lebens nicht aus dem Tal hinausgekommen war, verstanden wir uns bestens. Sie erzählte mir das Neueste von ihren Hennen, und ich ihr Geschichten aus der Zeit, als ich unter Grönland auf Nordmeerfischerei fuhr. Was lange her war.

»Der Tschenett. Da schaust di an. Stiehlst dem Herrgott wieder die Zeit, du unheiliger Nichtsnutz?«

Neben mir stand Christus. Arbeitete manchmal beim Sessellift. Wenn er nicht am Predigen und Trinken war.

»Tschenett«, sagte Christus und schaute trotz eines leichten Wacklers, der ihm durch die Knie ging, recht salbungsvoll drein, »Tschenett, geh beichten.«

Das hätte ich mir sonst von keinem sagen lassen. Christus konnte ich's nicht übelnehmen.

Zwei Tage nach dem Arbeitsunfall im Tunnel hatte er sich in aller Herrgottsfrüh auf einen Felsbrocken fünfzig Meter über dem Tunneleingang gestellt und den Vormittag lang gepredigt. Lauthals. Deutsch, italienisch und in seinem Privatlatein. Mittags war ihm die Stimme weggeblieben. Und höchstwahrscheinlich der Wein ausgegangen.

»Das Loch, das ihr in den Berg wühlt, führt euch direkt in die Hölle«, hatte er auf die Arbeiter heruntergeschrien.

Die hatten ihn nicht verstanden. Sie kamen aus der Poebene oder dem Bergamaskischen.

»Teufelszeug ist das. Und wenn's zehn Pfarrer einsegnen. Je schneller ihr durch die Welt fahrt, um so früher seid ihr beim Teufel.«

»Va al diavolo«, hatte ein Arbeiter zu ihm hinaufgerufen.

Ich hatte lachen müssen.

»Ich bin dem Teufel so nah wie Gott«, hatte Christus zurückgeschrien. Wie er dastand auf dem Felsen, mit fuchtelnden, spaghettidünnen Armen, konnte man ihm nicht bös sein.

Jetzt auch nicht. Wo er recht hatte, hatte er recht. Ich

hatte etwas zu beichten. Aber woher sollte Christus das wissen.

»Einen Roten für Christus, Berta, und einen für einen Ungläubigen«, sagte ich.

Christus versuchte sich an einem höfischen Knicks. Ich mußte ihn vor dem Umfallen retten.

»Eine Gottesgabe«, sagte Christus, als ich ihm das Glas in die Hand drückte. »Erleuchtung und Ewiges Leben.«

Nach dem Ewigen Leben sah er eigentlich nicht aus, der Christus. Eher schon nach einem frühen Tod.

Christus war ein lediges Kind. Und hatte es, wie alle ledigen Kinder, nicht leicht gehabt. Hier schon gar nicht. Irgend jemand muß ja schließlich zahlen für eine Ausschweifung, die eh nur zwei Minuten gedauert hatte. Christus war auf drei verschiedenen Höfen groß geworden. Hin und her geschoben. Wenn er davon erzählte, und dazu brauchte es einiges, und ein paar Liter und Vollmond, wenn er erzählte, erzählte er von Arbeit. Und so, als ob es schon Jahrhunderte her wäre.

Dabei konnte er höchstens vierzig sein. Man wußte das nicht so genau. Er selbst behauptete seit Jahren, er sei dreiunddreißig Jahre alt. »So alt wie unser Herr, als er gestorben ist«, sagte er. Und deswegen wurde er nicht älter. Vielleicht hatte er ja auch noch eine Mission in dieser Welt. Manchmal war es, als ob er selbst daran glauben würde.

Ich mußte langsam aufpassen. Mit dem Trinken ging's immer schneller vorwärts. Da gab's dann nur mehr zwei Möglichkeiten: Sich halten, oder die Geiß gehen lassen.

Man tat Berta kein Unrecht, wenn man ihren Wein

für die Kopfschmerzen vom Tag danach verantwortlich machte. Sie wußte das. Aber ihre Kunden wollten gar keinen anderen Wein. Ich auch nicht. Deswegen war's in Ordnung so.

»Du wirst mich noch brauchen«, sagte Christus und hielt das Weinglas wie einen erzkatholischen Kelch hoch. »Einer wie du nimmt kein gutes End. Es ist schad drum.«

Und dann drehte er sich von mir weg in die Ecke. Als ob ich nie dagewesen wäre. Als ob er mich nicht kennen würde. Christus redete mit sich und der Wand. Die zwei waren sich wenigstens einig.

Ich stand vor meinem Glas und schaute Berta zu, wie sie die Gläser spülte und trocknete. Eins nach dem anderen. Dann hielt sie sie einzeln gegen das Licht. Hauchte hinein und wischte mit dem Schürzenzipfel nach. Sie ließ sich Zeit damit. Als ob sie in ihrer Küche stehen würde. Eigentlich war es ja auch so. Nur daß sie halt ein großes Herz hatte und andere auch hineinließ.

Einer von Bertas Gästen ging. Ich kannte ihn nur flüchtig. Wenn er bei Berta zukehrte, saß er vor seinem Glas, sagte kaum ein Wort und kratzte sich andauernd in den roten Haaren. Irgendwie brachte ich ihn mit Unimog und Wildbachverbauung in Zusammenhang. War auch egal.

Als er an mir vorbeikam, blieb er stehen, kratzte sich und grinste dabei. Ich wollte ihn gerade zum Teufel schicken, als er mich, heiser und leise, fragte, ob ich mein Auto noch habe. Und schon wieder grinste. Schweinisch.

»Ja«, sagte ich und grinste zurück. Aber so schweinisch wie ihm wollte mir's beim besten Willen nicht gelingen.

Vielleicht hätte ich mir von Berta ein Belegtes machen lassen sollen. Die halfen. Jetzt war's zu spät. Falls die am Tunnel meinen Hänger heute wirklich noch vollgeladen kriegten, mußte ich mir eine Dusche verpassen. Unten im Bach. Scheiß Weinbauern; wußten genau, wo der Verschnitt am billigsten herzukriegen war. Und wir fuhren ihn auch noch durch die Gegend.

»Dann paß auf, daß es noch länger hast, dein Auto. Nicht daß es plötzlich weg ist, und du liegst im Krankenhaus mit einem dicken Schädel.«

Hatte er gesagt, und war schon verschwunden. Nur am Wein konnte es nicht liegen, daß mir irgend etwas spanisch vorkam.

»Berta, machst mir ein Belegtes?«

Ich konnte es ja trotzdem versuchen.

Berta schaute mich an. Ich wußte, was kommen würde. In ihren Augen war etwas aufgeblitzt.

»Das wird jetzt auch nichts mehr helfen.«

Hatte ich's doch gewußt. Wir kannten uns schon zu lange, Berta und ich, als daß wir uns etwas vormachen konnten. Ich ihr schon gar nicht.

Wenn mich nicht alles täuschte, hatte mir der Fuchsete etwas mitteilen wollen. Es war so: Ich hatte ein paar Fuhren gemacht für eine Pusterer Firma. Und die hatte nicht gezahlt. So was gibt es. In solchen Fällen muß man sich selbst zu helfen wissen. Ich hatte also bei der Firma, als ob nichts wäre, wieder eine Fuhre übernommen, nach Hamburg, den Hänger aber nach ein paar Kilometern schon im hintersten Ridnauntal abgestellt. So, daß man sich schon ziemlich anstrengen mußte, ihn zu finden.

Und seither war die Pusterer Zugmaschine sozusagen mein Auto. Auch nicht schlechter als etwas anderes. Aber eben hatten mir die Pusterer durch den flammhaarigen Boten mitteilen lassen, daß es damit aus und vorbei sei. Wozu braucht man schon eine Zugmaschine, wenn man im Krankenhaus liegt.

»Hab ich gar nicht gewußt, daß den Simml kennst«, sagte Berta.

»Kenn ich auch nicht.«

Berta schnitt Speck auf. Von Hand. So dünn, wie es sich gehörte. Sie konnte Leben retten damit. Vielleicht half es ja sogar in meinem Fall.

»Hat ins Pustertal geheiratet. Ist eigentlich ein Karneider und bei der Wildbachverbauung.«

Hatte ich also recht gehabt. Aber wenn ich die Dinge richtig sah, nützte mir mein Rechthaben auch nichts. Die wollten ihre Zugmaschine. Konnte ich verstehen. Und ich wollte mein Geld. Das würden die Pusterer Erdäpflköpf nie verstehen. Und deswegen hatten sie mir einfach angedroht, mich zu verhauen.

Ein schöner Tag. In der Früh aufstehen müssen wegen Arbeit, dann nicht arbeiten dürfen, dann eine Leiche, ein Karpf, und jetzt diese Pusterer Drohung. Mit einem Todesboten, der Simml hieß, heiser flüsterte und sich dauernd am roten Haar kratzte. Typisch Wildbachverbauung. Typisch Pustererisch.

Gottseidank waren da Berta und Christus. Wobei Christus immer noch mit der Wand redete. Und Berta mit mir.

»Hast etwas mit dem?«

Sie machte sich Sorgen. Berta eben.

»Nein, Berta«, sagte ich. »Ich hab nur mit dir etwas.«

Berta lachte. Wenn Berta lachte, konnte man kaum mehr stehen in ihrer kleinen Bar. Dazu blies der Wind zu sehr. Sie schenkte sich und mir einen ein.

Ich hatte nicht einmal gelogen. Seit ich wieder ins Land zurückgekommen war, war Berta die einzige, die mich regelmäßig zu Gesicht bekam. Weil sie sonst nichts zu tun haben, hatten sie sogar angefangen, in Andeutungen darüber zu reden. Berta und ich. Dabei hatte ich mich mit meinen achtunddreißig Jahren längst auf die Sechzehnjährigen verlegt. Falls es klappte. Und Berta war fünfundsechzig. Und meine einzige Freundin.

Der Simml schoß mir wieder durch den Kopf. Rotschopfeter Freund, dich hol ich mir. Und dann schob der Wein die Geschichte einfach weg. Zu gegebener Zeit würde mir schon irgend etwas einfallen. Mit sehr viel Glück vielleicht sogar das Richtige. Es gibt Schlimmeres als schweinisch grinsende Pusterer.

Ich war gerade mitten in Bertas Speckbrot, als ein neuer Gast hereinkam. So wie er aussah, mußte es draußen regnen.

»I bin a Bauer. A Großbauer. I bin a Bauer.«

Bertas neuer Gast hing neben mir am Pudel. Er war knapp davor, in die Knie zu gehen.

4

Der kleine alte Mann versuchte verzweifelt, sich am Pudel festzuhalten, um nicht zu Boden zu gehen. Ich konnte ihm deutlich ansehen, daß er damit nicht mehr lange erfolgreich sein konnte. Schließlich fand das Ganze direkt neben mir statt. Meinen Roten hatte ich schon in Sicherheit bringen müssen.

Ich griff dem alten Mann unter die Achseln, hob ihn hoch und versuchte, soviel wie möglich von seinem Oberkörper auf den Pudel zu legen. Aber ich hatte nicht viel Glück damit. Die Beine hingen in der Luft. Er war einfach zu klein. Deswegen rutschte er wieder langsam vom Pudel, obwohl er verzweifelt versuchte, sich an der Kante festzuhalten. Das hätte funktionieren können, wenn sein Kopf gewußt hätte, was seine Arme tun. Aber davon konnte keine Rede sein.

»I bin a Bauer. A Großbauer.«

Er wiederholte immer wieder dasselbe. Und wenn er den Satz die nächsten zehn Jahre herunterbetete: Wie ein Großbauer sah er nie im Leben aus. Und zehn Jahre würde er in diesem Zustand auf keinen Fall durchhalten. Höchstwahrscheinlich noch nicht einmal, wenn er fürderhin ein heiligmäßiges Leben führen würde.

»Setz ihn an den Tisch«, sagte Berta. »Sei so nett. Dem kann man das Stehen heut eh nicht mehr beibringen.«

So einfach war das gar nicht. In Bertas Bar gab es nur einen einzigen Tisch. Mit vier Stühlen. Weil mehr in dem kleinen Raum gar nicht Platz gehabt hätte. Und der Tisch war schon besetzt. Stammkunden. Kartenspieler.

»I bin a Bauer.«

Er konnte es nicht lassen. Es klang nach »Ick bän än Bälina«. Es glaubte ihm keiner. Deswegen war der Valt mit der Berta auch gar nicht zufrieden.

»Valt«, hatte Berta zum Tisch hinüber kommandiert, »laß uns den da niedersetzen. Sonst tut er sich noch was.«

Valt war ein Aster Bauer, was sozusagen die allernächste Nachbarschaft war und nicht recht viel mehr als drei Höfe und der Schuttabladeplatz der Eisenbahn, seit man sie vor einem knappen Jahrhundert in den Berg gehauen hat. Außerdem war der Valt Stammkunde bei Berta, solange sie die Bar hatte. Und er war gerade mit einem anderen aus Bertas Inventar am Karten. Und dabei hat ihn noch keiner vertrieben. Berta schon gar nicht. Die wußte, daß sie ihre Leute entsprechend zu behandeln hatte. Vor allem, wenn sie die Bußpredigten von Pfarrer und Bäuerin so tapfer schlucken und der Berta die Treue halten.

Valt und sein Kollege, der Ferdl, verstanden nichts mehr. Wieso wollte ihnen die Berta mitten ins Kartenspiel hinein so ein Stück Elend auf den dritten Stuhl setzen? Wie sollte da einer noch in Ruhe sich den Stich holen können, mit einem am Tisch, der sich so aufführte. Und dann standen sie beide wie auf Kommando auf, Valt sagte etwas von *ein andermal zahlen* und ließ das halbvolle Glas stehen. Für die eineinhalb Meter durch Bertas Bar brauchten die beiden eine Ewigkeit. Länger als der Fronleichnamsumzug ums Dorf.

In der Tür blieb der Valt noch einmal stehen und sagte, laut: »Sell woll. Großbauer. Aha. So schaut er aus. Großbauer, woll.«

Und lachte. Lachte im Weggehen, mit seiner tiefen Stimme, bis man ihn nicht mehr hören konnte.

»Da gibt's das nächste Mal etwas zu reden«, sagte Berta.

»Wenn sie überhaupt noch einmal bei dir hereinschauen.«

»Und ob«, sagte Berta. »In dem Alter gwöhnt sich ein Ochs nicht mehr um.«

Ich setzte den Alten an den Tisch. Er sank zusammen, der Kopf lag auf der Tischplatte. Zwischendurch schüttelte es ihn an Beinen und Füßen, als ob einer an einem Faden ziehen würde.

»A Großbauer. A Bauer.«

Stur war er. Das mußte man ihm lassen. Und auf und auf naß. Berta zuckte mit den Achseln.

»Wenn er uns stirbt, wissen wir nicht einmal, wie er geheißen hat.«

Ich konnte sehen, wie es in Berta arbeitete. Mit ihren Fünfundsechzig und in den zehn Jahren, wo sie die Bar hier hatte, war ihr einiges unter die Augen gekommen. Aber der Mensch, der da auf dem kleinen Bartisch mehr lag als sonst etwas, dieser kleine alte Mann, durch und durch pudelnaß, und so besoffen, wie man's nur sein konnte, dieses Stück Elend, das, seit es Berta in die Bar gefallen war, immer nur das eine, das aber mit Ausdauer wiederholte: »I bin a Bauer. A Großbauer«; der gab ihr zu denken.

Wenn es Berta ungemütlich wurde, dann steckte sie beide Hände in die tiefen Taschen ihrer Schürze und ballte sie zu Fäusten. Sie sah dann aus wie eine kugelrunde Katze, die einen Buckel macht.

»Ich kenn den, irgendwoher kenn ich den«, sagte sie.

Den alten Mann schüttelte es wieder am ganzen Körper. Ich hatte den Eindruck, als hätte er sich in den Sonntagsanzug geschmissen. Dabei war erst Mittwoch. Das war heute schon der zweite. Der Tote im Fels hatte sich auch im Wochentag vertan. Wurde langsam auffällig.

Ich kannte ihn nicht. Aber das hatte wenig zu bedeuten. Ich war kein Wipptaler. Nicht einmal ein richtiger Einheimischer. Sagten die Einheimischen. Dazu war ich zu lange weg gewesen. Und obwohl ich jetzt schon ein paar Jahre wieder im Land war, traute man dem Frieden nicht: Der ist eh plötzlich wieder weg, von einem auf den anderen Tag. Ich war ihnen nicht böse. Sie hatten nicht ganz unrecht.

Vom Dialekt her konnte der Alte gut auch aus der Sterzinger Gegend kommen. Dem Anzug sah man an, daß er schon jahrealt war. Die Hosenbeine waren von den Knien abwärts mit nasser Erde verdreckt, an den Bergschuhen klebten ganze Klumpen. Er sah beinahe aus, als sei er eben aus seinem eigenen Grab gestiegen.

Und so wie's aussah, war er Kunde bei der Raiffeisenkasse. Da war ich mir ziemlich sicher.

»Wenn jetzt einer kommt und uns zuschaut, sind wir fein heraußen.«

Berta hatte sich, in der Hand eine Tasse mit etwas Heißem drin, plötzlich neben mir aufgestellt. Ich hatte sie nicht bemerkt.

»Die Berta füllt die Leute an, und der komische Tschenett sackelt sie dann aus. Ganz deutlich, werden s' sagen, ganz deutlich war's zu sehen, er hat die Brieftasch in der Hand gehabt.«

»I bin a Großbauer«, stammelte der Alte.

»Deinem Ruf kann das eh nicht mehr schaden, Berta«, sagte ich.

Ich konnte mir die Stänkerei nicht verkneifen. Gleichzeitig versuchte ich, in der Brieftasche irgendein Ausweispapier zu finden.

»An meinem guten Ruf sind nur meine Kunden schuld«, sagte Berta, »und du auch. Und jetzt tu ihm seine Brieftasch wieder zurück.«

Weil eh nichts zu finden war, was uns sagen konnte, wie er hieß, tat ich Berta den Gefallen. Sie war wirklich tatsächlich nervös geworden. Das Kuvert mit dem Raiffeisenkassen-Aufdruck steckte ich auch zurück.

Daß das ein dummer Fehler war, war mir in diesem Augenblick nicht klar.

»Trinken S' das.«

Berta redete auf den Alten ein. Aber der hatte im Augenblick keinen Kontakt zur Außenwelt. Der Kopf auf der Tischplatte bewegte sich nur, wenn er wieder einmal behauptete, was ihm eh keiner glaubte. Und manchmal schüttelte es ihn. Wie wenn er von einem Weinkrampf gebeutelt würde. Aber da konnte ich mich auch täuschen.

Berta hatte es geschafft, dem Alten die Hälfte der dampfenden Flüssigkeit einzutrichtern. Aber auch nur, weil sie ziemlich robust gebaut war.

»Was für ein Gift gibst ihm da zu trinken?« sagte ich.

Berta ließ sich nicht abhalten.

»Bei Gift hilft nur Gift.«

Wenn das stimmte, mußte es dem Großbauer bald bessergehen. Berta hatte ihm gerade den Rest des Gesöffs in einem Mal hinuntergeschüttet. Den kleinen Körper des alten Mannes schüttelte es, als ob man ihn ans Stromnetz angeschlossen hätte. Er hustete ein paarmal. Berta zog den Alten hoch, setzte ihn so aufrecht als möglich in den Stuhl. Da saß er jetzt, still, der Kopf war auf die Brust gesackt.

»Irgendwo hab ich den schon gesehen«, sagte Berta.

»Und wo?«

Sie zuckte mit den Achseln. »Ich krieg's noch heraus. Da siehst, wie's ausgeht. Aber das kriegt ihr Laggl ja nie mit. Ihr erinnert euch nachher nicht einmal mehr daran. Höchstens, daß ihr einen Haufen weggeputzt habt. Daß ihr euch dann in die Hosen macht wie kleine Kinder, euch vollpoft und winselt, das kriegen nur die Weiber mit. Und wehe, die erinnern euch daran.«

»Die Weiber, die höllischen Weiber.«

Das war Christus. Er sprach immer noch mit der Wand. Diesmal eben so laut, daß wir es auch hören konnten.

»Sei so gut, Christus«, sagte ich, »und laß die Weiber in Ruh.«

»Frommen sollen sie dem frommen Manne«, sagte Christus und hatte sich extra dazu von der Wand weggedreht.

»Eben«, sagte ich, »dem frommen. Von mir aus. Fromm bin ich nicht. Also laß mich in Ruh.«

Christus tat einen Schritt auf mich zu.

Ich stellte mich an den Pudel und ging hinter meinem Weinglas in Deckung. Vielleicht konnte mich das vor Christus retten. Aber der war mitten im Schritt eingefroren und hörte schon längst nichts mehr. Er war wieder sein eigener Prophet.

»Nachfüllen, Berta, wenn dich drüberaussiehst.«

Für den Alten konnte man im Augenblick nichts tun. Wenn er Glück hatte, wirkte Bertas Zeug. Wenn er Pech hatte, blieb er in der kindlichen Unschuld hängen, in die er versackt war. Vielleicht hielt er das ja für Glück.

Berta schaute mich an. Irgendwas mußte ich sagen gegen ihren Sermon übers Trinken. Sonst war's hier ganz aus.

»Heißt das, daß ich jetzt irgendwo anders weitertrinken muß?«

»Untersteh dich«, sagte Berta. »In dem Zustand lass' ich dich nirgendwo mehr hin.«

Ich hatte keine Ahnung, wovon sie sprach. Mir war nicht schlecht. Mir war nur nach noch ein paar Gläsern Rotwein. Um sicher zu sein, daß die rosa Wolken am Himmel sich nicht plötzlich wieder verzogen.

5

Als ich die Zugmaschine abgestellt hatte, war ich mit mir zufrieden.

Bis der Telefonanruf von der Tunnelbaustelle gekommen war, hatte es noch seine Zeit gedauert. Lange genug, um noch ein paar Gläser zu trinken. Ich hatte zwar mit Berta streiten müssen, aber daran war ich gewöhnt. Sie hatte Angst um meinen Führerschein.

Der Büroheini hatte mir am Telefon das gesagt, was ich ihm schon vorausgesagt hatte: daß sie es heute nicht mehr schaffen würden, die Bohrkronenteile auf meinen Hänger zu laden. Als ich ihm das mittags prophezeit hatte, war er schwer beleidigt gewesen. Und am Telefon hatte er die Schuld der Polizei gegeben. Und der Leiche. Und dem Rest der Welt. Immer die anderen.

Ich hatte mich von Berta verabschiedet. Zeit, heimzufahren. Wenn es heut eh nichts mehr zu arbeiten gab. Berta hatte sich geweigert, mir eine Flasche Wein zu verkaufen. Das war noch kein Beinbruch. Irgendwo in meiner Wohnung mußte noch eine zu finden sein. Wenn man lang genug suchte. Und wenn mich meine verschwommene Erinnerung nicht betrog.

Auf dem Abstellplatz an der Staatsstraße war gerade noch Platz für meine Zugmaschine. Die *FERMCAR*-Leute behaupteten zwar, das sei ihr Parkplatz. Schließlich arbeiteten sie auch für Italiens größtes Fuhrunternehmen. Dabei gehörte der Platz eigentlich den staatlichen Eisenbahnen. Und ich war schließlich derjenige, der für die Eisenbahn arbeitete. Was aber auch nur stimmte, falls die bis morgen früh ihren Schrott auf meinen LKW verladen hatten.

Ich hatte mich nie an die Besitzvorstellungen der *FERMCAR*-Leute gehalten. Immerhin waren es von diesem Parkplatz nur noch fünf Minuten hinauf nach Maria Trens. Und da hatte ich meine Wohnung. In einem Haus, auf dessen Fassade *Waldfrieden* zu lesen war.

Nach Frieden war mir. Das Schlimmste, was mir heute abend noch passieren konnte, war, daß einer dieser *FERMCAR*-Leute meine Zugmaschine zuparkte. Aber das würde sich spätestens morgen früh herausstellen. Dann war es immer noch ärgerlich genug.

Es sah ganz danach aus, als ob es gleich noch einmal regnen würde. Jemand hatte den Deckel auf den Topf gelegt. Und jetzt saßen wir drinnen. Die Wolken hingen so tief, daß es schon dunkel geworden war.

Die Straße nach Maria Trens hinauf war heute wieder besonders steil. Das war manchmal so.

Um die Uhrzeit war es hier schon ziemlich ruhig. Auf der Staatsstraße unten hatte der Verkehr etwas nachgelassen. Über dem Kessel lag wie ein zerknittertes und verrotztes Leintuch ein orangerotes Licht. Von der einen Talseite bis zur anderen. Die Zollabfertigungsstation, die Mautstelle an der Autobahn und das Pulverlager des italienischen Militärs brachten das bißchen Luft, das zwischen schwarzer Erde und schwarzem Himmel übriggeblieben war, zum Leuchten. Dazwischen zogen ein paar Wolkenfetzen herum, die aussahen wie extra ausgeleuchtet.

Das Ganze erinnerte mich immer an eine ziemlich heruntergekommene UFO-Landestation. Ein Außenposten für besonders schlimme intergalaktische Sträflinge. Für Leute wie mich. Lichtstreifen, glänzendes Metall und die feuchte Luft reflektierten die Lichter wie in einem Spiegel.

Vielleicht waren auch schon ein paar Außerirdische gelandet. War gut möglich. Schließlich behaupteten die Leute hier ja, das sei der *schönste Fleck auf der Welt*. Mir kam ein Fleckenreinigungsmittel in den Sinn. Das mußte der Wein in meinem Kopf sein.

Schon wieder war mir nach Wegfahren zumute. Möglichst sofort. Irgend etwas fiel mir mit einem dumpfen Ton auf den Kopf. Höchstwahrscheinlich der Himmel. Aber dadurch wurde das Klopfen in meinem Kopf auch nicht weniger.

Der Weg in meine Wohnung war regelmäßig ein Martyrium. Ich wohnte im dritten Stock, unterm Dach. Auf dem Weg dahin mußte ich pro Stockwerk an je zwei Wohnungen vorbei, in denen entweder ein Polizist, ein Carabiniere oder ein Finanzer wohnten. Das ganze Haus war voll davon.

Und ich war der einzige Zivilist. Manchmal zweifelte ich sogar daran.

Als ich meine Wohnungstür aufsperrte, war ich mir in meinen Zweifeln sicher. Sie mußten sich ja etwas dabei gedacht haben, als sie mir die Wohnung zuschoben. Ich hatte lange genug gesucht. Bezahlbar und halbwegs menschlich. Und menschlich hieß für mich: zwanzig Quadratmeter, ein Scheißhaus und ein Loch zum Lüften als Dreingabe. War nicht aufzutreiben gewesen.

Hier mußte man es familiär dick hinten haben. Oder einen schönen fetten Bürojob. Oder ein Bauer sein. Oder sich mit viel Geld in der Landeshauptstadt einen Stadel kaufen, um dadurch zum Bauern zu werden. Und dann als Bauer aus dem Stadel eine Boznervilla machen. Dazu mußte man aber schon beinahe Regierungsmitglied sein.

So einer wie ich hat von Haus aus keine Chance auf seine eigenen vier Wände. Außer, er meldet sich beim Tierschutzverein.

Und was war mir passiert? Sie hatten mir diese Wohnung brühwarm angedreht. Eine Wohnung in einem Haus, in dem nur treueste Staatsdiener wohnten. Zu staatsdienerfreundlichen Mietpreisen. Und draußen an der Hauswand stand groß *Waldfrieden*, eine Inschrift, die schon mindestens zwanzig Jahre alt war.

Ich hatte immer noch nicht verstanden, wem das Haus eigentlich gehörte. Im Gasthaus hatte man mir erzählt, daß es irgendwann einmal widerrechtlich enteignet worden war. Vorher haben da drin Tiroler gewohnt, hieß es. Und einer war ins Gefängnis gewandert, in den Sechzigern. Eine Bombengeschichte. Mehr war nicht zu erfahren gewesen.

Ich stolperte. An dieser Stelle stolperte ich immer. Die Glühbirne gleich hinter der Wohnungstür hatte es schon bei meinem Einzug vor vier Jahren nur mehr zeitweise getan. Und im Gang standen zwei Kartons, die noch darauf warteten, daß jemand sie auspackte.

Heut abend wäre ich am liebsten wieder ausgezogen. Nicht nur das. Überhaupt weg aus dieser Alpenrosenlandschaft. Wenn nur das Klopfen im Kopf nicht so laut gewesen wäre. Irgend jemand würde mich noch wegen Ruhestörung anzeigen.

Ich war gerade dabei, irgendwo in dieser Wohnung eine Flasche Wein zu suchen. Zumindest hatte mir vor einer knappen Stunde mein Erinnerungsvermögen noch eingeredet, daß sich unter dem ganzen Zeug, das durch die Zweieinhalbzimmerwohnung verstreut war, etwas Entsprechendes finden lassen müßte.

Das war das Problem: Ich hatte monatelang nach einer

Zwanzig-Quadratmeter-Wohnung gesucht. Nichts gefunden. Und jetzt hatte ich fünfundsechzig Quadratmeter am Hals, die mir von Staats wegen aufgedrängt worden waren. Und konnte in der riesen Einöde die Weinflasche nicht finden.

Langsam war meine Geduld zu Ende.

»Twentythree positions in an one-night-stand«, sang Prince. Genau das Richtige für meine matsche Birne.

Von irgendeinem dummen, in der Pädagogik beschäftigten Weibermensch, das jemand einmal in meine Wohnung geschleppt hatte, ohne mich vorzuwarnen, hatte ich mir sagen lassen müssen, Prince sei nichts für Leute meines Alters. Es war ihr todernst dabei gewesen.

»Let be a woman be a woman and a man be a man.«

Hier mußte man mit achtunddreißig mindestens Präsident mindestens eines zuschußfähigen Scheißvereines geworden sein, sonst hielten sie dich für scheintot. Und alles andere war verboten. Außer Geldmachen. Aber dazu hatte ich kein Talent.

»If you want to baby... here I am.«

Zuerst klopfte jemand einen Stock tiefer an die Decke, dann klingelte es an der Tür. Das war Totò. Nur auf Klingeln reagierte ich seit Jahren nicht mehr. Totò wußte das. Er wohnte unter mir.

Halb Deutscher, halb Italiener, halb begnadeter Kiffer, war er seit acht Jahren Polizist, seit zweien auf den Brenner strafversetzt. Woran ein Junkie, der es in Personalunion gleichzeitig noch zum Schützenhauptmann gebracht hatte, der Starstürmer des *AS Roma*, Totòs Drogenabusus und ich nicht ganz unschuldig waren.

Wenn ich an Detektive und das ganze dazugehörige Brimborium glauben würde, würde ich mich an die Geschichte als *meinem ersten Fall* erinnern. Erfolgreich aufgeklärt auch noch. Aber das interessierte heute niemanden mehr. Und damals hatte keiner etwas davon erfahren.

Offensichtlich war das alles eine solide Grundlage. Denn seither waren Totò und ich befreundet. Totò, den sie seit der Fußball-WM nur mehr *Schillaci* riefen, war nach mir in dieses Haus eingezogen. Und wir hatten beide immer wieder gerätselt, warum auch mir die dubiose Ehre zuteil geworden war, hier Mieter zu werden. Nachdem es zwischen mir und ihnen einigen Ärger gegeben hatte. Schließlich hatten sie mich ein paar Jahre vorher wegen Spionageverdachtes außer Landes gebracht. Es gab genug andere Bullen, die auf eine so billige Wohnung spitz waren. Ich hatte immer behauptet, sie hatten etwas mit mir vor. Die Bullen, der Geheimdienst, die *Digos*, irgendein *potere occulto* oder *deviato*.

Natürlich war das Verfolgungswahn. Ich war nichts anderes als ein Gelegenheits-LKW-Fahrer. Hatte zwischen 1969 und '86 im befreundeten Ausland gelebt. Und war jetzt wieder hier. Auf Probe. Solange ich's aushielt. Die konnten mir gar nichts wollen.

Und trotzdem gab es keine andere Erklärung. Eine vernünftige schon gar nicht. Ich glaubte nicht an Zufälle. Und an diesen Zufall glaubte nicht einmal Totò. Und Totò war eigentlich, vor allem aufgrund seiner apulischen Abstammung, gar nicht so ungläubig, was den Zufall anging. Er lebte zwar schon seit seiner Geburt hier zwischen den Bergen, wohin es seinen Vater infolge unglücklichster

Zeitumstände und durch einen Verbannungsbrief des Duce verschlagen hatte, aber vor dem *malocchio* hatte er, weil mit der apulischen Muttermilch eingesogen, einen Heidenrespekt.

»Hast du einen Unfall gehabt?« sagte Totò, als er sich endlich in die Küche vorgearbeitet hatte und mich im Neonlicht sah.

Mit Totò war es immer dasselbe. Das mußte daher kommen, daß er Polizist war. Wenn auch ein halbseidener. Sagten zumindest seine Kollegen von der PS, die manchmal gar keine Freude mit ihm hatten. Jetzt war er seit acht Jahren dabei. Und hatte sich die Untugend angewöhnt, vom Aussehen der Leute auf einen Zwischenfall zu schließen.

Ich wußte zwar nicht, wie ich aussah, aber ich wußte, wie ich mich fühlte.

Wenn man mittags angefangen hat zu trinken, sollte man vor dem Schlafengehen nicht mehr damit aufhören. Deswegen war ich zur Zeit auf der Suche nach einer Flasche Wein. Noch immer ohne Erfolg. Mein Kopf versetzte mir schon wieder einen Schlag, als ich mich am Schrank aufrichtete. Da war sie auch nicht gewesen. Sehr viele Möglichkeiten hatte ich nicht mehr. Weniger, als mir lieb war.

»Sembri uno straccio«, sagte Totò, »fürchterlich siehst du aus.«

Ich mußte das Verfahren abkürzen. Sonst fand ich nie, wonach ich suchte. Und Totò würde so lange hintenherum bohren und wühlen, bis ich ihm meine gesamte

Lebensgeschichte erzählt hatte. Dabei wollte er nur einen kurzen Lagebericht. Sollte er haben.

»Nein«, sagte ich, »tutto apposto. Nur herumgewartet, weil die meinen LKW nicht beladen hatten. Im Pflerer Tunnel einen frischen Toten gesehen, den sie gerade aus dem Felsen gesprengt haben. Und nachher bei der Berta umsonst darauf gewartet, heute noch die Fahrt machen zu können. Das ist alles.«

»Und gesoffen. Capisco.«

»Hier muß irgendwo noch eine Flasche sein. Ich bin mir ganz sicher. Kannst mir ja beim Suchen helfen.«

»Was war mit der Leiche?«

Berufskrankheit. Aber ich hatte ja auch meine Nase hineingesteckt in die Sache. Irgendeine andere Krankheit. Ansteckend, vielleicht.

»Mit der Leiche war gar nichts. Sie war nur tot. Und ist jetzt bei deinen Kollegen. Und ich hab den Aktenkoffer, der dazugehört.«

»Falls du die Flasche nicht findest, hol ich uns eine.«

Jetzt war er angesprungen, mein Freund. Dazu interessierte ihn die Geschichte zu sehr. Das war ihm eine Flasche wert. Ich wußte, was kommen würde: beste Qualität. Ein südländischer Onkel versorgte ihn damit.

Ich erzählte ihm, was vormittags geschehen war. Daß ich den Toten nicht kannte. Und daß keiner sich erklären konnte, wie er in den Felsen gekommen war. Daß sie ihn freigesprengt hatten. Zufällig. Und daß ich an Zufälle nicht glaubte.

»Che mi vai raccontando?«

»Er hatte einen Lederkoffer in der Hand.«

»Den du …?«

»Centro«, sagte ich. »Absolutes centro. Mitten ins Herz getroffen. Da ist sie.«

Endlich hatte ich die Weinflasche gefunden. Eineinhalb Liter sollten eigentlich auch nicht zu übersehen sein. Den Korkenzieher hatte ich schon in der Hand.

»Laß die blöde Flasche«, sagte Totò. »Du hast also den Koffer …?«

»Was dagegen?«

»Ich glaube nicht, daß ihnen das gefallen wird. Die Leiche nicht, und dein Aktenkoffer auch nicht.«

»Richtig, exaktement. Noch ist er mein. Sie sind erst später gekommen. Der Prackwieser zuerst.«

»Wenn sie denken, vorsichtig sein zu müssen, schicken sie immer zuerst den. Vielleicht wissen sie mehr als du. Und lassen den Prackwieser den Teppcn spielen. Auf den sie sich hinausreden, wenn etwas schiefgeht.« Totò dachte nach. Man konnte es hören. »Und was ist im Koffer?«

»Weiß ich nicht. Der liegt noch in der Zugmaschine.«

Totò stand da und schaute mich ungläubig an. Wir tranken den Wein direkt aus der Flasche. Montepulciano, die praktische Eineinhalb-Liter-Packung. Aber ganz ordentlich. Und ein Stück Pecorino, das ich noch gefunden hatte. Olivenöl von Totòs Verwandtschaft und Peperoncino.

Es stimmt schon: Gut essen hilft einem zu vergessen; und gut trinken, sich zu erinnern. Beides hatte ich nötig.

»Wir sollten uns den Koffer heute noch ansehen«, sagte Totò. »Solange wir ihn noch haben.«

Ich gab ihm die Schlüssel. Totò wußte, wo ich die Zugmaschine immer parkte. Und daß ich heut abend keinen Schritt mehr tun würde. Und wenn es mich das Leben kosten würde.

6

Als Totò zurückkam, hatte er in der einen Hand den Aktenkoffer, in der anderen eine Flasche Wein. Es hat Vorteile, wenn man sich lang genug kennt. Wir kannten uns seit zwei Jahren. Und der Montepulciano war zur Hälfte hinuntergetrunken.

»Bene«, sagte Totò, »vediamo. Fai te.«

Es mußte ihn gehörig in den Fingern kribbeln, den Koffer aufzumachen. Aber schließlich hatte ich dieses Beweisstück Nummer eins unterschlagen. Ordentliches Leder. Scheußlicher Model.

Nummernschlösser. Ich versuchte es: keine Chance. Das Ding war abgesperrt. Wäre auch zu schön gewesen. Jetzt hatte ich da einen geheimnisvollen Koffer vor mir. Und keinen, den ich nach der Kombination fragen konnte. Weil der Besitzer des Koffers eine nicht identifizierte Leiche war.

»E be«, sagte Totò, »se no era troppo facile. Wär zu schön gewesen.«

Ich schob, was sonst noch auf dem Tisch war, einfach hinunter. Das hier artete noch in Arbeit aus. Ein klarer Kopf hätte mir jetzt weitergeholfen. Aber dazu war es zu spät. Ich mußte mit meinem Kopf zurechtkommen, so wie er war. Wir prosteten uns zu. Vielleicht half das.

Dreimal die Null, links und rechts. Nichts. Beidseitig 1-2-3. Wieder nichts. 1-2-3-4-5-6. Keine Bewegung. Jetzt wurde ich auf meine alten Tage noch zum Hacker. Wir versuchten es auf gut Glück. Kein Glück. Unsere Geburtsdaten. Keine Bewegung. 139049: die Sterzinger Postleitzahl. Nichts. Primzahlenreihe, Fehlanzeige. Sonderbar: Den Primzahlen schrieb man sonst die abartigsten Fähigkeiten zu. Ein 69er vielleicht. Nein. 69er zu dritt. 69 zu viert. Nein. Himmelherrgott, nicht einmal die gröbsten Schweinereien brachten uns weiter. Dann eben drei kaste 96er. Sense.

»Twentythree positions in an one-night-stand«, sang Prince jetzt wieder. Autoreverse. Ich versuchte es. Sechsmal die Dreiundzwanzig. Zweimal die Zwei und die Drei: Pech, Prince. Für dich und für mich. War wohl nichts mit den twentythree positions.

Ich sah mich nach einem Werkzeug um. Dann mußte man das Ding eben aufbrechen.

»Non lo farei«, sagte Totò, »dann kannst du ihn nicht mehr zurückgeben.«

»Hatte ich sowieso nicht vor.«

»Centotredici«, schlug Totò vor.

»Non farmi ridere«, sagte ich.

1-1-3. 1-1-3. Vor mir lag der Koffer. Geöffnet. Die Polizei-Notruf-Nummer. Vorne steigen zwei ein, hinten drei. Und damit keiner vergißt, wie es geht, steht's außen auf der Tür. Der Mann hatte Humor. Hatte ihm auch nicht viel geholfen. Im Leben. Und tot läßt's sich sowieso leicht lachen.

»Sei proprio una bestia«, sagte ich.

Totò nahm das Lob gelassen hin.

»Aspetta«, sagte er und ging aufs Klo.

Nerven mußte man haben. Ich biß mir auf die Zunge. Und wartete. Schließlich hatte er die Kombination gefunden. Totò war sofort wieder da. Zog Klopapier hinter sich her.

»Professionell«, sagte ich, nahm die Hälfte und wikkelte sie mir um die Finger. »Wo lernt ein Bulle so etwas?«

Obenauf lag ein leeres Blatt Papier. In der Deckelinnenseite steckten fein säuberlich drei Kugelschreiber irgendeiner Raiffeisenkassa aus der Gegend. Ich nahm das unbeschriebene Blatt Papier heraus. Darunter kam eine Landkarte zum Vorschein; großer Maßstab, 1:25000; eine Militärlandkarte, *Istituto Geografico Militare*. Ein Zentimeter zweihundertfünfzig Meter. Jede Almhütte drauf. Egal, ob verlassen oder verfallen. Die Karte mußte ein Gebiet im Raum Brenner darstellen. Ein paar unleserliche Eintragungen. Darunter dann ein Vertrag. Irgendeiner verkaufte irgendeinem anderen ein paar Wiesen. Und ein Stück Wald. Ich blätterte weiter. Wir fanden noch ein paar Grafiken, die nicht zu entziffern waren. Sie gaben keinen Sinn.

Und eine Packung *Settebello*. Gummis. Über deren Sinn und Zweck waren wir uns einig.

Bis jetzt war der ganze Aufstand umsonst gewesen. Was wir da eben im Koffer an Papieren gefunden hatten, sollte eigentlich nicht ausreichen, um dafür einen Menschen totzuschlagen. Und trotzdem war da eine Leiche. Und vor uns lag der Aktenkoffer der Leiche.

»Non so cosa dire«, sagte Totò.

Aristoteles. Ichweißdaßichnichtsweiß. Soviel hatten sie gerade noch geschafft, mir auf dem Gymnasium beizubringen. So ungefähr jedenfalls.

Dafür hatte ich mir im Neustifter Zöglingsinternat von einem Menschen Ohrfeigen geben lassen dürfen, der damals Studiersaalaufseher war, und ein grober Hund, und der jetzt ganz oben auf der Regierungsbank saß und immer noch grob genug. Und auf seine damaligen Schlägerzeiten höchstwahrscheinlich heute noch ziemlich stolz.

Nach zwei Jahren hatte ich von Gymnasium und schlagkräftiger Klosterfrömmigkeit genug. Und war *ins Handwerk* gegangen, wie mein Vater, der unglückliche Carabiniere-Brigadier Tschenett, mir knapp und warm anempfohlen hatte. Das Handwerk bestand dann darin, Tag für Tag makabre Sprüche auf Sargkranzschleifen zu drucken und mit Goldstaub einzupudern. Für einen jungen, spätpubertär dramatisch angehauchten Menschen nicht unbedingt eine Beschäftigung, die Freude ins Leben bringt. Zwei Jahre lang war das auszuhalten gewesen. Dann war mein Humor so bitterschwarz geworden, daß ihn nicht einmal mein Chef mehr aushielt, sonst eigentlich mit Leib und Leben Sargunternehmer. Und Ende der sechziger Jahre ließ es sich in Hamburger Kneipen sowieso besser aushalten als in einem Brixner Bestattungsunternehmen.

In so einer Hamburger Kneipe war ich dann direkt auf einen Fischkutter angeheuert worden. Weil ich die Zeche nicht bezahlen konnte. Und der Kneipier nebenher noch einen Pott am Laufen hatte. War Pech, aber noch kein Beinbruch. Einmal bei der Christlichen Seefahrt, war ich nach einem unglücklichen Landgang, bei dem ich in eine

Affäre mit einer Dame und einem österreichischen Zuhälter verwickelt wurde, gleich in die härteste Abteilung übergewechselt: in die Nordmeerfischerei. Wenigstens wollte mir dort keiner mehr wegen einem Stück Unterwäsche an die Gurgel. Unter Grönland gelten andere Regeln.

Jetzt, wo ich mich wieder an die Ohrfeige und die großen Hände des früheren Studiersaalaufsehers erinnerte, tat ich einen Schwur. Bei Gelegenheit, das wußte ich, würde ich ihn noch einmal treffen. Auf einem ihrer Wiesenfeste oder bei der feierlichsten Einweihung einer dieser Drei-Quadratmeter-Boutiquen für Übergrößen und Korsettträger in einem Fünfzigseelendorf, auf denen er sich als öffentliche Person, so öffentlich, wie er nur konnte, herumtrieb. Und dann konnte ich ihn an die Ohrfeigen erinnern, die er mir gegeben hatte. Am besten, indem ich ihm selbst eine runterhaute. Wir hatten als Kinder immer gesagt: »Zruggeben isch Christenpflicht, wer sell net tuat, der isch fir nicht.«

Das bißchen katholische Bildung war mir noch geblieben. Für meinen Hausgebrauch reichte es.

Wo er recht hatte, hatte er recht, mein Freund Totò. Was selten war bei einem Bullen. Totò war eben nicht irgendeiner.

Mir war auch nicht ganz klar, was von der Sache zu halten war. Was wir da im Koffer gefunden hatten, schien uns nicht recht weiterzuhelfen.

»Hat vielleicht nichts mit dem Toten zu tun«, sagte ich. »Non mi sembrava di essere uno..., das war eigentlich keiner, der mit einem Aktenkoffer herumläuft. Non era un yuppie, anche se aveva la faccia da scemo.«

»Lascia stare i yuppie«, sagte Totò. »Gib Ruh.«

Er war gerade hinter einer Rechtsanwältin her. Saab Turbo. Kurzer Kittel, Leinenjackett. Und ein oberblöd edles Gesicht. Aber Totò wollte außer seinem Lois nichts über sie kommen lassen. Und sie verarschte ihn. Als Freund leidet man unter so etwas.

Das einzig Sinnvolle, was man zur Zeit tun konnte, war, den ganzen Scheiß wieder in den Koffer zu packen. Und den Koffer wegzustellen und abzuwarten. Irgend etwas mußte passieren, in den nächsten Tagen. Irgend jemand mußte seinen nächsten Zug tun. Und wenn es die Leiche war.

Aber vielleicht hatten wir doch etwas Glück. Und es gab da noch einen anderen Mitspieler. Der sich durch seine Spielzüge verriet. Wenn wir geduldig genug waren. Schließlich konnte die Leiche schlecht allein in den Felsen gekommen sein. Aber darauf hatte ich sowieso keine Antwort. Vielleicht war das auch einer der Gründe gewesen, wieso ich mich den ganzen lieben Tag lang an Weingläsern festgehalten hatte. Das Gestein da oben war, was weiß ich, Jahrmillionen Jahre alt. Und trotzdem hatten wir mittendrin eine Leiche gefunden. Ein paar Tage alt. Vielleicht war das meine weiße Maus. Dann sah es traurig aus.

»Non pensarci su troppo. Laß das.« Totò konnte Gedanken lesen. Schlimm genug bei einem Bullen. Genau richtig bei ihm. »Überleg dir, was du mit dem Koffer machst. Und überleg dir, was du vom Leben willst.«

Totò war ein Philosoph. Nicht nur das. Er war auch ein Freund. Sehr eigenartig, wenn dein Freund ein Bulle ist.

Eigenartig vor allem dann, wenn du zeit deines Lebens nur Ärger mit dieser Sonderform menschlichen Lebens gehabt hast.

Totò hatte allen Ernstes versucht, mich zu warnen. Dabei wußte ich nicht einmal, worüber er sich Sorgen machte. Mich konnte nichts umbringen. Außer ich selber. Und eine Revolverkugel. Aber wie häufig begegnet man schon einer. In billigen Romanen vielleicht. Eben.

»Überleg dir, was du mit dem Koffer machst«, hatte Totò gesagt.

»Che vuoi che faccia. Was schon? Me lo mangierò.«

Mehr konnte ich ihm darauf beim besten Willen nicht antworten.

»Scemo.«

Ich prostete ihm zu. Wie ich das liebte.

»Lo porterò da Berta.« Je besoffener ich war, um so lieber sprach ich Italienisch. Und um so übler wurde es. »Das ist es: Bertas Hühnerstall.«

»Nicht schlecht«, sagte Totò. »Aber überleg dir, wie du ihn zurückbringen wirst. Sie werden ihn suchen.«

»Glaubst du?«

»Sicher. Da steckt mehr dahinter. Sonst wäre die Geschichte zu absurd. Ich werde mich ein bißchen umhören.«

Das konnte uns weiterhelfen. Auch wenn sie ihm nicht trauten: Er bekam an seiner Dienststelle immer noch genug mit. Nicht einmal Bullen können einem anderen Bullen alles verschweigen.

Und wenn ich den Koffer dreimal zurückbrachte: Nur schon deswegen, weil ich ihn einmal in der Hand gehabt hatte, würden sie mir einen Strick daraus drehen. Auch ohne Fingerabdrücke. Und einen doppelten Henkersknoten, weil ich den Inhalt vor ihnen gesehen hatte. Und wenn ich dreimal nichts davon verstanden hatte.

»Du hast recht, dovrai fare lo sbirro«, sagte ich.

Totò grunzte. Tat er in solchen Fällen immer. Das machte ihn so sympathisch.

Wir wollten dahinterkommen, was hinter der Geschichte steckte. Und wir hatten beide ein ausgeprägtes Mißtrauen, was die diesbezüglichen Anstrengungen der Kollegen Sicherheitsbeamten betraf. Entweder sie waren zu dumm, einen Fall aufzuklären, oder sie hatten ihr ureigenstes Interesse daran, daß es nicht geschah. Die Grenzen waren fließend. Und mehr Möglichkeiten gab es normalerweise nicht.

»Morgen muß ich sowieso nach Steyr fahren«, sagte ich.

»A puttane. Auf Huren.«

»Genau. Mit einem Lastwagen voller Bohrkronen, die im Arsch sind.«

»Buon divertimento. Cerca di non farti incastrare al tuo ritorno.«

»Perchè?«

»Weil sie dich verhaften werden, wenn du wieder über den Brenner zurückwillst.«

»Bist du dir sicher?«

»Absolut.«

7

Ich stand in der Schlange. Der Brenner. Hinter mir ein Holländer mit Schweinehälften, die im Heiligen Land Tirol zu Heiligem Tiroler Speck verwandelt werden sollten. Vor mir ein Transporter voller FIATs. Rückimport aus Deutschland. So kosteten sie weniger als die italienischen Originale. War krank. Und brachte den Autohändlern und Transportunternehmern das große Geld. Und uns Fahrern das kleine.

Es war immer wieder dasselbe. Wenn ich mich von Norden dem Brenner näherte, und es war Nacht, ging ich auf *RAI Stereo Notte*. Das einzig vernünftige Radioprogramm, das man hier hören konnte. Nach dem verblödeten Gedudel im Reich und dem Alpenkrainerdreck mit Fendricheinschlag war das eine Wohltat. Mindestens.

Zur Zeit lief ein Stück von den Squeeze. *The Day I Get Home*.

Oh help me, Lord. The Day I Get Home. So einfach war das gar nicht. Erstens wußte ich nicht, ob ich überhaupt wollte. Oder wollen sollte. Das, was man Heimkommen nannte. Und zweitens stand ich immer noch auf österreichischem Boden. Vor mir ungefähr zwanzig LKWs in der Warteschlange. Also dauerte es mindestens noch eineinhalb Stunden, bis ich meinen geliebten Heimatboden betreten konnte. Zeit genug, um mir meinen Hausespresso auf dem Nebensitz zu brauen. War sowieso der beste in der Gegend. Zumindest so lange, wie ich noch auf dieser Seite der Grenze stand.

Die Fahrt nach Steyr hatte länger gedauert als geplant: Ein Reifen war in Fransen aufgegangen. Die *M-Bau*, diese Scheißfirma, konnte einem noch nicht einmal eine ordentliche Karre unter den Arsch setzen. Sie sparten, wo es ging und nicht ging, und ließen den Rest den Fahrer ausbaden. Der Reifenwechsel auf der Notspur der Autobahn war die pure Tortur geworden. Jedes einzelne Glas, das ich am Tag davor getrunken hatte, schien unter der Schädeldecke zu Bruch zu gehen. Schöner Scherbenhaufen.

Aber noch nichts gegen den Scherbenhaufen, den einer meiner Kollegen angerichtet hatte. Wenn es danach ging, was da gerade vor einem deutschen Gericht verhandelt wurde. Der Journalist, der im Radio so schön gefinkelt darüber berichtete, hatte wahrscheinlich vor einem Jahr zum letzten Mal Diesel gerochen. Und das auch nur im Fehl. Weil er die Aufschrift an der Tanksäule nicht lesen konnte. Entsprechend gediegen waren sein Durchblick und seine Kommentare. Aber ich hatte auch so genug verstanden, um zu wissen, um was es ging. War ja in unserem Job nichts Neues.

Den Kollegen hatte es ganz schön erwischt. Zweimal, sozusagen. Auf der Straße und im Gerichtssaal. War noch nicht einmal fünfundzwanzig Jahre alt gewesen, als es ihm passiert war. War vor einem Jahr mit sechsundzwanzig Tonnen Milch im Hänger über die Autobahn gedüst und auf ein paar Autos aufgefahren. In Nebel und Morgengrauen. Ein Schlachtfeld. Am Ende lagen acht Tote auf der Straße. Und jetzt hatte er vor Gericht sieben Jahre bekommen. Wegen fahrlässiger Tötung.

Und trotzdem sein Maul nicht aufgemacht. Das Maul,

in das er gleich nach dem Unfall die Fahrtenschreiberscheibe gesteckt hatte. Und darauf herumgekaut hatte. Und das Ganze geschluckt. Ganz so, wie sie es einem, kaum sitzt man das erstemal auf dem Bock, beibringen. Bei Polizeikontrollen: Sofort weg mit dem Ding, weg. Am besten schlucken. Dann kann dir keiner was beweisen. Hat ihm der Chef gesagt. Sagen sie einem immer. Der Chef, für den er in den drei Wochen, die er für ihn gearbeitet hatte, dreißigtausend Kilometer abgespult hatte. In den zwei Tagen vor dem Unfall zweimal die Strecke Göttingen–Magdeburg, dann Cottbus, Berlin, Neu-Ulm. Schon mal auf deutschen Autobahnen und durch DDR-Schlaglöcher gefahren? Achtunddreißig Stunden hatte der Kollege auf dem Bock gesessen. Und dann versucht, bei fünfundsiebzig Stundenkilometern seinen Vierzigtonner vor der Nebelwand abzubremsen. Hat er zum ersten und zum letzten Mal versucht. Wenn achtundzwanzig Tonnen Milch zu wandern anfangen, ist alles zu spät.

Viele Chancen hatte er nicht gehabt, der junge Mann. Kaum hatte er den LKW-Führerschein in der Tasche, hatten sie ihn auf den Bock gesetzt. Und losgejagt. So lange, bis er nicht mehr konnte. Nicht mehr anders konnte.

Und wieso? Weil sein Chef ein kleiner Chef war, der den Sattelzug mit dem Kredit einer großen Speditionsfirma gekauft hatte und, solange er ihn noch zurückzuzahlen hatte, jeden Auftrag von denen übernehmen mußte. Also auch die Aufträge, die sie selbst nicht fahren wollten, weil sie unter Preis kalkuliert waren. Damit sich's überhaupt ausgeht, fahren die Fahrer rund um die Uhr. Für ein paar Märker mehr auf die Kralle. Und für einen festen Job. Und vergessen die Pausen, und den Schlaf. Bis sie die Scheibe fressen.

Just in time. Gerade noch rechtzeitig.

Just in time ist das Zauberwort der Branche. Die Betriebe halten nichts auf Lager. Ist zu teuer. Kommt alles im letzten Augenblick rein. Auf einem Sattelzug. *Just in time* eben. Und keine Sekunde zu spät. Weil sonst die Produktion lahmliegt. Alle Räder stehen still, wenn unser starker Arm es will.

Ich war schon wieder dabei, mich aufzuregen. Der dumme Journalist hatte von Verantwortung gelabert. Idiot. Hatte noch nichts von Geschäft gehört.

Mit Steyr war es immer dasselbe: Man kriegte seine Zeit zum Schlafen nicht. Dazu gab es in der Stadt zu viele arbeitslose Nutten. Und einige von ihnen kannte ich schon länger. Alte Freundschaft.

»Sieht man dich wieder?«

»Wenn ich das wüßte, Mädchen.«

Sie wollten immer dasselbe wissen. Hinterher.

Ich hatte mich die Nacht über lange genug in Steyrer Hinterzimmern herumgetrieben, um den Rest der Welt zu vergessen. Aktenkoffer zum Beispiel. Und Tunnels, und Leichen. Dazu waren diese Hinterzimmer ja auch da.

Die Fahrt von Steyr zurück war normaler Durchschnitt gewesen. Gradeausfahren. Kilometerfressen. Rempeleien. Viele, viel zu viele Touristen auf der Autobahn. Es war schon sinnlos genug, mit einem leeren LKW durch die Gegend zu fahren. Aber was hatte ein Kusemuckeler

Sachbearbeiter des Kommunalen Klärwerkes Kusemuckel hier verloren? Wenn nicht seinen Verstand.

Das Schöne an Innsbruck ist, daß sich dort absehen läßt, wann man am Brenner ist.

Es war schon Nacht geworden. Und überm Inntal lag ein rot angeschwollener, im Dreck sich wälzender Mond. Für einen Augenblick hatte ich gedacht, ich hätte mich verfahren und sei in der Poebene gelandet.

War ich nicht. Ich stand am Brenner, dem größten Handelsübergang Europas, inzwischen mit beiden Beinen fest auf italienischem Boden, und wußte nicht, wieso sich die Arschlöcher zwar nicht für meinen LKW, der eh leer war, um so mehr aber für meine Person interessierten. Es war immer dasselbe: zum Kotzen.

Etwas später war die Sache schon klarer.

Es war inzwischen drei Uhr morgens geworden. Und ich saß in einem kahlen kleinen Raum, starrte auf die flackernde Neonröhre und hatte zu warten. Seit einer guten dreiviertel Stunde. Ohne Angabe von Gründen.

Meine Jeansjacke hatten sie mir abgenommen, und die Schuhe. Ich war sicher, sie machten sich gerade über den LKW her. Chancenlos. Ich würde auch noch an die Reihe kommen. Aber nicht sofort. Erst noch etwas schmoren lassen. Es war ihre alte, billige Taktik. Oberschlau. Sie konnten nicht wissen, daß sie damit keinen Erfolg haben würden.

Die Rumänen hatten es einmal eine Woche lang mit einem dunklen Loch versucht. Vor Jahren. Nur weil ich für eine Augsburger Firma einen Hänger voller Schweinehälften aus dem Land transportieren wollte. Dagegen hatten sie zwar nichts gehabt. Aber etwas an mir war ihnen nicht recht gewesen. Ohne Grund; den blinden Passagier zwischen den Schweinehälften hatten sie jedenfalls übersehen. Also mußte es an meinem Gesicht liegen. War den Vereinigten Behörden dieser Welt offensichtlich nicht angenehm.

Es konnte der pure Zufall sein. Daß ich jetzt in diesem Scheißraum sitzen durfte, zusammen mit einer knackenden und blinkenden Neonröhre und sonst nichts. Oder sie waren auf der Suche nach irgend etwas. Da würden sie Pech haben. Das einzig Interessante an mir war ein Aktenkoffer. Und den hatte ich in Bertas Hennenstall versteckt.

»Solang du mir die Hennen damit nicht vergiftest«, hatte Berta gesagt.

Ein Goldstück. Fragte nicht, wenn sie nicht sollte.

Die würden sich wundern, wenn sie zurückkamen, um den weichgekochten Häftling zu verhören. Und der schlief seelenruhig. Wenn es sein mußte, konnte ich auch im Stehen schlafen. So einer verhört sich schlecht.

So hatte ich mir's gedacht. Daß sich einer, den man zum Weichkochen in ein verhutzelt kleines Kellerloch steckt, daß sich so einer hinstellt und im Stehen schläft. Und schnarcht. Zufrieden und abgrundtief. War das beste, was man tun konnte, wenn man so formlos wie ich verhaftet worden war. Ohne irgendeine Angabe von Gründen. Eigentlich gar nicht einmal verhaftet, nur eingesperrt.

Laß dich nicht weichkochen, hatte ich gedacht, koch die anderen weich. Diejenigen, die sich die Nettigkeit haben einfallen lassen, dich von deinem LKW herunterzuholen. Und ins Loch zu stecken. So verloren weit weg vom Arsch der Welt, wie man's sich nur vorstellen kann. Wer hier verhungerte, mußte auf eine archäologische Ausgrabung in fünfzehnhundert Jahren warten, um wieder rauszukommen.

Ich kannte diese Löcher. Sie hatten nur einen Sinn: denjenigen, der drin sitzt, fertigzumachen. Falls er dumm genug war.

8

War ich nicht. Ich schlief.

Und war deswegen etwas überrascht, als plötzlich ein Kübel Wasser in meinem Gesicht landete.

Das Spiel ging los. Eins zu null für mich. Sie hatten den ersten Schritt tun müssen. Wenn ich jetzt ruhig blieb, mußten sie auch noch den zweiten tun. Ich blieb ruhig.

»Danke«, sagte ich. »Kann mir jemand meine Zahnbürste aus dem LKW holen?«

Das einzige, was sie in meinem LKW ganz bestimmt nicht finden würden, war eine Zahnbürste.

Ich erhielt keine Antwort. Dafür noch einen Kübel Wasser ins Gesicht. Zwei zu null. Ich wartete ab.

Vor mir stand ein großer Bursche in Zivil. Jung und breit, mit einem rundlichen Gesicht, über das ein nicht einmal unsympathisches Grinsen wanderte. Von einem Ohr zum anderen. Schwer zu erraten, aus was für einem Tal der Bursche stammte. Ich tippte aufs Pustertal. Aber das konnte auch nur so eine fixe Idee von mir sein. Er tat den Mund auf.

»Los«, sagte er, »wir gehen.«

Drei zu null für mich; es war ein Pusterer. Sie waren inzwischen überall.

»Und wenn ich nicht will? Mir gefällt's hier. Ich hab mich dran gewöhnt.«

Er wurde böse. Vier zu null. Keine Ahnung, was der maximale Punktestand war, den man hier erreichen konnte. Ich wollte auf jeden Fall mein Bestes tun. Er war etwas durcheinander. Höchstwahrscheinlich hatte ich ihm seine schöne Taktik über den Haufen geworfen. Die ihm auf so einer Polizeischule von gewieften Psychologen beigebracht worden war. Und bauernschlau, wie er war, hatte der stolze Tiroler Bauernsohn sehr schnell gelernt. Zur Freude seiner Professoren. Mit der Freude war's inzwischen nicht mehr weit her.

»Keine faulen Witze«, sagte er. »Du hast schon Ärger genug am Hals.«

»Wir zwei sind immer noch per Sie, wenn schon«, sagte ich.

Das war zuviel. Von hinten schlug mir einer in meine rechte Niere. Sie waren also zu zweit. Mindestens. Ich hätte mich früh genug umdrehen sollen. Aber wer dreht sich schon im Schlaf um. Ich nicht. Jedenfalls nicht, wenn ich im Stehen schlafe.

»Tut verdammt weh«, sagte ich, bevor ich husten mußte.

Das war nicht gelogen. Während ich versuchte, wieder zu Atem zu kommen, trat mir der Pusterer gegen mein

Schienbein. Jetzt sah ich es: Er hatte Bergschuhe an. Auf alles vorbereitet, die Schweinehunde.

»Und jetzt«, sagte der Pusterer und hatte wieder sein freundlichstes Gesicht aufgesetzt, »jetzt ziehen wir uns an und fahren ein Stück.«

Weil ich inzwischen am Boden lag, mußte er sich bücken. Er hielt mir die Handschellen vors Gesicht. Und lächelte.

Keine Kunst, dabei zu lachen. Es waren die Dinger, die die italienische Polizei schon seit Neros Zeiten in Gebrauch hatte. Massives Eisen, zwei U aneinandergeschmiedet. Ein Quereisen auf den U, das mit einer großen Schraube angezogen werden konnte. Knalleng, wie der Pusterer mir gerade bewies. An den Handschellen hing eine Kuhkette. Und ich hing jetzt an ihr. Der stumme Gehilfe des Pusterers zog mich hinter sich her.

»Los jetzt«, sagte der Pusterer.

Als ob's zum Metzger gehen würde. Und der Treiber haute mir noch eine runter. Langsam kam ich mir wie ein Ochs vor.

Trotz der späten Stunde gab es noch genug Verkehr am Autobahnübergang Brenner. Ein paar Autos, die gerade abgefertigt wurden, ein Kleinbus, der seitlich am Parkplatz stand. Und die LKWs. Dabei mußte es mindestens schon drei Uhr früh sein. Bevor der Pusterer vor mir die Tür aufgemacht hatte, damit wir aus dem Gebäude ins Freie treten konnten, hatte mir sein Kumpan von hinten noch eine über meinen Rücken gezogen. Das sollte wohl so eine Art Aufmunterung sein, ruhig zu bleiben. Auch wenn in maximal zehn Meter Entfernung einer seinen kleinen Sohn mit heruntergelassenen Hosen knapp über den Asphalt hielt, damit er sich in Ruhe erleichtern konnte. Ich hätte nur kurz und laut aufschreien müssen. Vielleicht hätte der stolze Vater etwas gehört. Vielleicht.

Vor der Tür hatten sie ihre *Alfa* geparkt. Der Pusterer packte meinen Kopf, drückte ihn nach unten und hinein. Bewährtes Mittel, damit man am Türrahmen nicht anschlägt. Schließlich lag das Monopol aufs Schlagen ganz bei ihnen.

Jetzt saß ich im Auto. Der Pusterer hatte die Kette, die an meinen Handschellen hing, irgendwo festgemacht. Und die Tür zugehauen, daß es krachte. Von außen. Hinterm Lenkrad saß ein ganz ein Junger und schaute andächtig durch die Scheibe in die Nacht hinaus, als ob es dort großartig etwas zu sehen gäbe.

»Dove andiamo, wo soll's denn hingehen?« fragte ich.

Zur Sicherheit lieber zweisprachig. Bei den Idioten. Außerdem kannte ich den Jungen noch nicht, und von außen war ihm nicht anzusehen, welcher Sprache er mächtig war. Falls überhaupt. Sie hatten hier oben inzwischen mehr von diesen Bauernbuben in Dienst gestellt, als man glauben wollte. Der ganz normale Lauf der Geschichte.

Von vorne kam keine Antwort. Der Pusterer und sein Schläger waren irgendwohin verschwunden. Keine Ahnung, wohin. Ich sah mich um. Diese Scheißbaracken der Grenzpolizei hinterließen von außen nicht den Eindruck, daß es darunter irgendwelche Kellerverliese gab. Und trotzdem war das so. Ich wußte das. Aus Erfahrung. Aus genau jener Erfahrung, die anscheinend so besonders klug machen soll. Bei mir hatte ich noch nicht allzuviel davon bemerkt.

Ich versuchte vorsichtig, ob die Tür zu öffnen war. Im Augenblick war ich zwar angekettet. Aber man konnte ja nie wissen.

»Ist sinnlos«, sagte der junge Mensch vorne. Hatte aufgepaßt. Brav. Und reden konnte er auch.

»Wo sind die denn hin, wenn man fragen darf?«

Er antwortete nicht.

Auch gut. Ich lehnte mich zurück und schloß die Augen. Das beste war, erst einmal eine Runde zu schlafen. Ich würde schon noch früh genug erfahren, was sie von mir wollten.

Ich wachte auf, weil die *Alfa* ziemlich holprig losgefahren war. Mit Blaulicht auf die Autobahn, südwärts. Rechts von mir war einer. Vorne am Beifahrersitz saß der Pusterer und gab gerade was über Funk durch. Ich konnte nicht verstehen, worum es ging.

»Chef«, sagte ich, »wohin soll's denn gehen?«

Der neben mir hatte plötzlich ganz deutlich einen Gummiknüppel in der Hand. Mein kleiner dicker Freund von vorhin. Ich hatte ihn schon längst den *Schläger* getauft.

Mir tat meine Niere immer noch weh. Jedesmal, wenn der Knüppel von einer Hand in die andere glitt, schmatzten beide. Der Knüppel und der Bulle.

»Stell keine Fragen«, sagte der Pusterer. »Fragen tun nur weh.«

Er klang selbstsicher. Wer weiß, was sie ihm gesagt hatten.

Auch gut. Ich lehnte mich wieder zurück.

Als ich das nächste Mal wach wurde, lag die *Alfa* ziemlich schräg auf der Straße. Irgend etwas hatte sie ins Schleudern gebracht. Ich wurde ins Eck gedrückt. Der Pusterer hatte eine Pistole gezogen, mein Nebenmann hielt eine Maschinenpistole in der Hand.

»Runter«, schrie der Pusterer und meinte mich.

Ich tauchte ab. Auf gewisse Ratschläge kann man ja hören. Und der Pusterer hatte ziemlich alarmiert geklungen. Ich kauerte in dem Loch hinter dem Fahrersitz.

Der Pusterer schrie »Codice zerosettanta, codice zerosettanta« ins Mikro.

Ich versuchte in dem Lärm, den Pusterer zu überreden, mir die Handschellen abzunehmen. Egal, was da draußen los war, jetzt fühlte ich mich durch sie doch ein wenig eingeschränkt.

»Vaffanculo«, sagte der Pusterer, »halt's Maul.«

Nervös, nervös. Langsam machte ich mir Sorgen um mich. Die Burschen waren einfach zu jung. Wenn ich das aus dem Reifenquietschen richtig heraushören konnte, wurde da auf uns geschossen. Der Schläger neben mir fuchtelte mit der Maschinenpistole herum und fluchte: »Cazzo.«

Scheiße aber auch. Eben hatte uns ein Schuß eine Scheibe eingeschlagen. Ich konnte von dem, was da vor sich ging, nicht viel mitkriegen. Und hoffte darauf, daß da draußen keiner auf die Idee kam, durch die Tür zu schießen. Bei den italienischen Modellen wurden zu billige Bleche verwendet.

Der Alfamotor heulte auf. Der Fahrer versuchte anscheinend abzuhauen, nachdem er das Schleudern aufgefangen hatte.

»Spara, imbecille!« schrie der Pusterer von vorne. »Kruzitürken.«

Von meinem Beobachtungsposten aus konnte ich meinen Nebenmann sehen. Er duckte sich verschreckt auf seinen Sitz. Vor einer Stunde noch hatte er mir mit seinem Gummiknüppel einen satten Schlag in die Niere verpaßt. Ohne Vorwarnung. Und jetzt fummelte er an seiner Maschinenpistole herum. Ein klarer Fall von Ladehemmung. Sozusagen einfach die Angst, nach draußen zu sehen.

Wir wurden immer noch beschossen. Ich hatte bis vor wenigen Minuten gedacht, in einem Polizeiauto zu sitzen und vom Brenner nach Bozen überführt zu werden. Ein Häftling auf dem Weg zum Verhör. Aber was da zur Zeit los war, sah mir gar nicht danach aus. Das war Wilder Westen.

»Wo bleibt die Polizei?« rief ich.

Ich konnte mir die Gemeinheit nicht verkneifen.

»Schnauze, Tschenett«, schrie der Pusterer von vorne.

Jetzt auf einmal wußte er sogar meinen Namen. Dabei hatten sie mich nie nach meinen Papieren gefragt. Sondern einfach hopsgenommen. Was mir ja noch egal gewesen wäre. Aber jetzt saß ich mitten in einer Schießerei. Mit drei Polizisten in einem Auto, und keiner von ihnen schoß zurück. Was ich vom Fahrer ja noch verstehen konnte. Der hatte so schon genug zu tun, bei dem Tempo, mit dem wir gerade durch die Kurve fuhren. Aber der Pusterer und der Schläger hätten sich wenigstens aufraffen können, ihre

Haut zu retten. Und meine mit. Schließlich stand ich unter ihrem Schutz. Schöner Schutz.

Aber wer sagte mir eigentlich, daß das Polizisten waren. Ich hatte keinen Ausweis gesehen, Uniform trugen sie keine, wir fuhren in einer zivilen *Alfetta*. Gar nichts, kein Beweis. Seit wann wird die Polizei mitten in der Nacht einfach so beschossen? Und was hatte das mit mir zu tun? Ich beschloß, daß das alles reiner Zufall war. Und die nächste Zeit ein Auge auf *meine Polizisten* zu haben. Falls ich's überleben sollte.

Das Seitenfenster über mir ging in Scherben auf. Treffer. Ich saß da, mit Handschellen gefesselt und angekettet am Boden.

»Wehrt euch wenigstens, ihr Teppen!« schrie ich.

Und als ob das was geholfen hätte, hörte der Beschuß auf. Es dauerte noch ein bißchen, dann ging der Fahrer vom Gas, der Schläger neben mir kam aus der Deckung, hob langsam seinen Kopf und sah sich um.

Der Wagen hielt. Der Pusterer sagte etwas ins Funkgerät, was ich in meinem Loch nicht verstehen konnte. Draußen war es ruhig.

Meine Schutztruppe stieg aus. Ich rappelte mich langsam aus meinem Loch hoch. Wir standen in der Bozner Industriezone, kurz hinter der Autobahnausfahrt. Weit und breit keine Menschenseele. Alles ruhig.

Mein Nachbar, der Schläger, stand neben dem Auto, hob seine Maschinenpistole und schoß in die Dunkelheit.

»Tiè!« schrie er, »tiè!«

Da saß ich jetzt. Mitten in der Bozner Industriezone, einem der schönsten Orte dieser Welt. Es mußte so gegen vier Uhr sein. Morgens. Eine himmlische Stille. Alles ruhig, alles prima, alles in Ordnung.

Von wegen. Stiefeltiefe Scheiße, in die ich geraten war. Unfreiwillig auch noch. Und ich war mir nicht sicher, ob es nicht noch schlimmer kommen würde.

Der Pusterer gab dem Jungen hinterm Lenkrad den Befehl zum Losfahren.

»Andiamo in centrale«, sagte er.

Seine Stimme war in den letzten zehn Minuten ganz schön dünn geworden. Er drehte sich zu mir zurück.

»Tschenett«, sagte er, »am besten, du vergißt, was du gesehen hast.«

»Was hab ich denn gesehen?«

Mal sehen, wie er sich aus der Patsche ziehen würde.

»Ich seh, du verstehst mich«, sagte der Pusterer, »ein Blinder bricht sich selten den Hals. Sauber. Brav.«

»Gar nichts verstehst du«, sagte ich. »Rein gar nichts. Oberarschloch, saudummes. Außerdem: Wieso soll sich ein Blinder nicht den Hals brechen? Da hat's dich wohl vertragen.«

Scheiße. Es ging wieder los. Der Schläger neben mir holte den Gummiknüppel heraus. Der Pusterer hatte ihm ein Zeichen gegeben. Ich schaute kurz zum Fenster hinaus. Wir fuhren stadteinwärts. Wenigstens brachten sie mich nicht auf die *MEBO*-Baustelle. Ich hatte keine Lust, in ein Brückenfundament einbetoniert zu werden. Schon gar nicht in ihre Scheiß-*MEBO*.

Ich beugte mich zum Pusterer vor.

»Das würd mich schon interessieren, was ich gesehen hab«, sagte ich in meinem kollegialsten Ton. »So ganz weiß ich nicht, was ich davon zu halten hab. Warum haben die mit euch Bullen denn so ein Scheibenschießen veranstaltet? Und wieso hat sich der feige Hund neben mir denn auf den Sitz verkrochen, mit der Maschinenpistole in der Hand? Anstatt zurückzuschießen. Traut sich nur, auf gefesselte Leute einzuschlagen, oder wie?«

Ich wußte, was jetzt kommen würde. Und es kam. Ein Schlag in die Niere. Der Schläger.

»Ist ja in Ordnung«, sagte ich, kaum daß ich wieder zu Luft gekommen war.

Leber versoffen, Niere zertrümmert, von Haus aus schon keine Pensionsberechtigung, Enkelkinder namentlich nicht bekannt: schöne Aussichten.

Und wohin, verdammt, fuhren wir? Wir kurvten gerade durchs Shanghai-Viertel.

»Weiter: Hab ich richtig gesehen, daß ihr euch beide verkrochen habt? Und als alles vorbei war und ich aus purem Zufall nicht zersiebt worden bin wie eine Oberbozner Schützenscheibe, stellt sich der Tepp noch auf die Straße, spielt den Helden und jagt ein ganzes Magazin in die Luft. Ich sag dir was...«, wenn ich schon einmal dabei war, konnte ich mir auch ruhig noch den Rest geben, »bis vor ein paar Minuten war ich mir sicher, daß ihr beide auf keinen Fall Polizisten seid. Jetzt, wenn ich mir's recht überleg, bin ich mir sicher: So feig können nur Bullen sein.«

»Und?« sagte der Pusterer, spielte mit seiner Pistole herum und schaute zum Fenster hinaus. Ruhig war er geworden, der Bursche.

»Und gar nichts. Ich weiß nicht, wozu das Theater gut sein sollte. Falls es ein Theater war. Und wenn's ernst war, weiß ich auch nicht, wozu. Und ich weiß auch nicht, weshalb ich mit euch um vier Uhr in der Früh dreimal quer durch diese Pißstadt fahre.«

»Das kann ich dir sagen«, sagte der Pusterer. Er starrte immer noch in die Nacht hinaus. »Ich wollte nur sichergehen, daß uns keiner verfolgt.« Er nahm das Funkmikro. »Codice ventidue. Arriviamo tra un minuto. Pronti per aprire.«

Wir bogen rechts ab. Eigentlich war das eine Einbahnstraße. In die Gegenrichtung. Ich ahnte etwas. Dantestraße. Wenn wir jetzt gleich links abbogen, standen wir vor der Einfahrt zum Gefängnis. Wir bogen ab. Das Eisentor öffnete sich langsam.

Besser als nichts. Lieber im Knast sitzen, ohne zu wissen, wieso, als erschossen zu werden; und auch nicht zu wissen, wieso. Lieber im Knast als im Krematorium.

So sicher wie jetzt, wo sich das Eisentor zum Gefängnis hinter mir schloß, hatte ich mich schon seit Stunden nicht mehr gefühlt.

»Heut bin ich ja richtig froh, ins Gefängnis zu kommen«, sagte ich.

Man konnte die beiden Freunde von der Polizei ja nicht ungeschoren davonkommen lassen. Nicht, nachdem sie mein Leben riskiert hatten. Der Pusterer grunzte. Mehr, so schien es, hatte er nicht zu sagen. Reichlich wenig, wenn man daran dachte, in welche Scheiße er mich zusammen mit seinem Freund hineingeritten hatte.

»Was ist jetzt«, sagte ich, »seid ihr beiden jetzt Bullen oder nicht? Da kann sich ja keiner mehr auskennen.«

»Es gibt Fragen, auf die bekommt man keine Antwort«, sagte der Pusterer. »Das weiß man schon, bevor man sie stellt.«

»Auch recht«, sagte ich. »Mir ist alles recht.«

Ein zweites Tor schloß sich hinter uns. Elektromotoren. Die *Alfa* rollte langsam nach vorne. Links und rechts, wie draußen auch schon, Videokameras. Das war die Eitelkeit der Leute. Nicht ihr Sicherheitsbedürfnis. Wenn sich der Landtag schon so einen Scheißvideofilm genehmigte, um sein pornographisches Gelüst zu befriedigen; wenn der Landtag schon, wieso sollten dann der Huber Hans, die Katholische Frauenbewegung Gufidaun, die Polizei und die Carabinieri sich nicht auch ein Video gönnen. Es war nur normal. Nichts anderes.

Mein Freund neben mir beugte sich nach vorne, der Pusterer hatte ihm ein Zeichen gegeben.

»Jetzt hört aber auf«, sagte ich, »ihr werdet mir doch nicht die Kuhketten abnehmen?«

»Keine Sorge«, sagte der Pusterer, »du bleibst uns schon noch erhalten.«

Der Pusterer war inzwischen ausgestiegen und stand vor meiner Tür. Er nahm die Kette und zog mich hinter sich her. Vor uns ging mit einem Summen eine Tür auf. Wir gingen rein.

»Da setzt dich hin«, sagte der Pusterer und zeigte auf einen Stuhl, der links an der Wand stand.

Es war ein kleiner, neonbeleuchteter Raum, die Eingangstür hatte sich schon längst hinter uns geschlossen, die Tür vor uns sah sehr massiv und abgesperrt aus. Rechts von uns, hinter einer Konstruktion, die Ähnlichkeit mit einem Gasthauspudel hatte, saß eine junge Dame. Nettes Mensch. Aber halt in Polizeiuniform. Über ihr zwei Reihen von Videoüberwachungsmonitoren. Sie sah gar nicht hin. Sie sah auch nicht zu uns herüber. Sie las.

Der Pusterer kettete mich an ein Heizungsrohr und sagte: »Da sitzen bleiben«, und war verschwunden.

Wenn ich gewußt hätte, daß ich ihn erst viel später und unter ganz anderen Umständen wiedertreffen sollte, wär er mir nicht so einfach davongekommen. Trotz zweieinhalb Kilo Handschellen.

Der Schläger dackelte hinter ihm her.

9

Unangenehm naß und kühl war es hier draußen. Aber vielleicht hatte ich auch nur zu unruhig geschlafen. Kein Wunder, wenn man bedenkt, daß ich, gefesselt im Empfangsraum eines Gefängnisses, mindestens sechs Stunden im Sitzen verbracht hatte. Das ist sogar für jemanden, der einen gesegneten Schlaf hat, nicht ganz angenehm.

Ich stiefelte die Dantestraße hinauf. Es regnete, der Wind trieb Dreck quer über die Straße, und eben war ich an zwei Autofahrern vorbeigekommen, die vor ihren Karren standen und grad dabei waren, sich die Köpfe einzuschlagen.

Kein berauschender Empfang für einen, der gerade aus dem Knast kommt. Die stinknormale Welt, sozusagen.

Sie hatten mich freigelassen. Nach sechs Stunden war die Polizeiagentin hinter ihrem Verschlag hervorgekommen und hatte gesagt: »Gehen Sie.« Ich hatte sie wohl etwas verwundert angeschaut, jedenfalls wiederholte sie: »Gehen Sie.«

Zwei Dinge überraschten mich. Erstens, wieso man mich nach dem, was die letzten zwölf Stunden geschehen war, einfach so wegschicken wollte. Und zweitens, wie die junge Dame sich in so einen beschissenen Beruf hatte verirren können. Bei Gelegenheit, und falls wir uns noch einmal begegneten, würde ich sie danach fragen. Und sei's nur, um noch einmal in ihre Augen schauen zu können.

Die Vorfreude darauf half mir zwar im Augenblick nicht weiter, brachte aber etwas Wärme in den alten Leib.

»Was ist mit meinem LKW los?« hatte ich die Polizistin in der Portiersloge des Gefängnisses gefragt, nachdem sie mir die Handschellen abgenommen hatte.

»Welcher LKW?« hatte sie gesagt, »ich weiß nur, daß Sie gehen können.«

Ich hatte noch eine Zeitlang insistiert. Ihren Augen zuliebe. Nach dem dritten Versuch schien sie dann jemanden erreicht zu haben, der ihr telefonisch Auskunft geben konnte. In der Zwischenzeit hatte ich mich herangepirscht und sie beobachtet.

Sie mußte es bemerkt haben. Kein Wunder. Sehr zurückhaltend war ich nicht gewesen. Spätfolgen meiner Inhaftierung. Sie drehte sich zu mir um und lachte mich an. Himmel, so ein Lächeln, mitten im Knast. Wie sollte man sich da gegebenenfalls dazu entschließen können, auszubrechen.

»Der LKW ist schon abgeholt worden, soll ich Ihnen sagen. Von der Firma.«

Da war sie wieder schnell gewesen, meine Chefin. In solchen Dingen ist sie immer schnell. Da kennt sie nichts. Einmal, da war einer gestorben, der früher einmal bei der *M-Bau* gearbeitet hatte. Es war klar, daß ein großer Teil der Belegschaft zum Begräbnis gehen würde. Das zu verbieten, traute sich die *M-Bau*-Chefin dann doch nicht. Dazu waren die harten Knochen, die ihr die LKWs durch die Gegend kutschierten, zu abergläubisch. Die Chefin behielt sich also ihren Rest an Pietät und beschränkte sich darauf, zum Pfarrer zu gehen, um ihn zu überreden, das Begräbnis am Samstag zu veranstalten. Der Pfarrer sagte zu. Die Verwandtschaft erfuhr erst später davon. Wie die clevere Chefin das beim Pfarrer erreicht hatte, war uns nicht ganz klar. Bigott war sie nicht; dazu hatte sie zuwenig Zeit. Aber vielleicht hatte der Pfarrer ja auch vor, irgendwann den Widum umzubauen. Da war ein günstiger Kostenvoranschlag schon sein Geld und Gottes Dank wert.

Kalte Feuchtigkeit zog mir durch die Knochen. Scheißstadt. Nichts wie weg hier.

Der Zug ging in zwanzig Minuten. Ich würde so gegen Mittag in Sterzing sein. Falls ich nicht gleich in Trens ausstieg.

Ich bestellte mir einen *corretto*. Und einen *stravecchio* extra. Den Bahnhof von Bozen hatte ich seit Jahren nicht mehr gesehen. Er war noch genauso scheußlich wie früher. Nur daß jemand in der Eisenbahnverwaltung seine Vorliebe für Videospiele, die Tochter des dazugehörigen Herstellers oder ganz einfach eine entsetzliche Blöße auf seinem Bankkonto entdeckt haben mußte: Überall standen Bildschirmterminals, die eigentlich Fahrauskünfte, Fahrkarten und anderes austeilen sollten. Falls sie funktionierten. Was sie nicht taten. Das einzige, was diese Dinger bewirkt hatten, war, daß es weniger Ruheplatz für die Überbleibsel der Nacht gab. Bis wieder irgendeine Ordnungskraft vorbeischaute und sie wie Hühner aufscheuchte.

Für meinen Zug wurden fünfzehn Minuten, dann fünfundzwanzig Minuten Verspätung angekündigt.

Damit mir die Zeit nicht zu lang wurde, schickten sie mir die *POLFER*. Ausweiskontrolle. Wo ich hinwill. Als ich sagte: zur Hölle, wurden sie unangenehm.

Der Zug fuhr an Maria Trens vorbei. Ich war nicht ausgestiegen. Was sollte ich auch in meiner Wohnung. Mittags. Ringsherum nur plärrende Kleinkinder. Ich hatte mir's anders überlegt.

Ich wollte zu Berta, etwas trinken. Und nach dem, was die letzten zwölf Stunden mit sich gebracht hatten, war es vielleicht auch ganz ratsam, einen Blick in Bertas Hühnerstall zu werfen.

10

In Bertas Hühnerstall war alles noch beim alten.

Meinen Aktenkoffer fand ich da, wo ich ihn versteckt

hatte: hinter ein paar angelehnten Brettern. Bertas Federvieh hatte ihn in den letzten paar Tagen ganz schön angeschissen.

Wieso auch nicht. Der, der ihn vor mir gehabt hatte, war noch mehr angeschissen worden. Und lag jetzt in irgendeiner gerichtlichen Kühltruhe herum. Nachdem sie ihn aus dem Felsen freigesprengt hatten. Hat auch nichts Schönes, so verloren durch die Welt zu irren.

»Willst dich jetzt anschaun lassen, oder nicht?«

Das war Berta. Das konnte nur Berta sein. Mit diesem Kommandoton traute sich sonst keiner an mich heran, der mich auch nur ein klein wenig kannte. Berta kannte mich ziemlich gut.

»Wollen tu ich schon«, sagte ich, drehte mich um und faßte Berta kräftig um die Hüften, »aber bei der überfüllten Gaststube ist's mir lieber, wenn du herauskommst.«

Ich versuchte, sie zu lupfen. Sie lag mir einfach am Herzen.

»Laß das«, sagte Berta, »wenn einer kommt.«

»Was ist, wenn einer kommt?«

»Der wird sich etwas denken.«

»Von mir aus.«

»Deine Großmutter könnt ich fast sein.«

»Fast nur, Berta«, sagte ich. »Ich habe Pech. Hab ein bißchen Mitleid. Mit den ganz Jungen, da lassen s' mich auch nicht. Da gibt's gleich Gefängnis.«

»Leg dir halt eine Frau zu.«

»Zulegen. Wozu denn, Berta?«

»Hör auf, sag ich dir«, sagte Berta.

Und schob mich in den Hühnerstall zurück.

Als sie von draußen zusperren wollte, sagte ich: »Ich sag alles, was du willst, Berta. Nur nicht einsperren.«

»Dann möcht ich wissen, wieso sie dich am Brenner verhaftet haben.«

»Erst mußt mich rauslassen«, sagte ich.

Als ich wieder draußen stand, blinzelte ich in die Sonne und versuchte, meine Jeansjacke von dem Federzeug zu säubern.

»Das möcht ich auch wissen, Berta. Wieso sie mich verhaftet haben. Und dann noch, woher du das weißt.«

»Du weißt ja, wie schnell's das vom Brenner herunter ins Pflersch hereinweht«, sagte Berta. »Hat's etwas mit meinem Hennenstall zu tun? Oder mit dem, was du da abgestellt hast?«

»Berta, seit wir uns kennen, hast noch nie etwas wissen wollen von mir. Wieso denn jetzt auf einmal?«

»Erstens, weil ich mir Sorgen mach um dich.« Als sie mein Gesicht sah, hängte sie schnell an: »Ja, ich weiß …; und zweitens, weil's mein Hennenstall ist.«

»Deinem Hennenstall passiert schon nichts. Keine Sorge.«

Berta glaubte mir nicht. Aber sie vertraute mir.

»Wirst auch nicht gscheiter«, sagte Berta. »Dabei hättest das beste Alter dazu.«

Ich küßte sie auf die Wange.

»Der Totò war hier. Er will dich heute beim *Gigi* sehen.« Sie machte ein Gesicht wie ein Adjutant. »Gestern abend war er hier. Aufgeregt, das junge Mensch. Heut nach Feierabend beim *Gigi*.« Sie wollte gerade losgehen, da überlegte sie es sich noch einmal. »Paßt mir auf euch auf, ihr beiden Schlawiner«, sagte sie. »Zum Begräbnisgehen werd ich langsam zu alt.«

Totò wollte mich also beim *Gigi* sehen. Nach Feierabend. Und das war, bei Totòs Schichtdienst, so gegen vier Uhr nachmittags.

Gigi war eine Bar in Sterzing, in der sich allerhand Leute trafen. Sehr gemischtes Publikum. Kein einziger Bank- oder Gemeindeangestellter dabei. Was für ein Lokal schon einmal eine Empfehlung ist. Unserer, Totòs und meiner, ganz unwesentlichen Meinung nach.

Ich hatte Berta versprechen müssen, die nächsten Tage wieder einmal vorbeizuschauen. Kein Versprechen, das mir leichter über die Lippen gegangen wäre. Meine liebe, dicke, alte Berta.

Seit sie mich von meiner Maschine herunter verhaftet oder was auch immer hatten, war ich eigentlich und offiziell ohne fahrbaren Untersatz. Wenn nicht ein Stück talauswärts hinter der Spenglerei die Pusterer Zugmaschine versteckt gewesen wäre. Mein sorgsam gehütetes Unterpfand. Wegen dem mir diese halbbankrotte, dreiviertelmarode, totalverrottete Pusterer Transportfirma vor ein paar Tagen eine eindeutige Warnung hatte zukommen lassen.

Jetzt war ich damit auf dem Weg nach Sterzing.

11

Gigi hieß unter Freunden Candalostia. Kaum einer seiner Kunden kannte ihn unter seinem richtigen Namen.

Nur konnte man eine Bar mitten in Sterzing nicht gut *Candalostia* taufen. Da waren das Lizenzamt, der Pfarrgemeinderat, der Fremdenverkehrsassessor und der Fiskus vor. Deswegen hieß Candalostias Bar *Gigi*. Hatte ihm bei der Leuchtreklame eine Menge Geld gespart.

Candalostia war zu seinem Namen gekommen, weil er keinen halben Satz ohne dieses Wort anfangen konnte. Das ist für einen Traminer normal, hatte er gesagt. Was das Wort zu bedeuten hatte, konnte er mir nicht erklären. Sicher nichts Gutes. Und wie es ihn von Tramin nach Sterzing verschlagen hatte, dazu schwieg er sich aus. War wohl auch keine von den ganz sauberen Geschichten.

Bei *Gigi* war, wie immer, ein Heidenlärm und die Luft viermal zum Schneiden. Eine Razzia hätte mindestens achteinhalb Jahre Knast eingebracht. Gleichmäßig gerecht auf die Kunden verteilt. Alles nette Leute. So nett, daß man sie in die meisten anderen Lokale erst gar nicht hineinließ. Nur bei den Touristen nahmen es die hiesigen Gastwirte nicht ganz so genau.

»Candalostia«, sagte ich, »ein *panino* und ein Bier.«

Ich hatte noch nicht gefrühstückt.

Es war immer ein schlechtes Zeichen, wenn ich schon vor dem Frühstück und mitten am hellichten Tag ins Philosophieren geriet. Höchste Zeit, daß ich etwas zwischen die Zähne bekam. Vielleicht half das. Wenigstens so lange, bis Totò da war.

War wohl noch nichts geworden mit seinem Feierabend. Überstunden, schlimm genug. Noch schlimmer, wenn man sie für die Polizei zu schieben hat.

»Haben s' dich wieder freigelassen«, sagte Candalostia.

»Mich wollen nicht einmal die«, sagte ich.

Mich darüber zu wundern, was er immer wieder und woher wußte, hatte ich mir bei Candalostia abgewöhnt. Er hatte eben beste Verbindungen. Zu einschlägigen Kreisen, wie die Zeitungen nichtsahnend dazu zu sagen pflegten. Mußte er auch haben, bei seiner Kundschaft. Aber er hatte noch nie einen verkauft. Das wußten beide Seiten. Es war Candalostias Geschäftsgrundlage.

Candalostia war gerade dabei, an einem Tisch in der hinteren Ecke einer Rauferei abzuhelfen und ein Messer einzukassieren, als das Telefon klingelte.

»Va bene così«, sagte er und haute dem Messerhelden sachte auf den Kopf.

Die Burschen beruhigten sich. Hatte einer dem anderen Dreck pur verkaufen wollen.

»Alter«, schrie Candalostia durch den Lärm zu mir herüber, »ist für dich.«

War auch für mich. Berta. Berta, und ziemlich aufgeregt. Ich wurde hellwach.

»Langsam, Berta«, sagte ich, »noch einmal. Ich kann hier nichts hören. Moment. Ruhe!« schrie ich, so laut ich konnte.

Es half. Im Lokal wurde es ruhig.

»Die nächste Runde geht auf mich«, sagte ich zu Candalostia.

Ob ich mich an den besoffenen Alten erinnern kann,

der bei ihr im Lokal war und immer *I bin a Bauer* vor sich hergebetet hat. Konnte ich. War drei Tage her.

»Den haben s' gefunden. Oben hinter Schelleberg. Direkt neben den Gleisen. Er ist verbrannt.«

So auf die Schnelle hatte ich dazu erst einmal gar nichts zu sagen. Berta war das egal. Sie wartete. Sie wollte hören, wie ich zugab, daß sie recht gehabt hatte, als sie nach der ersten Leiche *Da steckt mehr dahinter. Möcht nicht wissen, was da alles dahintersteckt* gesagt hatte. Ich hatte damals nicht darauf geantwortet. Mir war auch jetzt noch vollkommen egal, was sich hinter der Geschichte versteckte. Mich interessierte die Geschichte. Und das nicht wenig.

Langsam wurde es im Lokal wieder etwas lauter. Ich war froh drum. Besser, es konnte keiner das Telefonat mit Berta mithören.

»Komm schon, Berta«, sagte ich, »weißt du was Genaueres?«

»Genaues nichts. Was sie halt erzählt haben bei mir in der Bar.«

»Berta, laß dir nicht jedes Wort einzeln ablottern.«

Auf der anderen Seite blieb es still.

Sie hatte Angst. Ich war ein Idiot gewesen. Hatte lange genug gebraucht, um dahinterzukommen. Angst. Meine dicke, alte, unerschrockene Berta. Die's mit jedem Mannsbild aufnahm. War ja auch schon seit gut dreißig Jahren ledig. Da hat man keine Angst mehr. Eigentlich. Aber Berta hatte Angst. Dessen war ich mir inzwischen ziemlich sicher.

»Berta, ist jemand in deiner Bar?«

»Alles normal. Die üblichen. Mach dir keine Sorgen.«

Sie hatte verstanden, was ich wissen wollte. Das war's also nicht. Hatte ich eigentlich, um ehrlich zu sein, auch nicht geglaubt. Daß jemand mit einem Messer in der Hand vor ihr steht. Bertas Angst kam von ganz woanders her.

»Erzähl, Berta.«

Sie schien sich gefangen zu haben. Ich konnte es an ihrer Stimme hören, als sie mir antwortete.

»Du weißt ja, der hat damals immer wieder gesagt, daß er ein Großbauer ist. Und daß er mir irgendwie bekannt vorkam. Mehr aber auch nicht, obwohl ich hier in der Gegend eigentlich jeden kenne. Jetzt, wo er tot ist, weiß ich, wer er war.«

»Berta, sei so lieb, wart einen Moment«, sagte ich.

Totò war in die Bar gekommen. Er schien's eilig zu haben.

»Paga, e vieni«, rief er mir zu.

War gar nicht seine Art, so ein Kommandoton. Und hier im *Gigi* saß er sonst gerne. Vor allem, weil er sich mit Candalostia gut verstand. Aber heut abend hatte er's offensichtlich eilig. Ich versuchte Totò durch Zeichen klarzumachen, daß das Telefonat wichtig war. Mehr konnte ich im Augenblick nicht tun für ihn.

»Berta, bist du noch da?«

Berta war noch da. Wenn einmal, dann hatte sie Ausdauer.

»Erzähl, Berta.«

»Also: Ich weiß jetzt, wer er war. Der hat vor fünfzehn Jahren einmal mit meinem Bruder gearbeitet. Beim Sesselliftbau oder Straßenbau, oder so etwas. Und die letzten Jahre war er bei der Eisenbahn. Als Streckenläufer. Du weißt ja.«

Ich wußte. Bei jedem Wetter, Sommer wie Winter, die Gleise abgehen. Mit einer Fahne und einer Laterne in der Hand. Und mit einem Hammer auf die Schienen klopfen. Auch kein ganz luxuriöser Job.

»Gewohnt hat er oben, irgendwo hinter Schelleberg. Auf einem zusammengefallenen kleinen Hof, glaub ich. Der hat schon seit gut zehn Jahren nichts mehr getragen. Deswegen ist er zur Eisenbahn. Großbauer war's nie einer, und Bauer schon lang keiner mehr.«

»Und wieso hast ihn nicht erkannt?«

Berta kannte sonst alle. Vor allem solche Leute.

»Seit er bei der Eisenbahn gearbeitet hat, hat er sich nicht mehr blicken lassen und mit keinem geredet. Eigenartig ist er geworden, haben die Leut gesagt. Weißt ja, wie die Leut sind.«

Totò wurde immer ungeduldiger. Candalostia schaute belustigt zwischen ihm und mir hin und her.

»Berta, was ist passiert?« sagte ich. »Ich muß weg, jetzt gleich.«

So, plötzlich und ohne Erklärung, ließ sich das nur Berta gefallen. Dafür hatte sie wieder etwas gut bei mir. Half ihr nicht viel. Bei dem, was sie bei mir schon alles guthatte.

»Ist schon gut«, sagte Berta. »Verbrannt ist er. Auf dem Bahndamm hat's wieder einmal gebrannt. Die Gossensasser sind hinauf zum Löschen. Zuerst haben sie gar nichts bemerkt. Wie sie dann das Gelände abgegangen sind, haben sie ihn gefunden. Ein paar Meter vom Bahndamm weg, hinter einem Felsen. Fast nackt, und verkohlt.«

Totò war kurz vorm Ausflippen. So hatte ich ihn noch nie erlebt.

»Venga, venga«, rief er herüber.

Er wußte, daß ich das haßte. Weil das eine Carabinieri-Standard-Formulierung war.

War ziemlich ungewöhnlich, daß Totò gar nicht richtig in die Bar hereinkam. Ich konnte mir darauf keinen Reim machen.

»Berta«, sagte ich, »was glaubst du, was hinter der ganzen Geschichte steckt?«

»Die meisten sagen, er hat die Böschung selbst angezündet. Und ist dann in den Flammen umgekommen.«

»Das ist nicht alles, Berta. Oder?«

»Nein.«

Berta machte eine Pause.

»Oder es ist vom Bremsen gekommen«, sagte sie.

»Komm, Berta.«

Man mußte ihr alles einzeln herausziehen. Und Totò konnte sich kaum mehr halten.

»Wenn die Güterzüge vom Brenner herunterkommen und bremsen, fangen die Räder zum Glühen an. Und dann brennen die Böschungen. Das kommt im Sommer öfters vor. Die Feuerwehr hat ziemlich viel zu tun. Vielleicht hat er zu löschen versucht.«

»Glaubst du die Geschichte?«

Berta ließ sich mit der Antwort viel Zeit.

»Nein«, sagte sie dann.

»Und?«

Es war ein Kampf um Zentimeter geworden, mit der Berta.

»Ich hab ein ungutes Gefühl«, sagte sie. »Ich weiß nicht, wieso, aber ich glaub, sie haben ihn umgebracht. Ich hab's ihm schon angesehen, als er bei mir war.«

Da hatte sie mehr gesehen als ich. Ich hatte nur einen Besoffenen gesehen. Aber Berta war eben Berta.

»Danke, Berta«, sagte ich und schickte einen Schmatzer durch die Leitung.

Irgend etwas hatte ich noch vergessen. Ich war am Überlegen. Totò ging schon zur Tür hinaus. Los jetzt.

Endlich fiel mir's ein.

»Wie hat der unglückliche Großbauer denn geheißen?«

»Prantl«, sagte Berta. »Florian Prantl.«

»Der paßt ihm jetzt ja zweimal, der Name«, sagte ich, nachdem ich eingehängt hatte.

Candalostia sah mir verwundert hinterher.

»Ich zahl ein andermal«, rief ich ihm zu, »und wenn du nicht sofort das Klappl zu und ein anderes Gesicht machst, zahl ich gar nicht.«

12

Totò stand vor der Tür und wippte auf den Zehen. Ich hatte mich neben ihn gestellt.

»Du hast sie nicht mehr alle, Totò«, sagte ich und schaute demonstrativ an ihm vorbei in die andere Richtung.

Vor dem kleinen Kino standen ein paar Soldaten. Pornofilm. Besser als gar nichts gegen die Langeweile. Und bald würde es damit auch aus sein. Weil das Kino abgerissen und so ein Monster hergebaut werden sollte, das sie dann Kulturhaus nennen würden. Wetten, daß sich da keiner der Soldaten mehr reintraut. Sollen sie ja auch nicht. Im Krieg gibt's keine Kulturhäuser.

»Haben sie dich Arschloch zum General befördert, und jetzt kannst es nicht mehr erwarten, daß ich dir deswegen eine runterhaue, oder was?«

Ich hatte einen Heidenzorn auf Totò. Vielleicht war's auch nur die Nachricht vom Großbauern.

»Venga, venga«, sagte Totò.

Er wußte, daß man mich mit dem Carabinieri-Ton zum Wahnsinn treiben konnte.

Und dann hängte er sich in meinen Arm ein, so als wollte er sich entschuldigen, und schaute mich kurz an.

»Gehen wir«, sagte er, »komm.«

Irgend etwas war da los. Dabei reichte es mir für heute eigentlich schon. Vormittags noch im Gefängnis, und jetzt schon wieder ein Toter. Der zweite. In vier Tagen. Ganz ordentlicher Schnitt.

Und dann Totò in seinem Zustand. Sapperment.

Mir war nach Feierabend, nach in Ruhe eine Flasche aufmachen, und dann noch eine, und Blindwatten. Von mir aus auch zu zweit.

Totò ging zügig los. Wortlos.

»Kannst mir vielleicht sagen, wieso du mich zum Candalostia bestellst, Streß machst und jetzt wie ein Blöder durch die Gegend rennst? E porca vacca.«

»Kannst mir vielleicht sagen«, sagte Totò, ohne langsamer zu werden, »wieso ich dich beim Candalostia mit einem Bier in der Hand antreffe? Ich denke, du trinkst nur Wein und sonst gar nichts.«

Jetzt verstand ich nichts mehr.

»Weil ich heute noch nichts gefrühstückt habe«, sagte ich.

»Dann wird's Zeit, daß wir das nachholen«, sagte Totò. »Was hältst du von einem Hirschgulasch?«

Totò war endgültig hinüber.

Aus Totò war nichts herauszubringen gewesen, während wir durch die Altstadt gingen. Dreimal hatte ich versucht, eine Antwort auf eine Frage zu bekommen. Sense. Totò tat, als ob er von einem anderen Stern käme. Als ob ihn alles nichts anginge.

Ich gab's auf. Wenn er mir schon nicht sagen wollte, was los war, würde er fürs erste auch nichts von der verbrannten Leiche erfahren. Sollte er eben selber draufkommen. Wozu war er bei der Polizei.

Für einen Beobachter, der auch nur ungefähr eine Ahnung davon hatte, was die letzten Tage so alles vorgefallen war, mußten wir ein höchst skurriles Bild abgeben. Totò und Tschenett, Arm in Arm durch die Sterzinger Altstadt wandelnd. Im lauen Frühsommerabendlüftchen. Dabei hatte es heute morgen, als ich entlassen worden war, noch geregnet.

Totò benahm sich wie ein Pfadfinder auf Maiausflug. So lange, bis ich mitmachte. Was blieb mir auch anderes übrig. Wir blödelten, grinsten, lachten. Totò machte abfällige Bemerkungen über die paar Touristen, die uns übern Weg liefen. Wollte wissen, wie es in den Steyrer Bars gewesen war. Und riß ziemlich laut schmutzige Witze.

Totò spielte Theater. Daß ich ihm seinen Auftritt nie im Leben abkaufen würde, das mußte er eigentlich wissen. Für wen war dann das ganze Theater? Ich konnte mir nicht vorstellen, daß der gute Totò völlig verblödet war. So plötzlich. Dazu hatte er zu viele Jahre in der Polizei halbwegs unbeschadet überstanden.

Außerdem hatte er mich zum Hirschgulasch eingeladen. Einfach so. Zwar waren wir beide der Meinung, daß ein gutes Essen mehr wert ist als die richtige Parteizugehörigkeit. Aber diesmal war es etwas anderes. Die Einladung war ein bißchen plötzlich gekommen. Als ob Totò mich mit aller Gewalt aus dem *Gigi* rausholen wollte.

Wir gingen die Lauben hinauf. So langsam ahnte ich etwas. Allzu viele Möglichkeiten, in Sterzing ein Hirschgulasch zu essen, gab es nicht. Das Restaurant, wenn es das war, das ich vermutete, gehörte nicht unbedingt zu meinen bevorzugten. Dazu war sein Ruf in bestimmten Kreisen zu gut, und das Essen zu unaufregend brav. Schlimme Mischung. Wenn schon, war's mir umgekehrt lieber. Totò eigentlich auch.

»Nichts wie rein«, sagte Totò und hakte sich bei mir unter.

Wir waren über den Parkplatz gekommen und standen

jetzt sozusagen vor dem Hintereingang des Etablissements. Das war zwar ein Umweg gewesen, aber Totò schien sich sicher zu sein.

»Heut ist dir das Beste gerade gut genug«, sagte ich zu Totò und versuchte meinen klimpernden Augenaufschlag. »Ich bin geehrt.«

An den Wänden hingen Fotos. Zweitklassige Schlagersterne mit Chefin des Hauses. Staatspräsidenten mit Chefin des Hauses. Undsoweiter mit Chefin des Hauses. Wir waren im Hotel *König*. Feines Haus, gutes Tuch, gediegene Ruhe. Und viele Fotos.

»Krieg ich auch ein Foto von mir?«

Totò schaute mich kurz an. Plötzlich schien er nicht mehr zu Späßen aufgelegt zu sein.

»Das Foto kriegst du schneller, als dir lieb ist, wenn du nicht aufpaßt. Mit schwarzem Rand drumherum. Oder mit ein paar Zahlen auf der Brust.«

Ich verstand immer weniger und beschloß, daß mir das vorläufig schnurz war.

Wir marschierten an zwei, drei hilfreichen Geistern vorbei. Totò suchte sich einen Tisch in einem getäfelten Erker aus. Eine ruhige Ecke. Unser Tisch war kaum einsehbar. Ich saß völlig im Schatten, und Totò konnte von seinem Platz aus den Eingang im Auge behalten. Er schien zu wissen, was er tat.

»Wir legen Wert auf den Tisch im Erker«, hatte Totò gesagt, als ihm der Kellner zu verstehen geben wollte, daß der Tisch eigentlich reserviert war. Der Kellner hatte sich ziemlich blasiert zurückgezogen.

»Die halten den Tisch sonst eigentlich für die Ehebrecher der Stadt frei«, sagte Totò, »wir sitzen sozusagen im Billigséparée.«

»Dann sind wir eben Ehebrecher.«

»Quasi quasi«, sagte Totò.

»Woher hast du das?«

»Sozusagen aus erster Hand«, sagte Totò und grinste.

Ich schaute ihn ziemlich ungläubig an.

»Deine komische Yuppie-Anwältin ist doch nicht verheiratet?«

»Die nicht«, sagte er. »Aber der Herr Minister und der Herr von der Landesregierung. Wir mußten Wache schieben.«

Scheißjob, Bulle zu sein.

»Tschenett«, sagte Totò, »wenn damals jemand draufgekommen wäre, was die beiden getrieben haben, hätt's einen Mordspuff gegeben. Un macello.«

»Und?« sagte ich.

»Diesmal gibt es auf jeden Fall einen Mordspuff. Und du sitzt mittendrin. Du weißt es nur noch nicht.«

Mehr hatte er nicht gesagt. Und jetzt saß er da und studierte die Speisekarte. Genüßlich. Seit wir uns in diese Ecke zurückgezogen hatten, war Totò merklich ruhiger geworden. So, als ob er sich hier sicher und behütet fühlte. Mitten in diesem halbfeinen Restaurant, das sich ganz fein gab und voller Gäste war, die sich stinkfein fühlten.

Wir bestellten uns einmal quer durch die antipasti, dann landete Totò bei einer Sauren Suppe, ich blieb bei Weinsuppe, und für anschließend hatten wir uns Hirschgulasch ausgesucht. Totò hatte darauf bestanden. Ich war da etwas skeptisch, an ein gewildertes Lichtenberger Hirschgulasch würde die Küche hier im *König* auf keinen Fall heranreichen können. Soviel war sicher. Aber Totò ließ keine Diskussion zu.

»Heut ist einer dieser Vögel aus der Landeshauptstadt hier zum Essen angesagt. Gran cacciatore. Da werden sie sich zusammenreißen, non vorranno fare brutta figura, bei dem Oberjäger.«

Solide Informationen sind einfach nicht zu unterschätzen. Vor allem beim Essen nicht. Sonst auch nicht. Totò saß so vergnügt da, daß ich ihm nicht den Gefallen tun konnte, die nächste Frage nicht zu stellen.

»Allora«, sagte ich, nachdem ich mir fürnehm den Mund abgewischt hatte, »che succede?«

»Succede che ti trovi nella merda più totale che ti possa immaginare. Bis Oberkante Unterkiefer, sozusagen.«

Er fackelte wenigstens nicht lange herum.

»Jetzt mal ernst.«

»Das ist ernst.«

»Totò, raus mit der Sprache. Ich denk, du bist mein Freund.«

»Da muß ich noch drüber nachdenken«, sagte Totò. »Dein Freund zu sein ist zur Zeit nicht ungefährlich. Und kein ganz einfacher Job.«

»Wieso denn das?« sagte ich. »Ich bin zwar verhaftet worden und hab ein paar Stunden im Knast gesessen. Aber noch nicht einmal in einer richtigen Zelle. Nur im Vorzimmer. Das ist doch keine Affäre.«

»Im Normalfall nicht. Aber an dieser Geschichte ist ziemlich wenig normal. Das solltest du inzwischen eigentlich festgestellt haben.«

»Fang von vorne an«, sagte ich.

Totòs Blick verlor sich im Raum, dort, wo ich nicht hinsehen konnte. Wer weiß, was es da zu sehen gab.

»Beginnen wir mit dem Einfachsten. Ich sag dir zuerst einmal, warum wir hier sitzen, im *König*.«

»Du hast dich in die Chefin verknallt.«

Totò grinste sein breitestes Grinsen.

»Prima o poi la smetterai«, sagte er. »Paß auf. Mich interessiert an dem Scheißlokal im Augenblick nur, daß man hier ungestört reden kann. Hier traut sich keiner, ein Mikrofon einzubauen oder einen Spitzel reinzusetzen. Hast du verstanden?«

»Nein«, sagte ich.

»Hier hat der Pertini gegessen, hier futtert der Cossiga. Das ist die Mensa von Industriellenverband und Landesregierung gleichzeitig. Erstens. Und zweitens haben hier alle etwas zu verbergen. Da fallen wir nicht weiter auf. Das Lokal ist absolut clean. Abhörsicher. Ungestört. Kapiert?«

»Und du denkst, wir haben das nötig?«

»Mindestens.«

Ich schenkte uns noch ein wenig von dem Weißwein nach. Ich brauchte ein bißchen Zeit zum Nachdenken.

Die Weinkarte war nicht gerade üppig gewesen. In guten Tagen hatte mein Keller ein paar Flaschen aufzuweisen, gegen die alles, was einem hier geboten wurde, österreichischer Verschnitt war. In guten Tagen. Nur waren die guten Tage allzu selten. Das hatte viele Gründe. Für einen guten Wein braucht man mehr Zeit als für eine vierköpfige Familie. Und bei mir reichte es nicht einmal zu einer zweiköpfigen.

Totò hatte mich die ganze Zeit beobachtet.

»Und, kannst im Glas etwas lesen?« sagte er.

»Nichts, als daß der Wein eher mittelmäßig ist.«

»Soll ich dir dann was sagen?«

»Gern«, sagte ich.

»Kurzgefaßt sieht es so aus, daß es Leute gibt, die dir zwei Morde anhängen wollen. Den im Tunnel, und den von heute. Reicht das?«

Es reichte. Aber Totò, jetzt, wo er schon einmal von der Leine war, ließ nicht locker.

»Willst noch etwas wissen?«

»Hängt davon ab«, sagte ich.

»Bozen. Dantestraße. Interessiert dich das?«

»Ich höre.«

»Die Polizei weiß offiziell nicht, wer dich verhaftet hat. Und wer dich wieder aus dem Gefängnis gelassen hat. Sie haben keine Ahnung.«

»Auch nicht, wer auf uns geschossen hat?«

»Geschossen? Das ist mir neu«, sagte Totò und strich das Tischtuch glatt. Die Falten auf seiner Stirn vergaß er. »Ich hab offiziell nachgefragt, wer die Verhaftung durchgeführt hat. Laut Protokollen gab es gar keine. Und laut Protokoll warst du nie im Gefängnis.«

»Sauberer Sauhaufen«, sagte ich.

»Das kann schon sein«, sagte Totò. »Aber so, wie sie das sehen, liegt der Sauhaufen ganz bei dir. Und sie finden, daß es ganz schön stinkt. Zu sehr stinkt. Ein paar von unseren Leuten hätten ganz schön Lust, der Sache nachzugehen und dich in die Mangel zu nehmen.«

»Und du, Totò?«

Irgendwann muß man einem Freund die Frage stellen, auf welcher Seite er steht. Jetzt war der Zeitpunkt gekommen.

»Du meinst, auf welcher Seite ich stehe?« sagte Totò und parkte den Löffel in seine Saure Suppe. »Willst du das wirklich wissen?«

»Ja«, sagte ich.

Natürlich ging ich ein Risiko ein damit. Ein begrenztes. Ein sehr begrenztes. Sozusagen gar kein Risiko. Ich kannte schließlich meinen Totò, und er kannte mich. Dachte ich. Aber denken kann man viel. Dazu sind die Tage zu lang.

»Ich finde, daß es ziemlich stinkt bei denen, wenn die behaupten, daß es bei dir stinkt.«

Guter Totò.

»Das ist es ja, was mir Sorgen macht«, sagte Totò und bekam wieder seinen in die Weite entgleitenden Blick.

Höchstwahrscheinlich saß da hinterm Eck, wo ich nicht hinsehen konnte, ein Exemplar von Weiblichkeit. Und mir verkaufte er seine Maulsperre als nachdenkliche Besorgtheit.

»Das ist noch nicht alles: Die fragen sich vor allem, was du mit den zwei Toten zu tun hast. Im Augenblick bist du die einzige Verbindung zwischen den beiden.«

»Wieso denn das?«

»Frag mich was Leichteres.«

Irgendwer hatte mich da wirklich im Visier. Die wußten mehr über mich als ich selbst. Scheiße. Das fing langsam an, komisch zu werden.

Ich schob die Weinsuppe zur Seite. Etwas Besonderes war sie sowieso nicht gewesen.

Weinsuppe ist eine Kunst. Diese hier war nicht einmal Kunstgewerbe. Sie hatte ganz offensichtlich weder eine ordentliche Fleischsuppe, noch anständige Eier oder einen ehrlichen Weißwein gesehen. Und von dem Weißwein zuwenig. Und höchstwahrscheinlich Kochsahne statt richtiger. Die Brotwürfel mußten sie einmal quer durch die Friteuse gejagt haben. Barbaren. Dafür mußte man in meines Vaters Königreich unter den Galgen treten. Wegen Majestätsbeleidigung. Die Brotwürfel von weißem, halbwöchigem Brot gehören in feinste, schönbraune Butter. Und unter ständigem Rühren auf kleiner Flamme frischgemahlenen Zimt beigeben. Nicht zuwenig. Stärkt schließlich den Mann und rundet den Geschmack ab. Aber das wußten diese Todel hier offensichtlich nicht.

»Wenn ich einmal sonst keine Sorgen hab, zeig ich die hier an wegen Weinsuppen-Verstümmelung und Erregung öffentlichen Ärgernisses. Atti osceni in pubblico.«

»Ist gut, Tschenett«, sagte Totò. »Wenn du einmal keinen Ärger hast. Im Augenblick hast du ziemlich viel davon.«

»Mehr, als ich vertragen kann?«

»Wer kann das so genau wissen«, sagte Totò.

Totò machte sich wirklich Sorgen. Um seinen alten Freund Tschenett. Das hatte einen Vorteil: Ich mußte mir keine mehr machen. Eigentlich. Und nüchtern betrachtet.

Und nüchtern war ich ja noch. Schließlich war die

Weinsuppe ziemlich schwach auf der Brust gewesen. Meine Betrachtung sagte mir, daß es reichte, wenn einer von uns beiden sich um mich Sorgen machte. Eigentlich. Nicht ganz so eigentlich begann ich trotzdem, mir den Kopf zu zerbrechen.

Totò hatte mir in den letzten Minuten einen ganzen Rosenkranz heruntergebetet. Und was noch schlimmer war: Er hatte mir eben einen Verdacht, der mir die letzte Nacht hochgekommen war, sozusagen offiziell bestätigt. Reichlich konfuse Angelegenheit, das Ganze.

»Im Ernst, Totò«, sagte ich. »Wenn das keine Bullen gewesen sind, wer war's dann?«

»Ich weiß es nicht. Meine Chefs sind ziemlich aufgedreht. Weil sie's auch nicht wissen. Behaupten sie. Geheimdienst vielleicht, ich weiß es nicht.«

Das mit den Geheimdiensten war zwar einer meiner liebsten *pallini*. Erstens gab es davon hierzulande genug. Alle fünf Jahre mindestens drei neue. Weil die alten sich als korrupte Putschierer und Bombenleger herausgestellt hatten. Das Ringelspiel ging nun schon seit Jahrzehnten so. Nicht anders als anderswo. Aber hier, zwischen Maria Trens, Schelleberg und Pflersch, konnte ich eigentlich nicht daran glauben. Die Großen Tiroler Bombenjahre, die die transatlantischen Gladiokämpfer und *Stay-Behind*-Haudegen zu abendlandsverteidigenden Trainingszwecken verwendet hatten, waren längst vorbei. Und viel Anständiges war nicht mehr nachgewachsen. Was sollten sie also hier verloren haben.

»Das mit dem Geheimdienst ist doch nicht dein Ernst?« sagte ich.

»Kommt ja auch nicht von mir.«

Totòs Blick schweifte wieder einmal ab.

Ich wollte gar nicht mehr wissen, wo er das Gerücht dann aufgeklaubt hatte. Es war ein Verwirrspiel. Und vielleicht wollten sie genau das. So viele Spuren legen, daß man die eigentliche in dem Getümmel gar nicht mehr verfolgen konnte.

»Weißt du«, sagte Totò, »da läuft irgendein Spiel. Soviel ist sicher. Und wenn wir unseren Kragen retten wollen, vor allem den deinen, dann sollten wir so schnell wie möglich rauskriegen, wer da spielt. Und mit wem. Wir brauchen die komplette Mannschaftsaufstellung. Und bald. Sonst seh ich schwarz für uns.«

»Und, wie weit bist du?«

»Noch nicht einmal am Anfang. Außerdem, was fragst denn mich?«

»Wer von uns beiden ist denn bei der Polizei? Und wer tut denn so geheimnisvoll?«

Totò verzog das Gesicht.

»Bist immer noch beleidigt, weil ich dich hierher geschleift habe, ohne dich vorzuwarnen?«

»Hör auf«, sagte ich. »Aber so eine Geheimniskrämerei hättest ja wirklich nicht machen müssen, oder?«

»Non lo so. Wie ich Feierabend gelassen hab und am Brenner losgefahren bin, ist mir einer hinterhergekommen. Und vorm Candalostia hab ich ihn wieder gesehen. Glaub ich. Wenn's ein Kollege war, dann nicht aus der hiesigen Provinz. Dann muß es schon ein Auswärtiger gewesen sein, wenn schon. Und deswegen dachte ich, es sei besser, wir ziehen eine kleine Show ab.«

»Du spielst Räuber und Gendarm, und ich erfahr erst hinterher davon. Findest du das in Ordnung?« sagte ich.

Fand ich wirklich nicht in Ordnung. Den Spaß hätte er mir schon gönnen können. Unter Freunden.

»Ich kenn dich doch. Du hättest wieder übertrieben. Und ich wollte nicht, daß sie was mitkriegen. Das sind Profis, soviel ist sicher.«

»Und, sitzt hier einer herum von denen?«

»Bis jetzt noch nicht. Glaub ich. Forse. Chi lo sà. Vielleicht.«

Deswegen also. Mich hatte er im Eck versteckt, und er konnte von seinem Platz aus das Lokal kontrollieren.

»Sie werden mich als Lockvogel benutzen wollen«, sagte Totò. »Um an dich heranzukommen. Deswegen ist auch alles, was sie mir während der Arbeit an Informationen zukommen lassen, mit Vorsicht zu genießen.«

»Desinformazia. Alter, lieber Stalinistentrick«, sagte ich.

»Eben«, sagte Totò. »Aber davon werden wir uns ja nicht beeindrucken lassen, oder?«

Totò hatte, plötzlich und ruckartig, seine Saure Suppe zur Seite geschoben. Jetzt schaute er in meine Richtung. Durch mich hindurch, mit seinem Silberblick.

»Was ist los, Totò?« sagte ich.

Langsam, Wort für Wort, als ob er noch am Nachdenken sei, sagte er: »Mir ist gerade etwas ganz anderes eingefallen. Im Kommissariat habe ich heute ein internes Schreiben gelesen. Die Carabinieri-Gewerkschaft verschickt so einen Brief. Morgen wird es in den Zeitungen stehen.«

»Und? Das beweist ja nur, daß sie sogar schreiben können.«

»Dai.«

Er dachte laut nach.

»Die reden da von gesunden Institutionen und gesunder Moral. Und daß der Rest abgeschafft gehört. Liest sich wie der Testlauf zu einem Putsch. Obwohl sie dazu eh nicht fähig sind.«

»Und was hat das mit uns zu tun?«

»Nichts«, sagte Totò. »Ich frag mich nur, wie der Carabinieri-Schrieb auf meinem Polizei-Tisch gelandet ist.«

»Putsch soll mir nur recht sein«, sagte ich. »Dann können wir ihnen endlich eine in den Arsch treten.«

Das Hirschgulasch war nicht von schlechten Eltern gewesen. Gottseidank. Nach der dünnen Weinsuppe hatte ich schon das Schlimmste befürchten müssen. Bei Hirsch war ich verwöhnt. Ich kannte ein paar Vinschger Wilderer.

Aber Totò hatte sich nicht verschätzt.

Sehr viel weiter waren Totò und ich nicht gekommen. Es war ein Verwirrspiel. Man durfte nur nicht den Humor verlieren.

»Egal, was sonst gespielt wird«, sagte Totò, »eines ist klar: Der Tote in dem Tunnel da oben hat sie auf Trab gebracht. Seit heute früh ist ein Kommissar aus Bozen da. Der hat als erstes für sich und seine sechs Lehrbuben ein Büro eingerichtet. Soll ein ganz ein Scharfer sein. Spezialeinheit. Mein Chef ist ganz andächtig geworden.«

»Hat die arme Pflerer Leiche jetzt also ein Sondereinsatzkommando«, sagte ich.

»Ja. Ist eine ziemliche Ehre. So oft kommt das nicht vor.«

»Dann werden wir ja bald Neuigkeiten erfahren. Mußt dich nur umhören«, sagte ich.

Totò stocherte mit seinem Zahnstocher im Mund herum, während er an mir vorbei in den Speisesaal hineinstarrte. Die Absenz hatte ihn wieder. Und ich wußte immer noch nicht, was es da zu sehen gab.

»Ich weiß nicht, ob uns die Superrambos weiterbringen werden«, sagte er langsam.

Irgend etwas an seinem Zahnstocher schien ihm gar nicht zu gefallen. Er nahm ihn ziemlich kritisch unter die Lupe.

»Die haben nicht einmal meinem Chef etwas gesagt. Und uns den Fall abgenommen. Uns und den Carabinieri. Irgendein hohes Vieh muß sie uns direkt vor die Nase gesetzt haben. In dem Fall haben nur mehr die was zu sagen.«

»Streng dich halt an«, sagte ich.

Totò hörte nicht zu. Langsam reichte es mir. Jetzt wollte ich auch wissen, was es da hinterm Eck zu sehen gab. Aber dazu mußte ich aufstehen.

»Du entschuldigst mich.« Ganz fürnehm wurde einem mit der Zeit, in so einem Lokal. »Ich muß kurz du-weißt-schon.«

»Aber bitte«, sagte Totò, »lassen Sie sich nicht abhalten. Schaffen Sie's ohne Polizeischutz?«

Idiot. Mußte jeden Blödsinn mitmachen.

Das Restaurant war voll besetzt.

Ich versuchte, ausgehend von Totòs Blickrichtung den Standort des Tisches zu berechnen, der ihn so interessiert hatte. Ziemlich komplizierte, trigonometrische Angelegenheit. Und in Rechnen war ich noch nie gut gewesen. War aber in diesem Fall auch nicht notwendig.

Mir war im ersten Augenblick klar, was Totò da gesehen und was ihn so interessiert hatte. Ein Blick genügte. Ich konnte ihn verstehen. Gut verstehen.

Mit ihr saßen noch zwei Männer am Tisch. Beide einen Kopf kleiner, der eine rundlich und schon gut angegraut, der andere ein blasses, gebücktes Wesen. Und zwischen den beiden saß sie. Eine rothaarige, herbe Schönheit. Soviel konnte ich schon im Vorübergehen feststellen. Mitten im Saal stehenbleiben wollte ich nicht. Das mußte man schlauer anstellen.

Aus den Lautsprechern in den mikroprozessorgesteuerten Klos rieselten die Oberkrainer. Oder etwas Ähnliches. Es war nicht einfach, bei dieser Musik sein Wasser zu lassen. Vor allem, wenn man eigentlich gar nicht gemußt hatte. Deshalb strengte ich mich auch nicht weiter an.

Dafür hatte es mir der Infrarotmelder angetan, der die Intervallschaltung der Scheißhausbeleuchtung managte. Ich nahm mir die Zeit und mein Taschenmesser und verdrehte die Schrauben an der Rückseite. Auf eineinhalb Minuten hatte die sparsame Hotelleitung das Intervall geregelt. Neunzig Sekunden für einen Schiß. Ein Skandal. Nach meinem Eingriff würde das Licht für zwei Stunden leuchten. Und der Betrieb vor dem Ruin stehen.

Auf dem Weg zurück in den Speisesaal mußte ich zuerst die Chefin umschiffen. Mit ihrem hochmodischen Dirndl stand sie mitten in der Halle wie ein Alpennapoleon. Von tapferen Tirolern weit und breit keine Spur.

Für die paar Meter quer durch den Speisesaal zurück zu unserem Tisch im Erker brauchte ich diesmal mindestens doppelt so lange. Ich vertiefte mich in Ruhe in die rothaarige Erscheinung, die da am Tisch saß und anscheinend in ein ernstes Gespräch mit den beiden Kleinwüchsigen verwickelt war.

»Totò«, sagte ich, als ich wieder an unserem Tisch stand, »liebster Freund, du wirst mir jetzt gleich zwei Gefallen tun. Erstens, mit mir Platz tauschen. Ich übernehm die nächste Wache.«

Totò grinste mich an.

»Und zweitens wird mein Freund Totò mir nie mehr von Geheimdiensten, Verfolgern und Spitzeln erzählen und sich anbieten, mir den Rücken zu decken, indem er mich in die tote Ecke setzt. Und selbst die ganze Zeit die Aussicht genießt.«

Totò zuckte mit den Schultern und wechselte ins Eck.

»Wenn du meinst«, sagte er, »daß du selbst auf dich aufpassen kannst.«

Ich setzte mich hin und genoß still den Anblick. Bis mir Totò wieder einfiel.

»Kann ich, Totò, kann ich.«

Eigentlich hätte mir in diesem so angestrengt halbnoblen Speiserestaurant längst schon die Langeweile bei den Ohren herauskommen müssen. Das Hirschgulasch war nur mehr eine Erinnerung, was danach kam, war nicht mehr der Rede wert gewesen. Das Parfait ein paar Kleckser auf dem Pizzateller, der Schnaps ein europäisches Gemeinschaftsprodukt von der übleren Sorte, und ein Kaffee, der vielleicht im österreichischen Matrei am Brenner gut gehen konnte. Mir trieb er schlicht die Tränen in die Augen.

Und das war gar nicht gut. Das einzige, was mich noch in diesem Lokal hier hielt, war das, was meine Augen an dem Tisch auf der anderen Saalseite sehen konnten.

»Was will die denn mit den zwei Zwergen?« sagte ich.

Totòs Aufmerksamkeit galt vor allem seinem Weinglas. Die letzte Viertelstunde hatte er kaum etwas anderes getan, als hineinzuglotzen, sonst völlig unbeweglich. Vielleicht wartete er darauf, daß ein Fisch vorbeischwamm.

»Sei nicht so gemein. Nur weil du nicht da drüben am Tisch sitzen darfst. Pofer.«

»Wieso? Das sind ja Zwerge. Oder?«

»Dann wird sie schon Schneewittchen sein. Irgendwo müssen also noch fünf andere herumlaufen. Starke Konkurrenz, Tschenett.«

Wenn die sieben Zwerge alle so aussahen wie die zwei Exemplare, die mit der Erscheinung am Tisch saßen, konnte ich mir Chancen ausrechnen. Der eine, der blasse Gebückte, saß wie angenagelt da. Hämorrhoiden. Der andere schien eine Rede zu schwingen. Sah ziemlich gönnerhaft aus.

Aber das konnte niemanden beeindrucken. Am wenigsten die rothaarige Lady, die ihm gegenübersaß. Sie ruhte in ihrer Formvollendung und hörte höflich desinteressiert zu.

»Wenn du noch lang genug so weiterglotzt, wirst dir sicher eine fangen«, sagte Totò. »Hast keine Manieren?«

»In solchen Dingen nicht. Die stören dabei nur.«

Tatsächlich konnte ich mich von dem Anblick nicht losreißen. Rothaarige sind im Normalfall schon gefährlich genug, aber die hier war ein ganz besonderes Exemplar.

»Die Lady braucht einen Waffenschein«, sagte ich, »damit sie überhaupt unter die Leute darf.«

Inzwischen mußte sie längst schon gespürt haben, daß da einer einen steifen Nacken gekriegt hatte. Aber sie ließ sich, ganz kühl, nichts anmerken.

»Smettila, guardone«, sagte Totò.

»Wieso?« sagte ich, »schauen kostet nichts.«

»Da bin ich mir nicht so sicher«, sagte Totò. »Und bei Frauen schon gar nicht. Bei dieser hier auf keinen Fall.«

13

Wir standen unterm Stadtturm.

Sterzing bei Nacht. Nichts los. Weniger als nichts. Ein Abgrund.

Und Totò wollte nach Hause. Ich nicht. Mußte mit meiner Kindheit zu tun haben. Oder mit meiner schwachen Blase. Oder mit was auch immer. Der Platz war so dunkel, daß die Häuser sich über ihm zusammenbogen. Ein Grab. Mir wurde ganz wunderlich und rothaarig zumute.

»Va pensiero ...«, sang Totò Koloratur.

Wenn mich heut abend jemand verarschen wollte, mußte er sich schon mehr anstrengen.

Ich sang zurück.

»There's a beat in the street.«

Hinten hinterm längst schon geschlossenen Würstlstand kotzte einer so laut, daß es über den ganzen Platz zu hören war.

»Jetzt hast es verschrien«, sagte Totò.

»There's a beat in the street, there's beef in the beat, music in the night, feelin' allright.«

»Die Brothers«, sagte Totò.

»Richtig«, sagte ich, »very personal version.«

»Puoi anche mangiartela, la tua vörscion«, sagte Totò. »Me ne vado.«

Und weg war er. Totò.

Der Kollege hinterm Würstlstand kotzte noch immer. Höchstwahrscheinlich lud er hier nur ab, was er vorher hier geladen hatte. Der ewige Kreislauf der Dinge.

Für den ewigen Kreislauf hatte auch ich etwas übrig. Ich machte mich auf den Weg.

Bei Candalostia war ganz gut etwas los. Mir war das recht. Bei dem Heavy Metal, den einem die Anlage hier quer durch das Hirn trieb, blieb für anderes kein Platz. Für tiefere Gedanken schon gar nicht mehr.

Ich verzog mich an die hinterste Ecke, die der Pudel zu bieten hatte. Auf der Chromplatte, zwischen den versammelten Bierflecken der letzten drei Jahrzehnte, erschien in kurzen Abständen immer wieder ein verschwommenes Bild.

Das einer hohen, kühlen Rothaarigen.

»Candalostia«, sagte ich, »tu mir einen Gefallen, bring mir ein Bier und wisch den Pudel ab.«

Nie trank ich Bier. Außer zum Frühstück. Bier ist kein alkoholisches Getränk. Bier ist Pudding mit Kinderkeksen. Aber Bier war das einzige, was mir heut abend noch helfen konnte. Wegen des Hopfens. Stellt den Mann ruhig. Wußten schon die alten Mönche. Weshalb ihre Chefs ihnen auch gern die Genehmigung gaben, im Kloster Bier zu brauen.

Candalostia war ein verständiger Mensch und sah meine Not. Grinste mich an und wischte mit einem klebrigen Tuch auf dem Chrom herum.

»Wirst sehen, wird gleich besser«, sagte er.

War zwar nett von ihm, aber half nicht viel. Es wurde alles viel schlimmer. Mit einem Schlag.

Wenn ich von dem Scheißsuff inzwischen nicht schon vollkommen blind geworden war, dann stand da in der Tür eine rothaarige Lady. Und hatte sich ganz offensichtlich nicht verlaufen.

Dazu stand sie viel zu gezielt da. Sie schaute sich um.

Was, um Himmels willen, hatte dieses Luxusweib bei Candalostia verloren? Das Lokal, das Candalostia führte, hatte einen ganz netten Namen und einen ganz schlimmen Ruf. Ich kannte jede Menge Leute, die sich gern auf ein Glas einladen ließen; vor die Wahl gestellt, gingen sie aber trotzdem lieber als ins *Gigi* auf ein Bier in die Kirche, um Weihwasser zu trinken.

Es war merklich ruhiger geworden im *Gigi*. Die Leute

zumindest. Der Heavy Metal dröhnte weiter aus den Boxen.

Und trotzdem konnte ich jedes einzelne Bläschen in meinem Bier nach oben düsen hören. Mit einem Riesenlärm.

Candalostia wischte sich die Hände an einem Tuch ab. Hinterher war das Tuch sauberer als die Hände. War egal. Candalostia war jetzt ganz Wirt. Und ein Wirt wischt sich die Hände ab, wenn unerwarteter Besuch kommt. Egal, ob der Besuch Ärger mitbringt oder nicht. In diesem Fall war das noch gar nicht so klar.

Candalostia hatte bereits die Hälfte des Weges zur Tür hinter sich gebracht, als er stehenblieb. Er hatte gerade noch rechtzeitig erkannt, daß er nicht mehr gebraucht wurde. Die Lady kam schnurstracks auf mich zu.

Candalostia machte, daß er wieder hinter den Pudel kam. Er hatte es eilig. Die Lady, kaum stand sie neben mir, bestellte einen Tequila. Candalostia hatte es gerade noch geschafft, rechtzeitig zur Stelle zu sein. Atemlos.

»Tut mir furchtbar leid, Gnädigste«, sagte Candalostia. Vor langer Zeit hatte er einmal zwei Saisonen in der Schweiz gemacht. »Tequila wird hier selten verlangt.«

Dabei sah er mit einem ziemlich miesen Blick auf mich und den Rest seiner Kneipenbelegschaft. Hund. Sollte er mir büßen. Sich so auf Kosten anderer heraustun wollen.

Die Lady zeigte keine Regung.

»Was würden Sie mir dann empfehlen?«

»Ich weiß nicht so genau«, sagte er und sah zu mir herüber.

Ich nickte.

»Einen Villanderer Schwarzgebrannten vielleicht?« sagte Candalostia.

Die Lady sah mich an.

Ich nickte wieder. Wurde offensichtlich von mir erwartet. Sollten sie haben. Der Rest war Schweigen. Ich wartete ab. Sehr gespannt, welche Erklärung mir angeboten werden sollte.

»Ich habe auf der Straße jemanden gefragt, wo hier in der Stadt um diese Zeit etwas los ist. Man hat mir das Lokal hier empfohlen.« Sie trank einen ordentlichen Schluck vom Schwarzgebrannten. »Inzwischen denk ich, da wollte sich jemand einen Scherz erlauben«, sagte sie und sah sich um.

»Seh ich auch so«, sagte ich.

»Würden Sie einen auf den Scherz trinken?« sagte sie.

Und schaute. Heilige Vierzehn Nothelfer.

Candalostia schaffte es, *Aber sicher* zu sagen, bevor ich auch nur den Mund aufgekriegt hatte.

»Gerne«, sagte ich.

Candalostia war Gottseidank nicht allzu laut geworden.

»Prost«, sagte ich, »Gesundheit«, und wir stießen die Gläser aneinander.

Es tat einen Knacks. Nicht im Glas. Echtrothaar mit blauen Augen ist verdammt selten. Und stand mir gegenüber. Gesundheit. Prost.

»Tamara«, sagte sie.

»Jonny, eigentlich Tschonnie«, sagte ich und tat einen ordentlichen Schluck.

»Candalostia«, sagte ich, »noch einmal das Ganze.«

»Es ist kein Zufall, daß ich hier bin«, sagte Tamara.

»Das hätt Ihnen in diesem Lokal auch keiner geglaubt.«

Candalostia brachte Nachschub. Gerade rechtzeitig. Meine Nachbarin hatte eben den Rest weggeputzt. Ich kannte das Zeug. Man mußte gute Magennerven haben. Oder keine.

»Auf uns«, sagte die Lady.

»Langsam, Lady«, sagte ich, »nicht so schnell. Was wollen Sie von mir?«

Sie versuchte es erst einmal mit einem dieser tödlichen Blicke. Vielleicht hätte es auch geklappt. Trotz allem. Wenn nicht genau in dieser Sekunde die Tür aufgegangen wäre.

Es waren Carabinieri. Und sie versuchten, durch den Rauch, den Lärm und das Kuddelmuddel irgend etwas zu erkennen. Nachdem sie die für Carabinieros übliche Schrecksekunde hinter sich hatten, machten sie sich auf den Weg.

Direkt auf uns zu.

Himmel, Arsch und Regenschirm. Da hatte ich neben mir eine rothaarige Lady mit blauen Augen stehen, fähig, zwei Villanderer Schwarzgebrannte hintereinander hinunterzutun, und gerade dabei, mich kreuz und quer aufzureißen: Da kamen diese Arschlöcher dazwischen.

»Denen ist gar nichts mehr heilig«, sagte ich.

Eine gewisse Resignation in meiner Stimme konnte ich mir beim besten Willen nicht verkneifen. Irgendeiner hatte mich schon wieder am Arsch gekriegt.

»Lei è il signor Scénet«, sagte einer der beiden Carabinieros. Es war mehr eine Behauptung als eine Frage. Hatte offensichtlich keinen Sinn, zu leugnen. Warum auch.

»Richtig«, sagte ich und dachte daran, daß ich aus Wut gleich aus der Haut fahren würde, »noch bin ich der Tschenett.«

Beide sahen aus wie vom hintersten Tal heraus. Stämmige Tiroler Burschen. Höchstwahrscheinlich taten sie sich mit Hochdeutsch schwerer als mit Italienisch.

»Wir würden Sie gerne mitnehmen«, sagte der von eben.

Der andere war noch maulfauler und sagte gar nichts.

»Kann ich verstehen«, sagte ich.

Ich warf Tamara einen Blick zu. Sie würden begreifen. Wir sind alle nur Männer.

»Und ihr werdet verstehen, daß ich jetzt nicht kann«, sagte ich. »Ist ein ganz schlechter Augenblick für so etwas. Kapiert?«

Mit denen konnte ich ruhig etwas deutlich werden.

Die Reaktion kam prompt.

Der Maulfaule zog seine *Beretta*, sein sprachbegabter Kollege sagte: »Venga, venga.«

Damit sagte er genau das Richtige, um mich zum Freund zu bekommen. Diese Carabinieri-Kurzbefehle. Diese Primaten-Dialoge. Jetzt war Feuer auf dem Dach.

»Tun Sie ihnen doch den Gefallen«, sagte die rothaarige Lady. »Ich komme gern mit. Wir können uns dann ja unterwegs unterhalten.«

Hier war kein einziger mehr auch nur halbwegs normal. Da war ich mir ganz sicher. Ich sah mir die Lady von der

Seite an. Sie machte das unbeteiligtste Gesicht, zu dem sie fähig war. Und das war nicht wenig. Sie sah von Haus aus schon so unnahbar wie ein gefrorener Wasserfall aus. Dieselbe kühl-rutschige Erotik.

»Ich nehme an, Sie werden mir das bei Gelegenheit noch erklären«, sagte ich.

»Hier gibt's nix zu erklären«, sagte der Carabiniere.

»Bei euch weiß ich das ja auch. Ihr wart gar nicht gemeint.«

Die zwei Carabinieros schienen es wirklich eilig zu haben.

»Los jetzt«, sagte der Maulfaule und wachtelte mit der *Beretta.*

Reden konnte er also.

»Austrinken, wenigstens«, sagte ich und prostete Tamara zu.

»Da gibt es nichts zu erklären«, sagte sie, während sie den Villanderer in einem Schluck austrank. »Ich möchte Sie jetzt nur nicht allein lassen.«

»Ist es so schlimm?«

»Hängt ganz davon ab, von wem wir sprechen«, sagte sie. Und lächelte.

Wenn sie lächelte, schmolz im Umkreis von zwei Kilometern alles Eis. Nur sie nicht.

Plötzlich konnte ich es mir gut vorstellen, wie es hätte weitergehen können: Noch ein paar Villanderer, irgendein paar halbversoffen halbphilosophische Diskurse, ich hätte mein Mißtrauen dieser rothaarigen Erscheinung gegenüber irgendwann einfach über Bord geschmissen und mich nur mehr in sie verliebt. Für die Dauer dieser Nacht.

Statt dessen saßen wir beide jetzt auf dem Rücksitz eines Carabinieri-Jeeps, neben uns spielte ein Carabiniere mit seiner *Beretta* und würde gleich kommen. Und zumindest ich wußte nicht, wo die Fahrt hingehen sollte.

Der Mond schien. Wenn der Rest entsprechend gewesen wäre, hätte das auch noch eine romantische Nacht werden können. Zur Zeit sah es mir aber gar nicht danach aus.

Wir fuhren die Staatsstraße Richtung Süden. Inzwischen war es kurz vor Mitternacht. Eingeklemmt zwischen einem Carabiniere und einer rothaarigen Lady namens Tamara, dachte ich über die Unbequemlichkeit von Dreiecksverhältnissen nach. Bis es mir zuviel wurde.

»Jetzt mal ganz im Ernst, Lady, und ungeachtet der Unbequemlichkeit unserer derzeitigen Situation: Was wollen Sie von mir? Hätt ich gern gewußt.«

Der Carabiniere wurde plötzlich aufmerksam und unterbrach seine Pistoleroübungen mit der *Beretta*.

»Können Sie sich das nicht denken?«

Es war zu dunkel, um ihre Reaktion genau beobachten zu können.

Dem Einschlag nach zu urteilen, mußte sie aus dem hohen Norden stammen. Hamburg oder nördlicher. Plötzlich schoß mir ein Radiojournalist durch den Kopf. Einer von denen, die dachten, sie könnten was. Das einzige, was er konnte, war, einen Sprachfehler zu kultivieren. Bei ihm wurde *im hohen Norden* regelmäßig zu *im hoden Norden*.

»Nein«, sagte ich, »kann ich mir nicht denken. Kann ich nicht. Frauen, die mir hinterherlaufen, machen mich stutzig. Und außerdem bin ich nicht ganz Ihr Hemdkragentyp.«

»Ich verstehe Sie nicht.«

Ich konnte mich ja täuschen, aber es schien mir eben, als hätte da so etwas wie Enttäuschung durchgeklungen.

»Ganz einfach, Lady. Ihr Hemdkragentyp, das ist bestes Tuch und maßgeschneidert. Ich bin ein Typ mit Dreck am Kragen. Und gar nicht wenig, wie Sie inzwischen vielleicht festgestellt haben. Oder denken Sie, meine Freunde haben mich zu einer Spazierfahrt eingeladen?«

»Ich habe Ihre..., wie soll ich sagen, Aufmerksamkeit mir gegenüber bemerkt«, sagte Tamara. »Und dann verschwanden Sie mit Ihrem Bekannten plötzlich aus dem Restaurant. Weil ich in Begleitung war, konnte ich Ihnen nicht sofort folgen.«

Einer der beiden Carabinieros pfiff durch die Zähne.

»Ruhe«, sagte ich, »sonst fliegt einer von euch zwei Gartenzwergen noch aus dem Auto.«

Sie nahmen es anstandslos hin. Was sollten sie auch sonst tun. Sie waren viel zu gespannt auf das, was noch kommen würde.

Ich konzentrierte mich wieder auf die Lady.

»Wer waren denn die beiden...?«

Zwerge, wäre mir beinahe rausgerutscht. Mußte ja nicht sein. Im Augenblick war die Lady ziemlich umgänglich. Und langsam etwas anschmiegsam. Oder es war die Linkskurve gewesen.

»Das war nur ein Arbeitsessen mit einem Innsbrucker Ingenieur, für den ich arbeite.«

»Wieso, was machen Sie denn so, wenn Sie nicht von der Polizei spazierengefahren werden?«

»Ich bin Petrographin.«

Ich mußte wohl besonders blöd dreingeschaut haben. Denn die Lady beeilte sich, eine Erklärung anzuhängen.

»Einfacher, und nicht ganz präzise formuliert: Geologin«, sagte sie und sah mich an, als wär das etwas besonders Lustvolles.

»Und was treibt man da so, als Petrodingsda?«

»Ich glaube nicht, daß Sie das interessieren wird«, sagte sie.

Ich sah sie nur an. Und wartete. Sie ließ sich erweichen.

»Ich habe gerade eine Reihe von Gesteins- und Bohrkernanalysen durchgeführt. Um es genau zu sagen: petro-, litho- und stratigraphische Gesteins- und Lockermaterialbestimmungen, Dilatometer- und Triaxialversuche. Reicht Ihnen das?«

»Das reicht«, sagte ich, während ich versuchte, den Knopf für die Denkmaschine zu finden.

Der Lady reichte es anscheinend noch nicht.

»Alles im Auftrag des Innsbrucker Ingenieurs, den Sie mit mir am Tisch gesehen haben«, sagte sie, »Klaus-Dieter Pressack. Nur damit Sie auch über die Art meiner Verabredung im Bilde sind. Sein Büro arbeitet an einer Machbarkeitsstudie im Vorfeld des Brennerbasistunnel-Projektes.«

Plötzlich schien sie ziemlich gelangweilt zu sein. Auf jeden Fall klang sie so. Auch wenn sie mir wieder etwas näher gekommen war.

»Ich glaube wirklich nicht, daß Sie das interessieren wird«, sagte sie.

Ich war im Zweifel darüber, was sie meinte. Und hatte keine Zeit für meine Zweifel und kein Stück Hirn frei für sie. Ich saß da und holte Luft. So unauffällig wie möglich.

Und wie es mich interessierte. Da hatte ich's plötzlich nicht nur mit einer rothaarigen norddeutschen Lady namens Tamara zu tun, die sich um mich bemühte. Sondern auch noch mit einer Petroirgendwas, die sich mit einem Eisenbahntunnel beschäftigte. Zwei Tote hatte es gegeben, hier in der Gegend, innerhalb weniger Tage. Die Leiche des einen war in einem Tunnel aus dem Felsen freigesprengt worden. Und der verkohlte Leichnam des anderen war an der Eisenbahnlinie gefunden worden. Eisenbahn. Tunnel. Eisenbahntunnel. Halleluja.

14

»Venga, venga«, sagte der Carabiniere. »Aussteigen, Endstation.«

Ich war froh drum. So auf engem Raum in dem Carabinieri-Jeep hätte mir die Lady meine Überraschung vielleicht noch angemerkt. Jetzt, nachdem ich ausgestiegen war, war das anders. Ich durfte Überraschung zeigen, ohne aufzufallen.

Schließlich standen da vor dem Haus, in dem ich wohnte, drei gepanzerte Mannschaftswagen der Carabinieri und jede Menge Polizeifahrzeuge. Dazwischen buntgemischt Ordnungshüter der diversen Gattungen mit Maschinenpistolen und Bleiwesten. Überall rotierendes Blaulicht, das über die Gesichter huschte. Die Feuerwehr war auch da, und ein Rettungswagen. Das Ganze war von Scheinwerfern taghell erleuchtet. Lunapark, Lunapark. Hereinspaziert, hereinspaziert. Sehen Sie die unbeschreibbarsten Monstrositäten und aberwitzigsten Wunder der Natur.

Die Aufschrift auf der Hausfront war besonders schön zu lesen: *Waldfrieden*. Bisher hatte ich über den Namen immer lachen müssen. Zur Zeit fiel mir das schon etwas schwerer.

Was hatte Totò vor ein paar Stunden gesagt? *Das beste ist, wir warten ihren nächsten Zug ab. Egal wer sie sind.*

So wie das hier aussah, hatte jemand seinen nächsten Zug schon getan. Mindestens einen. Hatte meine Wohnung in Brand gesetzt und die alte Oma aus dem ersten Stock erwürgt. Damit man es mir in die Schuhe schieben konnte. Etwas in der Richtung war hier wohl zu erwarten. Ich war auf alles gefaßt. Anders konnte sich kein vernünftiger Mensch das Riesenaufgebot erklären.

Ich stand mitten in dem Gewimmel von Ordnungshütern. Und dachte kurz nach. Abhauen war nicht drin. Dazu war ich inzwischen zu sehr eingekreist. Und ich hätte nie erfahren, worum es hier ging. Also am besten nach vorne gehen und sich die Sache ansehen. Sehr viel schlimmer konnte es heute eigentlich kaum mehr kommen.

Mir hatte die Geschichte mit der Lady eigentlich schon gereicht. Ich drehte mich um. Sie saß immer noch im Jeep, mutterseelenallein. War doch nicht normal. Meiner Meinung nach. Daß man sich so einen Platz aussuchte, um den Abend zu verbringen.

Ich konnte mir da schon weniger aussuchen. Vor allem seit mich zwei Polizisten in Bleiwesten untergehakt hatten und mich Richtung Hauseingang abführten.

Wir stiegen die Treppen zu meiner Wohnung hinauf. Auf jedem Treppenabsatz standen zwei vollbewaffnete Typen. In Sprunghaltung. Sah ganz danach aus, als ob sie in dem Haus die Chefs von *RAF*, *BR*, *BMW*, *ETA*, *IRA*, *AIM*, *Movimentu Corsu* und *Sendero luminoso* auf einmal aufgestöbert hätten. Kriegszustand.

Die Tür zu Totòs Wohnung lag am Boden. Dahinter wimmelte es von Polizisten. Es roch verbrannt. Totò war nicht zu sehen.

Meine Begleiter zögerten einen Augenblick, bis sie von einem halbjungen Spund, der hier ganz offensichtlich das Sagen hatte, per Handzeichen bedeutet bekamen, mich noch einen Stock höher zu bringen.

Vor meiner Wohnung sah's nicht besser aus als eben bei Totò. Die Tür lag zerfleddert im Treppenhaus. Ich wollte in meine Wohnung. Interessierte mich doch zu sehr, was da los war. Meine bewaffneten Begleiter waren da anderer Meinung. Ich sollte heraußen warten. Und damit ich es auch wirklich tat, blieben sie gleich bei mir stehen. Einer links, einer rechts. Heilige Dreifaltigkeit.

Trotzdem konnte ich von meinem Standplatz aus sehen, daß jemand in meiner Wohnung aufgeräumt haben mußte. Ordentlich. Im Gang war alles drunter und drüber. Ein Sauhaufen. Störte mich nicht weiter. Vorher war es auch nicht unbedingt ein preußischer Kasernenhof gewesen. Ich fragte mich nur, wer da was von mir gewollt hatte.

»Tschenett, Sie scheinen Feinde zu haben. Kollege Totò auch«, sagte einer hinter mir.

Es war der Oberpolizist von vorhin. Sprach ein keimfreies Deutsch. Und spielte mit seinem Schlüsselbund herum. Mußte hier der Einsatzleiter sein.

»Kann ich mir nicht vorstellen«, sagte ich. »Dazu bin ich zu unbedeutend.«

»E allora«, sagte der Oberpolizist, »wie erklären Sie sich die Tatsache, daß man in Ihre Wohnungen eingedrungen ist und Feuer gelegt hat? Und daß wir gleichzeitig eine anonyme Bombendrohung bekommen haben?«

Ich zuckte mit den Schultern. Nachdenken mußte er schon selber. Und wenn's viermal weh tat.

»Das werden doch kaum Ihre Freunde gewesen sein, oder?« sagte der Oberpolizist.

»Wie wär's, wenn das ein paar Patrioten gewesen sind?« sagte ich. »Die geglaubt haben, in eine Polizistenwohnung einzubrechen, und nach streng geheimen Unterlagen gesucht haben. Ein paar Aufzeichnungen über eure Schweinereien? So ein bißchen Gegenspionage? Müßte Ihnen doch gefallen, Räuber und Putz zu spielen. Haben sich nur leider schwer geirrt, Ihre Kollegen von der Gegenseite. Bulle bin ich nun wirklich keiner. Und in der Enttäuschung werden sie den Haufen angezündet haben. Kann ich eigentlich verstehen. Solang sie nicht über meine Wildsauwurst gegangen sind.«

»Tschenett, Tschenett«, sagte der Oberpolizist, »das müssen wir anders angehen.« Er nahm mich am Arm.

»Kommen Sie«, sagte er, »wir haben etwas miteinander zu besprechen.«

Und zog mich hinter sich her. Hätte er nicht gemußt. Ich folgte ihm auch freiwillig. Wohin sollte ich schon. Wenn nicht nach vorne.

Totò hatte behauptet, wegen der zwei Toten der letzten Tage sei ein Sondereinsatzkommando nach Sterzing abkommandiert worden. Da mußte er sich getäuscht haben. Für die Jagd nach dem Mörder konnten sie keinen einzigen mehr frei haben. Standen ja schließlich alle hier herum. Außer sie gingen davon aus, den Mörder bereits gefunden zu haben. Im Haus *Waldfrieden*, dritter Stock, gleich unterm Dach.

Ich konnte nicht einsehen, was es da noch viel zu besprechen geben sollte. Sie sollten ihre Arbeit tun. Basta. Aus. Und mich in Ruhe lassen. Ich sagte das dem Oberpolizisten.

»Das kann ich Ihnen beim besten Willen nicht empfehlen«, sagte er.

Ich sah ihn mir in Ruhe an. Höchstens knapp mein Alter. Und schon alt geworden. Zuviel Arbeit, und vor allem zu viel Karriere. War nicht leicht, so ein Scheißleben. Wenn man sich tagtäglich zum Arsch machen muß. Stand da, so gelassen wie geübt, so freundlich wie grad möglich, und so lächelnd, wie es ihm der Muskelkater im Gesicht erlaubte. Idealer Mann, um eine Todesnachricht zu überbringen: Sie ließ ihn in jedem Fall kalt. Hatte sich unter Kontrolle. Und schon Schlimmeres überstanden. Versuchte er einem wenigstens klarzumachen. Hätte auch funktionieren können, wenn da in seiner Stimme nicht zwischendurch ein schneidender Ton aufgetaucht wäre. Und wenn er mit den Schlüsseln endlich Ruhe gegeben hätte.

Klappernd stand er jetzt vor mir.

»Was empfiehlt die Polizei dann?« sagte ich. »Nicht, daß ich mich unbedingt an die Empfehlung halten würde, aber lassen Sie einmal hören.«

»Ich werde Ihnen«, sagte er und klapperte weiter mit den Schlüsseln, »ich werde Ihnen jetzt genau zwei Fragen stellen. Und Sie werden sie beantworten. Empfehle ich Ihnen.«

»Bei Gelegenheit sollten Sie mir mal den Unterschied erklären, den Sie zwischen empfehlen und befehlen machen.«

»In Ihrem Falle gibt es keinen.«

»Das hab ich mir beinahe so gedacht.«

»Also«, sagte der Oberpolizist, und plötzlich war es erdrückend still; er hatte aufgehört, mit den Schlüsseln herumzuspielen, »wie sieht's aus?«

Ich beschloß, daß ich ihn genug auf die Folter gespannt hatte. Und anhören konnte ich mir seine zwei Fragen ja. Wie das mit dem Beantworten war, konnte man dann immer noch sehen.

»Ist in Ordnung«, sagte ich. »Weil ich ein netter Mensch bin. Fragen Sie.«

»Nicht hier im Gang«, sagte er. »Kommen Sie.«

Er ging vor mir die Treppe hinunter.

»Gibt's da, wo wir hingehen, auch etwas zu trinken?« fragte ich.

»Ich werde sehen, was ich für Sie tun kann«, sagte er.

Wir waren angekommen. Erster Stock, Familie Paganotto Amorino. Amorino Paganotto war von Beruf Mitglied der *Guardia di Finanza*, mit festem Arbeitsplatz am Brenner, bevorzugte Tätigkeit Haschischhundestaffelführer. Wenn ich mich noch korrekt daran erinnern konnte, was Totò mir über ihn erzählt hatte. Schließlich sollte man über seine Nachbarn zumindest ansatzweise Bescheid wissen.

Und Amorino Paganotto wohnte zwei Stockwerke unter mir. Mit zwei netten, ewig schreienden Kindern und einer nicht minder netten, auch nicht gerade mit Sprachlosigkeit geschlagenen Frau. Wir waren uns nie sehr nahegekommen, Paganotto, seine Familie und ich. Und trotzdem saß ich jetzt in seinem Wohnzimmer. Und von Paganotto, seiner lieben Frau und seinen lieben Kindlein war weit und breit nichts zu sehen. Sie hatten ihn evakuiert. Oder zwangsdelogiert. Oder auf den Mond geschossen. Auf jeden Fall waren er und seine Lieben wie vom Erdboden verschluckt. Nachts, kurz vor ein Uhr. Keine gute Zeit für einen Familienspaziergang. Dachte ich. Aber vielleicht verstand ich davon auch zuwenig. Konnte gut sein, bei meinem Familienstand. Der sah noch schlimmer aus als mein Kontostand.

»Vecchia Romagna?« sagte der Oberpolizist.

»Wenn Sie nichts Anständigeres da haben, soll's recht sein«, sagte ich und sah mich um.

Barock, wohin das Auge schweifte. Salotto. Wohnlich, wohnlich.

Mir gegenüber auf dem Sofa, auf dem Tischchen vor sich ein paar Zettel ausgebreitet und zwei Funkgeräte, die immer wieder quäkten, hatte sich der Oberpolizist hingesetzt.

»Allora«, sagte er, »vediamo. Ich habe da zwei Leichen, zwei Wohnungseinbrüche mit Brandstiftung und eine Bombendrohung. Richtig?«

»Ist das schon eine von Ihren zwei Fragen?«

»Nein. Nur eine Feststellung.«

Ich zuckte mit den Schultern.

»Sie sind der Chef vom Sondereinsatzkommando, nicht ich«, sagte ich.

Es war ein Test. Ich konnte auch falsch liegen damit. Tat ich aber nicht. Ich hatte ihn erwischt. Er war ruckartig aufgestanden.

»Ihr Freund Totò sollte etwas vorsichtiger sein mit dem, was er herumerzählt«, sagte er. »Die nächste Strafversetzung würde ihm sicher nicht allzuviel Freude machen.«

»Ich werd's ihm ausrichten.«

Es juckte mich. Wieder einmal.

Die Sondereinsatzkommandoleitung setzte sich wieder hin. Bei Gelegenheit mußte ich ihn nach seinem Namen fragen.

Er ließ sich Zeit.

»Es geht da die Rede von einem Aktenkoffer«, sagte er. »Ein paar Leute reden davon. Ist uns zu Ohren gekommen. Der Tote im Pflerscher Tunnel soll ihn bei sich gehabt haben. Und wir haben gehört, daß Sie auch in dem Tunnel waren.«

»Ach nein«, sagte ich.

»Und wie«, sagte er, »wie können Sie uns das erklären:

Was hat ein LKW-Fahrer in einem Eisenbahntunnel zu suchen?«

»Kann ich nicht«, sagte ich. »Langeweile, oder so was.«

»Und der Koffer? Sie können sich vorstellen, daß wir daran interessiert sind.«

»Kann ich«, sagte ich.

»Dann hören Sie jetzt gut zu. Wenn Sie den Koffer in Ihrem Besitz haben oder gehabt haben, wenn Sie wissen, wo er jetzt ist, wenn Sie auch nur die leiseste Ahnung haben, den kleinsten Verdacht, die vageste Vermutung: Dann tun Sie sich und uns den Gefallen und sagen Sie es mir. Jetzt. Sonst kann ich für nichts garantieren. Keiner kann das. Verstanden?«

»Ist das Sondereinsatzkommando so scharf drauf?«

»Ja«, sagte er. »Und, wie mir scheint, sind wir nicht die einzigen.«

Meine Oma fährt im Hühnerstall Motorrad: Sie würden nie dahinterkommen.

Und ich würde ihnen nicht auf die Sprünge helfen. Nicht, bevor ich nicht wußte, worum es bei der ganzen Geschichte ging. Dazu war schon zuviel passiert. Und ich saß zu sehr mittendrin. Ich wollte und konnte mich nicht nur auf das gütige Verständnis dieses Herrn hier verlassen. Er würde keinen Augenblick zögern, mich zu verbuttern und in die Pfanne zu hauen, wenn er es für notwendig erachtete. Bei seinen Spielchen. Also würde er von mir über den Koffer auch nichts erfahren, bevor ich nicht wußte, was er mit der Information anstellen wollte.

»Da haben Sie schon Pech gehabt, mit Ihrer Frage Numero eins«, sagte ich. »Tut mir leid, ich weiß nichts von dem Koffer.«

Ich sah ihn kurz an und lehnte mich dann zurück.

»Aber Sie haben ja noch eine Frage gut«, sagte ich. »Vielleicht klappt's mit der.«

»Paß auf«, sagte er und goß sich einen Vecchia Romagna ein, »ich werd jetzt einmal ein paar Sätze laut denken. Und du darfst zuhören.«

Ganz plötzlich war er ziemlich sauer geworden. Ich kannte das. So waren sie alle, die Verständnisvollen. Urplötzlich kommt das Tier heraus.

»Und wenn ich sag, du darfst zuhören, dann rat ich dir, hör gut zu.«

»Ich tu mein Bestes«, sagte ich.

Komm schon, Baby.

»Ich hab hier ein paar Unterlagen liegen. Aus den letzten zwanzig Jahren. Über dich. Du hältst dich für ein kleines Würstchen, stimmt's? Und denkst, deswegen kann dir nichts passieren und du kannst ewig den Bajazzo spielen. Und allen auf den Kopf scheißen. Gut. Jetzt sag ich dir mal was. Du bist ein kleines Würstchen. Da hast du recht. Und jetzt, hör gut zu...«

Inzwischen war er ziemlich in Fahrt geraten. Auf hundertfünfzig.

»Weißt du, was wir mit solchen Würstchen machen? Nichts lieber, als sie wegen nichts und wieder nichts ins Loch zu stecken und drin zu lassen, bis sie so verschrumpelt sind, daß nicht einmal ihre eigene Mutter sie wiedererkennen würde. Und dann ist's aus mit der Fickerei. Verstanden? Und weißt du, wofür wir sie ins Loch stecken, zwanzig, dreißig Jahre? Für gar nichts. Exakt für gar nichts. Wenn's uns paßt. Verstanden?«

Ich nahm mir noch einen Schluck Vecchia Romagna aus der Flasche.

»Seltsam«, sagte ich, »das muß Schmuggelware sein. Da fehlt die amtliche Halskrause.«

Ich beugte mich nach vorne. Auf dem Tisch lagen seine Zigaretten. Auch ohne Halskrause. Ich nahm mir eine.

»Legal scheint an euch ja gar nichts zu sein«, sagte ich. »Zumindest was die Genußmittel betrifft. Konfiszierte Schmuggelware?«

»Schluß damit«, sagte er im vollsten Sondereinsatzkommandobrustton und griff sich eines der beiden Funkgeräte. »Schickt ihn mir herauf. Sofort.«

»So, mein Lieber«, sagte mein Gegenüber, »jetzt wird's ernst. Das hier«, sagte er und fuchtelte wieder mit seinen komischen Unterlagen herum, »das hier, mein Lieber, bringt dich, falls ich will, schon einmal für mindestens zehn Jahre in den Knast. Einfach so. Und das sind alte Geschichten. Völlig lächerliche. Richtig. Aber sie reichen mir. Dreimal.«

Er lehnte sich ins Sofa zurück und knetete seine Finger. Behutsam.

»Das wären also schon einmal zehn Jahre. Und für das, was jetzt anliegt, verschaffe ich dir noch einmal dreißig Jahre. So.«

Er hatte, ein bißchen theatralisch, mit den Fingern geschnippt.

Recht so, Baby. Weiter. Zeig's mir. Komm schon.

»Egal, was du damit zu tun hast. Vollkommen gleichgültig. Ich frier dich einfach ein. Für dreimal zehn Jahre. Die Beweise reichen. Wenn ich will, reichen sie.«

»Wenn das so ist, warum habt ihr's noch nicht getan? Angst, ihr Klugscheißer?«

Das Beste, was ich jetzt tun konnte, war, dem Ganzen noch eins draufzusetzen. Er mochte es vielleicht noch nicht mitgekriegt haben, aber ich glaubte ihm. Aufs Wort. Ich traute ihm eine solche Sauerei zu. Ich hatte nichts mehr zu verlieren.

Nach vorn, Genossen, hinten steht das Kapital, hatte der Blasbichler Sepp immer gesagt. Und der war in der Augsburger DKP gewesen. Der mußte es wissen.

»Chi si vede.«

Das war Totò. In Begleitung zweier Polizisten in Bleiwesten.

Totò grinste.

»Bist du jetzt auch schon mit Ehrenschutz unterwegs?« sagte ich.

»Sind Freunde. Meinen es nur gut mit mir.« Er wandte sich dem Chef zu: »Ist doch so, Gerlacher, oder?«

Jetzt wußte ich endlich, wie der Kopf vom Sondereinsatzkommando hieß. Hatte sich nicht vorgestellt. Aber gedroht. Schlechte Kinderstube.

Gerlacher sparte sich jede Reaktion. Und schickte die zwei Bleiwesten mit einer Handbewegung hinaus.

»Nur eine Sache noch, Tschenett«, sagte er, »bevor ich zu meiner zweiten Frage komme.«

Er fing wieder an, mit seinen Schlüsseln zu spielen.

»Und Sie, Herr Kollege, werden sich anhören, was

ich Ihrem Freund zu sagen habe. Vielleicht interessiert es Sie.«

Totò grinste wieder. Und nickte brav.

»Signorsì«, sagte er und versuchte so militärisch ernsthaft wie nur möglich dreinzuschauen.

Gerlacher nahm ihn kurz ins Visier.

»Früh krümmt sich, was ein Häkchen werden will«, sagte ich.

»Was heißt das?« sagte Gerlacher.

»Wenn Sie das nicht verstehen…«

Totò grinste.

»Kollege«, sagte Gerlacher, »das gibt eine Eintragung ins Klassenbuch.«

Er klang gar nicht witzig dabei. Dann war wieder ich an der Reihe.

»Tschenett«, sagte Gerlacher, »stellen Sie sich einen Topf vor, der überkocht. Da gibt's zwei Möglichkeiten. Entweder Sie stellen das Feuer kleiner. Oder Sie knallen den Deckel so drauf, daß Ruhe ist.«

Jetzt war er wieder ins Höfliche umgeschwenkt. Labiler Charakter. Und ich bekam auch noch eine Vorlesung in Kochkunst. Von einem Staatsdiener. Mahlzeit.

»Ich sag Ihnen, was ich tun werde. Ich knall den Deckel drauf. Und ich schwöre Ihnen, daß sich dann nichts mehr bewegt. Egal, wie sehr es drunter kocht. Haben Sie mich verstanden?«

»Nein«, sagte ich.

»Er braucht manchmal etwas länger«, sagte Totò.

»Danke, Totò«, sagte ich.

Gerlacher ging dazwischen.

»Dann in Deutsch: Ich will Ruhe. Absolute Ruhe. Totenstille. Hier hat sich gar nichts zu bewegen, wenn ich es nicht will. Auf die Geschichte kommt der Deckel drauf. Dazu bin ich da. Das ist mein Job. Zwei Tote reichen mir. Bis Ende dieser Woche werd ich aufgeräumt haben. Versprochen. Und einen Schuldigen präsentieren.«

Er lehnte sich zurück und tat einen Schnaufer.

»Überanstrengen Sie sich nicht«, sagte ich.

Gerlacher ließ sich Zeit.

»Ich werd einen Schuldigen präsentieren«, sagte er. »Und entweder Sie arbeiten mit, Tschenett, oder ich mach mir die Sache einfach und halt mich an Sie. Liegt ganz bei Ihnen.«

Er lehnte sich genüßlich zurück.

»Fragen Sie schon, Gerlacher.«

Er zündete sich in Ruhe eine Zigarette an. Und ließ mich nicht aus den Augen. Ich hielt mich an den Vecchia.

»Was hat Ihnen Ihre rothaarige Bekannte über Klaus-Dieter Pressack erzählt?«

Ich war, gelinde gesagt, etwas erstaunt.

»Pressack? Nichts. Ist ein Innsbrucker Ingenieur. Arbeitet an irgend etwas, was mit dem Brennerbasistunnel zu tun hat. Machbarkeitsstudie, so was.«

Totò war hellwach geworden. Sogar wenn man ihn nicht so gut kannte wie ich, war das offensichtlich.

»Und das ist alles, was Sie über Pressack wissen? Überlegen Sie, Tschenett.«

»Brauch ich nicht«, sagte ich. »Weiß ich auch so schon ganz genau. Heut zum ersten Mal gehört, den Namen.«

»Und was können Sie mir über die Dame erzählen?«

Gerlacher versuchte, möglichst unbeteiligt dreinzuschauen. Es gelang ihm nicht ganz.

»So gut wie nichts. Da sind Sie mir leider dazwischengekommen. Leider.«

»Das ist wenig, Tschenett. Verdammt wenig«, sagte Gerlacher.

Schien mir etwas weit hergeholt, die Frage nach Klaus-Dieter Pressack, im Zusammenhang mit den zwei Toten. Eigentlich. Und trotzdem hatte ich sie mir auch schon gestellt. Und jetzt Gerlacher. Durfte man nicht unterschätzen, den Kerl.

Plötzlich meldete sich Totò. Seit sie ihn in dieses als Verhörzimmer mißbrauchte Wohnzimmer hereingeführt hatten, war er still dagestanden und hatte zugehört. Dabei mußte es ihn gehörig in den Fingern kribbeln.

»Was sollen denn der Pressack und die Rothaarige mit den zwei Mordopfern zu tun haben?« sagte er.

»Ach ja, der Kollege Totò«, sagte Gerlacher und lächelte. Ein Lächeln irgendwo zwischen hintertrieben und schmierig. »Da bin ich aber froh, daß Sie mitdenken, Kollege.«

Jedesmal, wenn Gerlacher das Wort *Kollege* aussprach, was er besonders salbungsvoll tat, gab es Totò einen Riß. Irgendwann würde er ihm an die Gurgel gehen. Sondereinsatzkommando hin oder her.

»Woher, lieber Kollege, nehmen Sie eigentlich die Gewißheit, daß es sich um Mord handelt? In beiden Fällen?«

»Sonst wären Sie kaum hier«, sagte Totò, »ein Gerlacher befaßt sich doch nicht mit Kleinigkeiten, oder?«

»Da haben Sie schon recht«, sagte Gerlacher. »Aber es muß ja nicht immer Mord sein.«

»Was denn dann«, sagte ich, »oder darf man das nicht erfahren?«

»Nein«, sagte Gerlacher, »dürfen Sie nicht.«

Gerlacher wollte ganz offensichtlich noch etwas sagen, als ihn ein Funkspruch unterbrach.

»Wohnung eins ist durch«, kam es aus einem der beiden Funkgeräte.

Gerlacher griff zum zweiten Funkgerät.

»Einsatzleitung an Wohnung zwei. Wie weit seid ihr?«

Es dauerte ein paar Sekunden, dann kam die Antwort.

»Dauert noch ein paar Minuten. Fingerabdrücke sind o.k., Spurensicherung Brandherd auch. Ein Zimmer muß noch zu Ende durchsucht werden.«

»Wohnung eins ist bereits durch damit«, sagte Gerlacher mit einem gewissen Unterton.

Am anderen Ende hatte man offensichtlich verstanden.

»Kann ich mir gut vorstellen«, antwortete die Stimme, etwas pikiert, »in Wohnung eins ist auch nicht so ein Sauhaufen wie hier. Und der Sauhaufen stammt nicht vom Einbruch.«

Totò grinste. Hielt sich wohl für Wohnung eins.

»Apropos, Gerlacher«, sagte ich. »Bei Gelegenheit würde ich gern mal mein Zuhause besichtigen. Einfach um zu wissen, was mir gestohlen worden ist.«

»Ich glaub nicht«, sagte Gerlacher, »daß etwas gestohlen wurde. Sieht mir eher danach aus, als hätten die Einbrecher nicht gefunden, wonach sie gesucht haben.«

»Und wonach haben sie gesucht?«

»Wenn Sie das nicht wissen, Tschenett ...«

Gerlacher machte eine Kunstpause.

»Das wollte ich ja gerade von Ihnen erfahren«, sagte er, »was an Ihrer Wohnung so interessant ist, daß man einbricht, Feuer legt und eine Bombendrohung in die Welt setzt.«

Ich sagte nichts. Besser, ich ließ ihn mit seinen Zweifeln allein.

Ich dachte kurz an Bertas Hühnerstall. Arme Hennen, wenn der in Flammen aufging. Berta würde mir das nie verzeihen. Nie im Leben. Ich mir auch nicht.

»Wohnung zwei ist durch«, kam es aus Gerlachers Funkgerät. »Wir gehen.«

»So, Tschenett«, sagte Gerlacher. »Dann steigen Sie auch mal schön hoch in Ihr Zuhause und lassen sich die Dinge ein bißchen durch den Kopf gehen. Vielleicht wollen Sie ja doch mit uns zusammenarbeiten. Vielleicht sind Sie nicht ganz so dumm, wie Sie sich manchmal geben.«

Was sollte man darauf noch sagen?

»Weiß ich nicht«, sagte ich.

15

Gerlacher hatte uns entlassen. Nicht, ohne Totò und mich noch einmal seiner gesteigerten Aufmerksamkeit zu versichern. Wir versuchten, uns nicht allzusehr beeindrucken zu lassen.

Totò war in seine Wohnung gegangen, um nach Einbruch, Brandstiftung und polizeilicher Durchsuchung nach dem Rechten zu sehen. Ich stapfte einen Stock höher. Meine Wohnungstür lag noch im Treppenhaus. Ich lehnte sie, so gut es ging, an den Rahmen. Besser als gar nichts.

In der Küche stand noch eine angebrochene Flasche Wein. War noch nicht sauer geworden. Ich nahm sie mit ins Schlafzimmer. Hinlegen und in Ruhe einen trinken.

Hatte ich gedacht. Daraus würde wohl nichts werden. In meinem Schlafzimmer stand eine rothaarige Dame. Das einzige, was ich von ihr wußte, war ihr Vorname. Und der war vielleicht erfunden.

Ich war so ziemlich auf alles gefaßt gewesen, als ich meine Wohnung betreten hatte. Schließlich hatten hier ein Dutzend Polizisten und Spurensicherer stundenlang ihr Unwesen getrieben. Und vorher irgendwelche unbekannten Einbrecher und Brandstifter. Soweit jedenfalls die amtliche Version. Ich war also aufs Schlimmste gefaßt.

Und dabei sehnte sich mein gequältes Hirn nach nichts mehr als nach einigen Stunden Ruhe. Trinken und ins Leere schauen und zuhören, wie die Zeit verschwindet und die Welt in einem Loch versinkt.

Ich hatte recht gehabt mit meinen Befürchtungen. Aber manchmal liegt das Schlimmste genau in der anderen Richtung. Und holt einen sozusagen von hinten ein. Wenn mich mein eigener LKW gestreift hätte, wär ich nicht verwunderter gewesen.

Da stand ich, mit einer halbvollen Weinflasche in der Hand.

Und in meinem Schlafzimmer stand eine Frau und sah aus dem Fenster. Tat, als ob sie mich nicht bemerkt hätte.

Auch nicht, als ich mich bis auf zwei Handbreit an sie herangemacht hatte. Ich roch ihren Körper. Das einzige Parfüm, das ich vertragen kann.

Unten auf der Staatsstraße war nicht mehr viel los.

War ja auch schon weit nach Mitternacht. Und zu dieser Zeit schläft dieses Heilige Land den Heiligen Schlaf der Selbstgerechten und Festgeldkonteninhaber.

Ein paar Kollegen fuhren mit ihren LKWs Richtung Brenner. Und der versprengte Rest des Diskothekenpublikums pendelte zwischen einem Lokal und dem anderen hin und her. Im Rallyestil. Vielleicht ließ sich irgendwo noch ein Stück Glückseligkeit finden, zwischen einer Whiskycola und der anderen. Oder auf den Liegesitzen. Falls sie nicht wieder klemmten.

Vom Fluß her stiegen leichte Nebel auf. Über dem Tal lag ein Leintuch aus orangenem Licht, von der einen Talseite bis zur anderen. Wie eine Wärmelampe überm Rattenkäfig. Noch kurz auf Normaltemperatur bringen, bevor's zum Experiment am lebenden Körper geht. An der Autobahnmautstelle wurde gebaut. Neue Landebahnen. Die feuchte Luft reflektierte das Licht wie ein Spiegel. Meine geliebte UFO-Landestation. Ich war mir sicher, da draußen würden jede Sekunde Hunderte von fremden Wesen landen. Und mich besuchen kommen. In meiner Wohnung im dritten Stock des Hauses *Waldfrieden* in Maria Trens.

Dabei stand eines dieser fremden, extraterrestrischen Wesen schon vor mir. Und sah auf die Landestation hinunter. Und wartete. Auf die Ankunft seiner Artgenossen.

Es war zwar nicht grün und glitschig. Aber rothaarig. Und mindestens genauso fremd.

Ich trank einen ordentlichen Schluck aus der Flasche. In dem Raum war es so still, daß das Glucksen des Weines wie eine Explosion klang. Das Wesen bewegte sich nicht.

»Das da unten ist der Landeplatz für Marsmenschen«, sagte ich. »Ich nehm an, von da aus kann man auch Richtung Mars starten. Aber ich hab's noch nicht versucht«, sagte ich.

»Versuchen Sie's heut abend«, sagte sie. Sie hatte sich nicht bewegt. »Ich komme mit Ihnen mit. Sie haben doch nichts dagegen, oder?«

Sie stand immer noch unbeweglich da. Es konnte auch an mir liegen: Aber sie verbreitete so etwas wie Traurigkeit. Ansteckende Traurigkeit.

»Hier«, sagte ich und hielt ihr die Weinflasche über die Schulter, »trink. Vielleicht wird's besser.«

Sie drehte sich um.

»Es kann nur schlimmer werden«, sagte sie.

Einer ihrer Mundwinkel zuckte. Noch einmal. Sie stand so nah vor mir, daß ich es spüren konnte, wenn sich ein Muskel in ihrem Gesicht bewegte. Ihre Kühle war wie weggeblasen. Mir wurde heiß. Und ihr Geruch hatte eine neue Nuance hinzugewonnen.

»Man stirbt so schnell«, sagte sie.

»Daran hab ich noch nicht gedacht«, sagte ich.

»Manchmal wird man dazu gezwungen. Ob man will oder nicht.«

Sie hatte mir in die Augen geschaut. Ich weiß nicht, was sie darin gesehen hatte.

Die ihren waren tiefe Löcher, in denen man verschwinden konnte. Auf Nimmerwiedersehen.

Ich versuchte, mein Gehirn kurz zu aktivieren. Bevor es ganz unbrauchbar war. Da stand vor mir eine Frau und wollte nur das eine und sonst gar nichts. Und gleichzeitig war sie mit ihrem Kopf ganz woanders. Gefährlich weit weg. Sie war nicht zu beneiden.

Ich auch nicht. Mir ging es nicht sehr viel besser. Irgendwo in diesem Raum lagen ein paar Leichen herum. Vergangene und zukünftige. Sie lagen zwischen uns.

»Gib her«, sagte sie und nahm die Weinflasche. »Vielleicht hast du recht.«

Sie trank einen ordentlichen Schluck und ging mit Schwung und Präzision an mir vorbei zu meinem Bett hinüber. Bis ich mich umgedreht hatte, hatte sie es sich schon darauf bequem gemacht.

»Komm, Tschenett«, sagte sie.

Von einer Sekunde auf die andere war alles wieder anders. Auf meinem Bett saß die Tamara, die ich vor ein paar Stunden kennengelernt hatte. Aufregend und kühl. Sie hatte sich wieder. Im Griff. Unter Kontrolle. Oder wie auch immer man ihren Zustand nennen wollte.

Ich arbeitete noch daran, in den Zustand zu gelangen.

Eines nach dem anderen, Tschenett, sagte ich zu mir. Nicht hudeln. Und nicht drängeln. Eines nach dem anderen. Und zuerst das Naheliegende.

Näher als alles andere lag zur Zeit Tamara. In ungefähr drei Meter Entfernung.

Der Rest konnte warten. Mein eigenartiges Unwohlsein zum Beispiel, wenn ich an die Rolle dachte, die die Dame in diesem Spiel zu spielen schien. Ich beschloß, daß ich mich hinterher damit beschäftigen würde. Wie auch immer. Jetzt waren erst die angenehmen Seiten des Lebens dran.

»Bin schon da«, sagte ich.

»Uns bleibt nicht viel Zeit«, sagte Tamara.

»Dafür«, sagte ich, »ist immer Zeit genug. Man muß sie sich nur nehmen.«

»Nimm mich«, sagte Tamara.

Ich beschloß, daß genug geredet worden war, und zog mich aus. Tamara lag wie Kleopatra auf mein Bett hingebreitet da und sah zu. Es fehlte nur noch das Tigerfell.

In Tamara hatte ich ein aufmerksames Publikum. Sie genoß die Vorstellung, das war ihr anzusehen. Mit den durchschnittlichen Mängeln eines Achtunddreißigjährigen behaftet, der das Wort *Fitnessraum* noch nicht einmal richtig buchstabieren kann, stand ich da und war zufrieden mit mir. Das Leben hatte mich nicht verschont. Und ich es auch nicht. Wir waren uns beide nichts schuldig geblieben.

Ich setzte mich aufs Bett und nahm der Dame neben mir die Weinflasche ab. Ganz nackt wollte ich ja auch nicht dasitzen. Und außerdem ist es gar nicht so einfach, sich auszuziehen und gleichzeitig eine Flasche Wein in der Hand zu halten, ohne etwas zu verschütten.

Tamara stand auf. Beugte sich zu mir herunter und küßte mit spitzen Lippen sachte meinen Oberschenkel, da, wo ein handflächengroßer blutunterlaufener Fleck in allen Farben schillerte.

»Angestoßen?« fragte sie, nachdem sie sich wieder aufgerichtet hatte.

Ihr Jackett glitt zu Boden.

»Ja«, sagte ich.

Ich machte es mir auf der Matratze möglichst bequem. Schließlich stand da diese rothaarige Lady in voller Größe vor mir und inszenierte eine Entkleidung. Und ich saß in der ersten Reihe. Und wollte mir nichts entgehen lassen. Ich würde noch genug dafür bezahlen. Soviel war sicher.

»Ja«, sagte ich, »angestoßen. An einem Polizeiknüppel.«

Jetzt, wo sie sich in ihren schwarzen Dessous vor mir aufgebaut hatte, waren ihre Beine noch länger geworden. Die Haare noch röter. Und die Haut noch bleicher. Und ich konnte den Geruch wieder riechen, der mir vorhin am Fenster in die Nase gestiegen war.

Sie mußte an die fünfunddreißig Jahre alt sein. Guterhaltene. War vorsichtig mit ihrem Körper umgegangen. Anders als ich.

Mein Körper war vom Leben gezeichnet, der ihre fürs Leben. Wir waren wie füreinander geschaffen. Und außerdem hatte ich etwas, was sie nicht hatte.

Den Rest ihrer Wäsche war sie mit ein paar nüchternen Handgriffen losgeworden. Sie fackelte nicht lange. Sollte mir recht sein.

Sie wußte, welches Bild sie abgab. Und was sie an mir auslöste. Schließlich kannte sie sich. Und mir war es anzusehen.

Wir hatten das überflüssige Bettzeug von der Matratze geschoben, ich hatte die Weinflasche in Sicherheit gebracht, und sie hatte sich auf mich gesetzt. Gong. Ring frei zur ersten Runde. Wir gingen in den Clinch. Nahkampf.

Endlich wußte ich, woher der Geruch gekommen war. Er hatte sich inzwischen über ihren ganzen Körper ausgebreitet und war jetzt dabei, auf meinen überzugreifen.

Sie machte sich an mir zu schaffen. Und ich an ihr. Voller Ernst, Eifer und Erstaunen.

Wir verkeilten uns ineinander. Hoffnungslos. Wie wir uns irgendwann wieder auseinanderdividieren würden, darüber machte sich im Augenblick keiner von uns beiden Sorgen. Sollten sich die Überlebenden darum kümmern.

Tamara biß. Gezielte, wohldosierte Bisse mit ihren Beißwerkzeugen, die aus ihrer roten Mähne herausstießen. Kleine Schmerze, die über den Körper wanderten. Ich revanchierte mich dankbar an ihren kleinen Jungmädchenbrüsten.

Bis mich ihre Beine in die Klemme nahmen.

Ich ließ mich nehmen. Sie stülpte sich über mich.

Unsere Bewegungen konzentrierten sich. Und verlangsamten sich. Wir hatten uns. Und nichts mehr zu verlieren. Tamaras Blick war in weite Ferne gerückt. Obwohl sie mir in die Augen sah. Und ich ihr. Bis zu dem Augenblick, als ich hinter ihrem Kopf eine Bewegung wahrnahm.

Ich sah genauer hin. In der Tür stand Totò. Grinste zu mir herüber, winkte ab und ging. Im selben Augenblick hatte ich Totò schon wieder vergessen. Und die Dame über mir hatte mich wieder. Mehr denn je.

Wir schlugen uns tapfer. So tapfer, daß es die reinste Freude war.

Was an dieser rothaarigen Dame, die jetzt vor mir kniete und mir mit Inbrunst ihren Arsch entgegenschwenkte, auch immer geheimnisvoll sein mochte: Ihr Körper war es inzwischen für mich nicht mehr. Ich kannte ihn schon seit Ewigkeiten. Dabei hatte ich erst vor einer knappen Stunde damit begonnen, mich näher mit ihm zu befassen. So schnell kann das manchmal gehen.

Allerdings gab es da ein paar vorletzte und letzte Details, die es noch zu ergründen galt. Und denen war ich gerade auf der Spur. Vor mir lag, sozusagen, noch ein weites Feld. Mit dem typischen erdigen Geruch, der aus frisch beackerten Feldern aufsteigt.

Da war es wieder. LKW hin, Nordmeerfischerei her: Im Grunde meines Herzens war ich ein Bauer.

Und für einen Bauern hört die Arbeit nie auf.

16

Ich suchte meine Hose.

Verschwunden konnte sie ja nicht sein. Nur vergraben. In dem Durcheinander, das zuerst die unbekannten Einbrecher, dann die Polizei und schließlich die Dame und ich in meinem Schlafzimmer angerichtet hatten.

Tamara lag am Boden und sah mir bei meiner Sucharbeit zu. Ich kratzte mich.

»Das ist eines der wenigen Dinge, die mir bei Männern immer unerklärlich bleiben werden«, sagte Tamara.

»Was denn?«

»Daß sie sich immer am Sack kratzen müssen. Besonders Italiener.«

»Hab noch nie darüber nachgedacht«, sagte ich. »Macht halt Spaß.«

»Tschenett«, sagte sie, »falls du etwas von meinem Zeug findest, wirf es mir herüber.«

»Du siehst doch ganz gut aus, so wie du bist.«

»Danke. Ich dachte schon, ich bekomme gar kein Kompliment zu hören.«

»Nur nicht ungeduldig werden.«

Zwei Schuhe und einen Socken hatte ich schon gefunden.

»Oder soll ich so auf die Straße gehen?« sagte Tamara.

»Wenn wir fifty-fifty machen …«

Tamara stand auf und kam mir bedrohlich nahe.

»Überleg dir, was du sagst, Tschenett«, sagte sie und versuchte, Ordnung in ihr ziemlich durcheinandergeratenes Haar zu bringen und dabei ein ergrimmtes Gesicht zu schneiden, »überleg es dir gut.«

Jetzt stand sie vor mir, so nah, daß ihre Brustspitzen beinahe die meinen berührten.

Fast wären mir die Schuhe aus der Hand gefallen, als ihre Hand plötzlich zugriff. Mitten ins Tabernakel.

»Mein Lieber mein' Mann Seiner wird sonst in Beugehaft genommen, verstanden?« sagte Tamara.

»Mein Lieber mein' Mann Seiner?«

»Sagt man so bei uns. Im hohen Norden.«

»Mach mit ihm, was du willst. Ist nicht mein Bier.«

»Jetzt auf einmal«, sagte Tamara und lachte.

Zwanzig Minuten später war alles vorbei. Nach einem Umweg über die Matratze hatten wir endlich ins Leben und zu unseren Kleidern zurückgefunden.

Tamara schien unter derselben postkoitalen Eile zu leiden wie ich. Mir hatte diese mich regelmäßig anfallende Unruhe schon einigen Ärger eingebracht. Dieses Mal nicht.

»Mach's gut«, hatte Tamara gesagt, als ich meine von der Polizei aus den Angeln gerissene Wohnungstür zur Seite geschoben hatte.

»Versuch am Leben zu bleiben«, hatte ich gesagt. »Es sterben in letzter Zeit zu viele Leute, die was mit Eisenbahn und Tunnels am Hut haben.«

Tamara war noch einmal stehengeblieben.

»Keine Sorge. Vielleicht sieht man sich ja wieder«, hatte sie gesagt.

Und dabei ein Lächeln auf die leicht geschwollenen Lippen gezaubert, das mich ganz an die unnahbare Rote von vor ein paar Stunden erinnerte. Die Lady hatte sich wieder unter Kontrolle.

»Ja«, hatte ich gesagt, »vielleicht.«

Und weg war sie.

War mir recht. Wir hatten die letzten Stunden genug Spaß miteinander gehabt. *An Zünftigen*, wie man hier in der Gegend so gern sagt.

Ab jetzt fing der Ernst des Lebens wieder an. Und das hieß, nach all dem, was vorgefallen war, daß ich das Vergnügen hatte, mich mit zwei Leichen und den dazugehörigen Details zu befassen. Falls ich verhindern wollte, daß sich andere zu sehr mit mir befassen würden. Noch mehr, als das eh schon der Fall war.

Im Augenblick standen meine Chancen nicht allzu gut. Soviel war klar. Höchste Zeit, daß ich mich auf meine Hinterfüße stellte. Ich würde so lange im Dreck herumwühlen, bis der ganze Scheißhaufen anfangen würde zu stinken. Richtig zu stinken. Die Ratten würden aus ihren Löchern kommen. Und dann waren sie dran.

Ich war gerade dabei, irgendwo in meiner Wohnung nach einer Zigarette zu suchen. Als ich hörte, wie unten vor dem Haus ein Motor gestartet wurde. Das war um diese nachtschlafene Uhrzeit so selten, daß ich ans Fenster ging.

Unten stieg Tamara in ein Auto. Konnte gut eine *Alfetta* sein. Aber so genau war es nicht auszumachen.

Da hatte die rothaarige Dame also entweder einen Chauffeur. Oder einen stillen Verehrer. Oder einen Ehemann, der sie von ihren Seitensprüngen abholte. Oder einen Auftraggeber.

Für alle Fälle hatte ich mir das Kennzeichen gemerkt. Falls ich sie eines Tages ans Messer liefern wollte, konnte mir das weiterhelfen. Totò mußte ja nur in seinem Computer kramen.

Totò. Jetzt fiel es mir wieder ein. Der Gute hatte mich besucht. Vor eineinhalb Stunden. Nur war er zu einem etwas unglücklichen Zeitpunkt aufgetaucht. Mir zog eine Erinnerung durch die Glieder. Nein, unglücklich war daran nichts gewesen. Wirklich nicht.

Schluß damit. Die Nacht war schon gut zur Hälfte vorbei. Aber Totò würde Verständnis haben. Hatte er in solchen Fällen immer.

17

Totò hatte sogar mehr als Verständnis für mich übrig. Ein breites Grinsen, und eine Flasche Marzemino.

»Venga, venga«, sagte er.

Zur Feier des Tages konnte ich ihm gar nicht böse sein, daß er schon wieder den Carabiniere spielte.

»Die haben ganze Arbeit geleistet«, sagte er, als er die aus den Angeln gesprengte Wohnungstür wieder ungefähr in den Rahmen lehnte. »Bei dir auch, hab ich gesehen. Aber da warst du ja auch gerade am Arbeiten.«

Die Bemerkung hatte er sich natürlich nicht verkneifen können.

»Hättst dich ja dazulegen können«, sagte ich.

»Per amor del cielo«, sagte Totò.

Da saßen wir also in Totòs Wohnung und hielten großen Kriegsrat. Totò, ich und ein gewisser Marzemino. Mitten in der Nacht. Mußte aber sein.

Der Marzemino war nicht zu verachten. Beste Roveretaner Ware. Lief, wie es sich gehörte, weich durch die Gurgel.

»Nein, nein«, sagte Totò sinnierend, »nie im Leben, dazu wart ihr beiden mir viel zu sehr ein Herz und eine Seele.«

»Was die Seele betrifft, da bin ich mir nicht so sicher.«

»Überkommt dich die Gottesanbeterinnenfurcht? Jetzt, wo sie dich gehabt hat, wird sie dich verspeisen, oder wie? Das hätt dir auch vorher einfallen können, bestione.«

»Totò«, sagte ich, »komm zur Sache.«

»Noch nicht.« Er hatte seinen Spaß daran. Und wollte ihn nicht so schnell aufgeben. »Glaubst du, so eine wie die legt sich mit dir auf die Matratze, nur weil du so hübsch bist?« sagte Totò. »E no, bello. Dazu sind deine guten Jahre schon zu lange vorbei.«

»Kann schon sein«, sagte ich, »und trotzdem mögen sie's.«

»Glaub, was du willst«, sagte Totò. »Aber in diesem Falle liegen die Dinge anders. Wenn mich nicht alles täuscht.«

»Und wie, großer Meister?«

»Die will etwas von dir. Und ganz bestimmt nicht das bißchen Ficken.«

»Woher weißt du, daß es nur ein bißchen war. Warst ja nicht dabei. Oder?«

Manchmal mußte man Totò eins vor die Nase geben.

»Sorry«, sagte Totò. »Jetzt wollte ich dich wirklich nicht beleidigen.«

»Könntest du gar nicht.«

Totò blieb seltsam beharrlich. Eifersucht konnte es nicht sein. Das wär mir an ihm neu gewesen. Auch wenn er, der Ärmste, mit seiner Yuppie-Rechtsanwältin ziemlich geschlagen war.

»Sieh es doch einfach so, Tschonnie«, sagte Totò. Wenn er schon einmal mit Tschonnie anfing, dann war ihm wirklich todernst. »Irgend jemand hat die Dame auf dich angesetzt.«

»Soll mir recht sein«, sagte ich.

Ich wußte zwar, daß er recht haben konnte mit dem, was er eben gesagt hatte. Ich wußte es nur zu genau. Was das anbetraf, hatte ich mich keine Sekunde lang einer Täuschung hingegeben. Aber das mußte ja noch nicht heißen, daß ich deswegen gleich auf den Rest verzichten mußte. Und Totò konnte ich ruhig ein bißchen in Sorge sein lassen. Schönes Gefühl, wenn man weiß, daß sich einer um einen sorgt.

»Die Weiber werden noch einmal dein Tod sein. Falls dir das Blödeln nicht von selbst früh genug vergeht«, sagte Totò.

»Amen.«

Ich mußte Totò bremsen. Sonst wurde er mir noch kitschig. Und so tief darf man einen alten Freund nicht sinken lassen.

»Höchste Zeit für mich«, sagte ich und trank das Glas aus.

War wirklich etwas Feines, dieser Marzemino. Totò hatte eine Hand für gute Weine. Und das entsprechende Gehalt. Gute Kombination. Endlich einer, der wußte, wie man sein Geld sinnvoll und wertbeständig anlegt. Bis in den Weinkeller reicht die Inflation Gottseidank noch nicht. Die Zeit konnte den Weinen nichts anhaben. Keine Spur von Entwertung. Eher das Gegenteil.

»Du wirst doch nicht losziehen wollen, deine Herzdame zu suchen«, sagte Totò.

»Keine Sorge. Ich hau mich direkt ins Bett. Muß morgen zeitig raus. Frühmesse. Und dann Sport.«

Totò tat erschreckt und degoutiert.

»Sport?« sagte er und zog das O lang. »Poveraccio.«

»Richtig. Sport ist Mord. Und dafür bin ja seit neuestem ich zuständig. Sembra.«

18

Ich war schon mit Verspätung dran. Trotzdem nahm ich mir die Zeit, die Zugmaschine hinter dem Holzlager abzustellen. Und den Weg zurück zu Fuß zu gehen. Sicher ist sicher.

Zehn Minuten würde ich brauchen. Dann war es Viertel nach zwei. Fünfzehn Minuten sollten dann schon gespielt sein, ohne mich. Solang es bis dahin kein Tor gegeben hatte, konnte mir das egal sein.

Der Fußballplatz lag ein Stück vor Mittewald, kurz hinter Oberau. Sie hatten ihn in den Wald hineingeschnitten, vor ein paar Jahren. Längs zur Talrichtung. Quer hätte er nie Platz gehabt. Hier war das Tal gerade so breit, daß Autobahn, Staatsstraße, Eisack und Eisenbahn nebeneinander Platz hatten. Und eben der Fußballplatz.

Bis zum Bau des Fußballplatzes hatten die Mittewalder auf auswärtigen Plätzen gastieren müssen, reihum. Jetzt teilten sie sich den Sportplatz mit den Franzensfestern. Und das hatte ihnen kein Glück gebracht. Die Mittewalder waren nur mehr am Verlieren.

Dabei hatten sie beim Eröffnungsspiel zur Einweihung des neuen Platzes die Franzensfester Erzrivalen noch 3:0 geschlagen. Sozusagen vernichtend. Seither war es abwärts gegangen. Bis ans Ende der Tabelle. Da war inzwischen ihr Stammplatz.

Verlierer. Wenn das kein Sonntagsvergnügen war: abgestempelten Verlierern dabei zuzusehen, wie sie sich gegen eine weitere Niederlage wehrten. Mit Händen und Füßen.

Die Mittewalder hatten meine ganze Sympathie.

Den Niedergang der Mittewalder Fußballkunst hatte sich niemand erklären können. Sie hatten sogar Verstärkung bekommen: einen Brasilianer. So nannten sie ihre rechte Sturmspitze. Der gebürtige Neapolitaner lief sogar bei den meist eisigen Oberauer Temperaturen regelmäßig auf Hochtouren auf. Aber leider halt nur die erste Halbzeit lang. Dann hatten ihn die knochigen Pusterer Verteidiger und der kalte Wind, der regelmäßig über den Platz wehte, aus dem Takt und ins Stottern gebracht.

Heute würde der Brasilianer keinen leichten Stand haben. In der Natzer Verteidigung standen zwei Burschen, die vom Ranggeln gleich viel verstanden wie vom Fußballspielen. Wenn es Ranggel-Wettkämpfe gab, mußte der Natzer FC ohne sie auskommen.

Heute waren sie sicher da. Ranggeln hin oder her. Schließlich kämpften Mittewald und Natz um den Platz am Tabellenende. Es würde eventuell kein spannendes Spiel werden. Aber auf jeden Fall ein zupackendes. Soviel war jetzt schon klar.

Ich beeilte mich. Schließlich wollte ich die erste gelbe Karte nicht versäumen. Und außerdem war ich im Dienst. Als Sportreporter. Das einzig Sinnvolle, was man an einem Sonntagnachmittag tun kann.

Ich war zu dieser Nebenbeschäftigung gekommen wie die Jungfrau zum Kind.

Ich konnte nicht schreiben. Nie gekonnt. Jedes geschriebene Wort war mir zuwider. Sie kleben so auf dem Papier fest. Geschriebenen Wörtern fehlt die Leichtigkeit des Gasthausgespräches. Die Flüchtigkeit, die dem Alkohol chemisch zu eigen ist.

Aber als Sportreporter mußte ich nicht schreiben können. Es genügte, wenn ich per Telefon einen Bericht an die Bozner Redaktion durchgab. Irgendein Heinrich Schreibtisch brachte das Ganze dann in Form. Meistens schaffte er es dann auch noch, aus einem 4:3 ein 3:4 zu machen.

Mir war's egal. Sonntags trieb ich mich gern am Rand von Fußballplätzen herum. Es gibt keine angenehmere Art, an nichts zu denken, als anderen Leuten beim Schwitzen, Rennen und Strampeln zuzusehen. Wie sie sich abrackerten. Gut zwanzig Mann und nur ein Ball. Ganz von einem höheren Ehrgeiz getrieben. Es ließ sich gut nachdenken dabei. So war ich zum Stammgast an den Wipptaler Fußballplätzen geworden. Vom Fußball völlig unbeleckt.

Dann war es dazu gekommen, daß der für die italienische Tageszeitung vor Ort beobachtende Sportreporter gehässig berichtet hatte. Meinte die betreffende Mannschaft. Statt den heutzutage üblichen bitterbösen Leserbrief in die ferne Hauptstadt zu schicken, holten sie sich den Sportreporter. Die Landeshauptstadt ist weit und die Wirkung eines Leserbriefes ungewiß. Die Wirkung einer Tracht Prügel, meinten sie, sei da eindeutiger.

War sie auch. So eindeutig, daß der gute Mann seinen heißgeliebten Job als Sportreporter gleich ganz an den Nagel gehängt hatte.

Womit das Fußballwipptal ohne Presse dastand. Was

nicht ging. Also einigte man sich, bei einem lange geheimgehaltenen Gipfeltreffen der interessierten Vereine, auf einen gemeinsamen Kandidaten. Von dem man annahm, daß er etwas verständiger und dickfelliger als sein Vorläufer sein würde. Der Zeitung in Bozen wurde signalisiert, man würde sich mit keinem anderen zufriedengeben. Der Zeitung war's egal.

Und mir auch. Wenn ich eh schon da war, konnte ich auch am Ende des Spieles jemanden fragen, wie es ausgegangen war, und das Ergebnis dann, leicht garniert, nach Bozen durchtelefonieren.

Ein paar Lire gab's auch dafür. Theoretisch. Die Zeitung brauchte ein gutes Vierteljahr, bis sie die paar lausigen Scheine herüberwachsen ließ. Wenn man nachfragte, hieß es, das sei normal so, *wegen der Buchhaltung*. Scheißbuchhaltung.

Als ich ankam, gab es gerade die erste gelbe Karte. Ein Natzer Ranggler hatte den Brasilianer einfach über den Haufen gerannt. Der Ranggler protestierte.

»Boddietschek, Boddietschek«, schrie er den Schiedsrichter an.

Im Winter war er Eishockeyspieler. Und jetzt in der Aufregung wohl mit den Sportarten ein bißchen durcheinandergekommen.

Der Schiedsrichter machte, daß er ein paar Spieler zwischen sich und den Natzer brachte.

Die Mittewalder hatten heute nicht gerade ihren besten Tag. Ich auch nicht. Zu spät ins Bett gekommen. Oder genauer: zu früh. Fünf Uhr war es geworden. Und ich hatte die Wipptaler Fußballvereine noch nicht dazu überreden können, ihre Spiele von drei Uhr nachmittags auf später zu verschieben.

Außerdem taten mir alle Knochen weh. Und alle Glieder. Und alles, was ich am Leib trug. Und eine Vorkammer meines Herzens. Tamara.

Noch in der ersten Halbzeit tauchte der fuchsete Simml auf. Stellte sich ganz unverschämt neben mich, sagte gar nichts und schaute mich nur an. Und jedesmal, wenn einer von den Rangglern den Brasilianer zu Boden brachte, klatschte er wie verrückt und produzierte sein Pusterer Grinsen. Er schien zu wissen, wie weh mir das tat. Ich schrieb es in mein dickes, schwarzes Buch.

Beim Halbzeitpfiff zischte er mir zu: »Zuerst holen wir uns unsere Zugmaschine, dann dich.«

»Das wird langsam langweilig, Fuchseter. Und die Maschine kriegt der Chef erst, wenn er seine Schulden bei mir bezahlt hat. Und ganz freundlich Entschuldigung gesagt hat. Basta.«

Wenn er noch ein Wort sagt, hau ich ihm eine. Saftig. Erdäpfelkopf. Der fuchsete Simml verzog sich.

Dafür tauchte eine halbe Stunde später Totò auf. Beim Spielstand von 3:0 für die Natzer Vierkampfathleten. Die Mittewalder waren ziemlich außer Atem. Totò auch.

Berta hatte ihn angerufen. Sie verlangte nach mir. Sofort. Und Bertas Ruf war mir Befehl. Wenn ihr nach mir verlangte.

19

Berta stand in ihrem Hühnerstall. Das war der Ort, wo wir unsere Vertraulichkeiten austauschten. Totò stand draußen und paßte auf.

»Denen ist kein Sonntag heilig. Heut vormittag waren sie da, die Bar war grad voll vom Neunerkirchen. Ich hab eh schon genug zu tun, und die wollen wissen, wo du bist. Und waren fast beleidigt, daß du nicht da warst. Weil du sonst immer da bist. Haben sie gesagt, hat man ihnen gesagt. Und der eine fragt immer, und der andere macht mir die Leute narrisch, weil er sich die ganze Zeit an den Tisch gestellt hat und ihnen in die Karten schaut.«

Berta war außer sich.

»Langsam, Berta. Sonst machst dir noch die Hennen wild.«

»Die Leut sind wild, nicht die Hennen«, sagte Berta.

Sie liebte ihre Hennen. Langsam beruhigte sie sich.

»Hast mich deswegen holen lassen?«

»Nein. In der Gaststube sitzt einer. Den mußt dir anhören. Vielleicht bringt dich das weiter.«

»Berta«, sagte ich und konnte mir das Schmunzeln nicht verkneifen, »was soll mich wo weiterbringen? Ich denk, du willst gar nicht wissen, in was ich mich da wieder hineingeritten habe. Ich denk, du willst damit nichts zu tun haben.«

»Geht ja nicht. Den Koffer hast meinen Hennen untergeschoben, in meine Bar kommen vormittags die absonderlichsten Leute, und jetzt ist Nachmittag und draußen sitzt einer und redet von der Tunnelleich.«

Ich hatte den Koffer geöffnet und blätterte noch einmal in den Papieren.

Vor vier Tagen war die Leiche gefunden worden, vor vier Tagen hatte ich den Koffer mitgehen lassen und tags darauf hier deponiert. Und vor vier Tagen hatte Totò die Schloßkombination geknackt. Wir hatten den Kofferinhalt sträflich vernachlässigt.

Damals hatte ich dem Vertrag keine besondere Aufmerksamkeit geschenkt. Wald- und Wiesenverkäufe. Jetzt sah ich ihn mir genauer an. Besonders die Namen. Schönste, traditionsreiche, stolze Tiroler Namen. Malfertheiner. Klang nach Schaffer auf einer Terlaner LPG-Pflanzenproduktion. Zöschg. War vielleicht Tischlermeister in Barbian. Oder was auch immer. Mir sagten die Namen nichts.

Berta ließ nicht locker.

»Die beiden von heut vormittag sahen gar nicht gut aus. Und der eine hat gesagt, du sollst dich ein bißchen mehr um deine Gesundheit und deine eigenen Angelegenheiten kümmern. Und daß ich dir das vielleicht klarmachen kann. Weil du ja leider ein bißchen stur bist für dein gesetztes Alter.«

»Hat er *gesetztes Alter* gesagt?«

Berta schaute mich erstaunt an.

»Ist das so wichtig? Der Rest macht mir Sorgen, du eingebildeter Sock. Und dir sollte er auch zu denken geben.«

»Tut es ja auch. Wie sah er denn aus, der Mensch?«

»Nichts Besonderes. Vielleicht gut gehobenes Mittelalter. Und lang nicht so eine Schönheit wie du.«

Berta war ein Schatz. Ich strahlte.

»Werd mir nicht eingebildet. Dünner war er als du, so ein bißchen eingefallen. Und grau.«

»Ist das alles?«

Berta schaute mich triumphierend an.

»Nein«, sagte sie, »an einem der beiden Ohrwaschtln fehlte ein Stück. Aber ich weiß nicht mehr, welches es war.«

Auf Berta war Verlaß. Und sie schien Lust bekommen zu haben auf das Spiel. War also wirklich ansteckend. Ich würde Berta vor sich selbst schützen müssen.

Und auf welcher Seite dem komischen Vogel das Stück Waschtl fehlte, würde ich schon noch herausbekommen. Spätestens, wenn ich dem Mensch die Ohren langzog.

»Der Bauer, den du dir anhören mußt, hat auch etwas von einem mit einem halben Ohr gesagt. Ich hab mir gedacht, das interessiert dich«, sagte Berta.

»Und wie«, sagte ich und drückte Berta einen leichten Kuß auf.

»Ziemlich besoffen ist er gewesen. Muß am Donnerstag oder am Freitag gewesen sein. Eher am Donnerstag.«

Es war nicht einfach gewesen, dem Bauern die Würmer aus der Nase zu ziehen.

Ist es meistens nicht. Wenn man die Leute hier ein wenig kannte, ließ man sich durch ihre Ruhe nicht aus der Ruhe bringen. Man mußte sich einfach Zeit lassen. Und warten. Nicht drängen. Dann taten sie den Mund von alleine auf. Irgendwann.

Irgendwann war jetzt. Hatte mich beinahe eine halbe Stunde und einen Liter gekostet. Ich fand den Preis nicht zu hoch.

»Doch, Donnerstag ist richtig. Am Freitag war ich in

Bozen beim Patronat. Muß also Donnerstag gewesen sein.«

Langsam waren wir uns über den Wochentag im klaren, an dem unser Bauer den Florian Prantl getroffen hatte. Gut angetrunken, wie er sagte. Am Mittwoch hatten Berta und ich den Prantl erlebt. Stotzbesoffen war er in Bertas Bar gekommen. Wußte nicht einmal mehr seinen Namen. Aber hatte ohne Unterlaß behauptet, ein Großbauer und ein Bauer zu sein. Und am Samstag hatte man den Prantl, der seinen kleinen Hof schon vor Jahren hatte aufgeben müssen, weil er nichts mehr getragen hatte, halbnackt, verbrannt und verkohlt gefunden. Neben der Brennerlinie. Die er zu Lebzeiten als Streckenläufer der italienischen Staatseisenbahnen abgegangen war.

»Aha«, sagte ich, »am Donnerstag also.«

Nur nicht drängen. Totò mußte schon längst knapp vor dem Nervenzusammenbruch sein. Er rutschte auf seinem Stuhl hin und her. Ich warf ihm einen kurzen Blick hinüber. Er verstand. Und riß sich am Riemen. Brav so.

»Ja, am Donnerstag. Beim *Kreuz* in Wiesen. Ich hab ja die letzte Woche eine Wiese verkauft und ein Stück Wald. Der Bub will nicht mehr, und ich geh schon aufs Alter zu. Die Bauernschaft kost' Geld heutzutage. Und wer's nicht hat, kann sich den Luxus nicht mehr leisten. Da bleiben nur mehr die Großkopfeten. Und die Bozner Bauern.«

Ich nickte. Totò beherrschte sich.

»Und der Prantl?« sagte ich. »Hat auch verkauft?«

»Der? Hat nix zu verkaufen. Gekauft hat er. Ein schönes Stück Wald. Hinter Wiesen drin. Neben meinem Stück Wald, das ich verkauft hab.«

Jetzt war ich ehrlich baff. Und man mußte es mir angesehen haben.

»Hat mich auch schwer gewundert, wo der's herhat. Er hat gesagt, er hat das Geld geliehen bekommen.«

Der Bauer kratzte sich ausgiebig zwischen Hemdkragen und Hals, bevor er sich entschloß, einen Schluck zu trinken und weiterzureden.

»Und dann hat der Prantl in seinem Hollareidulljö angefangen, nur mehr spinnertes Zeug zu reden.«

Er verlegte sich wieder aufs Kratzen. Und dachte gar nicht daran, weiterzureden.

»Spinnerts Zeug?«

»Ja.«

»Nichts Genaues?«

»Nein.«

Langsam hatte ich Angst um seinen Hals.

»Wird halt der Rausch gewesen sein«, sagte ich.

»Glaub ich nicht.«

Er hatte aufgehört zu kratzen. Kurz bevor er auf die Luftröhre gestoßen war.

»Glaub ich nicht. So redet einer im größten Rausch nicht. Nein, der war hier...«, sagte der Bauer und klopfte sich ein paarmal langsam an die Schläfe. »Der war nicht mehr ganz. Auf keinen Fall. Hat gesagt, er braucht nur den Mund auftun, dann kriegt er noch einmal Geld. Dann bring ich's zum größten Hof im Wipptal, hat er gesagt. Zahlen müssen sie, hat er gesagt, und daß er dreißig Jahr drauf gewartet hat und sie jetzt nicht mehr ausläßt. Ich brauch nur den Mund auftun, hat er gesagt, und ich bin der größte Bauer in der Gegend. Der war nicht besoffen, der war spinnert.«

»Und dann ist er dran gestorben«, sagte ich.

Mir war plötzlich eine Idee gekommen. Versuchen konnte man's ja.

»Schreiben Sie sich Zöschg?«

»Ja«, sagte er, nicht im geringsten verwundert.

»Sebastian Zöschg?«

»Eigentlich schon. Aber lieber ist mir Wascht als Sebastian.«

Ich hatte ins Schwarze getroffen. Nur wußte das außer mir noch keiner. Ruhig, dachte ich, ganz ruhig.

»Und Sie haben den Wald und die Wiese an den Malfertheiner Franz verkauft?«

»Kennst den?« sagte der Zöschg und sah verwundert auf. »Heut waren schon einmal zwei bei mir, die den kennen. Haben gesagt, daß ihnen der Malfertheiner meinen Grund weiterverkauft hat. Ich mein, der, den ich ihm verkauft hab. Was die sich um die zwei Steinlammern raufen..., ich versteh's nicht. Hab damit zeit meines Lebens keine bsondere Freud gehabt. Kennst die beiden etwa auch?«

Hatte ich mir's doch gedacht.

»Wenn einem von den beiden ein halbes Ohr fehlt, dann kenn ich sie«, sagte ich.

Totò war unversehens auf seinem Stuhl festgefroren und tat keinen Mucks.

»Aber eigentlich nicht richtig. Wird aber bald anders sein«, sagte ich.

»Ja«, sagte der Zöschg, »hast recht. Ein Stück Ohr hat dem gefehlt.«

Zöschg, der alte Bauer, hörte plötzlich auf zu reden. Und schien nachzudenken. Er hatte wieder angefangen, sich zwischen Hemdkragen und Hals zu kratzen. Langsam und gleichmäßig. Ich hätte was dafür gegeben, wenn ich gewußt hätte, was er gerade am Denken war. Ihn danach zu fragen war sinnlos. Das wußte ich. So wie er jetzt dreinschaute, würde er den Mund für die nächste Viertelstunde nicht mehr aufmachen.

Wir saßen eine Zeitlang schweigend da. Vor unseren leeren Gläsern. Berta schaute zwischendurch besorgt zu unserem Tisch herüber.

Ich war ein ganzes Stück weitergekommen. Zwar mußte ich mir noch in Ruhe klar darüber werden, was ich alles gehört hatte. Und was es zu bedeuten hatte. Aber irgendwo war eine Tür aufgegangen. Und das war mir nur recht. Schließlich war die letzten Tage um mich herum zu viel passiert, ohne daß ich verstanden hatte, warum. Was nicht unbedingt ein angenehmes Gefühl ist.

Plötzlich bewegte sich etwas am Tisch. Der Bauer war aufgestanden.

»Ich geh jetzt«, sagte er.

»Den Liter übernehm ich«, sagte ich. »Und dankschön.«

»Wofür denn schon«, sagte Zöschg.

Nickte einmal kurz zur Berta hinüber, wie er an ihr vorbeiging, und war schon aus der Bar draußen.

»Senti…«, sagte Totò und versuchte weiterzureden.

Ich bremste ihn.

»Wart noch einen Augenblick«, sagte ich.

Totò machte ein verzweifeltes Gesicht. Mußte er wohl

auch. Was er die letzten Minuten gehört hatte, war zuwenig, als daß er verstehen konnte, was genau los war. Aber immer noch genug, um ihm zu sagen, daß ich auf eine Goldader gestoßen war.

»Ich bin gleich soweit, Totò«, sagte ich, »un attimo di pazienza. Geduld.«

Totò stöhnte auf. Und verdrehte die Augen.

»Berta, bring uns zwei Schnäpse. Und eine Schreibe, ohne Karten.«

»Und?« sagte Berta, als sie mit Schnaps, Tafel und Kreide an den Tisch kam, »hast etwas herausgekriegt?«

»Mehr als genug, Berta. Danke für den Tip.«

»Ich laß euch beide besser allein. Kannst mir ja nachher erzählen, was los ist«, sagte Berta und zog sich hinter den Pudel zurück.

»Jetzt wissen wir, wie die Leiche im Tunnel heißt«, sagte ich.

»Ich nicht«, sagte Totò. »Und die Polizei auch nicht.«

»Zur Polizei komm ich gleich. Und du hast den Namen auch schon gehört. Vor ein paar Minuten. Franz Malfertheiner.«

»Wie kommst du denn da drauf?«

Ich begann, auf der Tafel ein paar Kürzel hinzuzeichnen, Pfeile, Kreise. Es half beim Denken. Ordnung in die Sache bringen.

»Kannst dich an den Vertrag erinnern, den wir im Koffer gefunden haben? Da verkauft ein Zöschg einem Malfertheiner eine Wiese und ein Stück Wald. Den Zöschg hast ja gesehen. Saß am Tisch. War ganz einfach. Wär zuviel Zufall gewesen, wenn er's nicht gewesen wäre. Der Zöschg verkauft also an den Malfertheiner.«

Ein Pfeil zwischen den Buchstaben Z und M.

»Und wir finden den Malfertheiner kurz danach, tot. Mit dem Vertrag noch in der Tasche. Und obwohl offiziell noch keiner weiß, wer die Leiche im Tunnel ist, kommen heute den Zöschg zwei besuchen und erzählen ihm, der Malfertheiner hat ihnen die Wiese und den Wald weiterverkauft. Obwohl er da längst schon tot war.«

Wieder ein Buchstabe und zwei Pfeile auf der Tafel.

»Einem von den beiden fehlt ein Stück Ohr. Und genau so einer ist heute zur Berta gekommen und hat mir über sie ausrichten lassen, daß ich auf meine Gesundheit schauen soll. Und mich raushalten.«

Wieder ein Buchstabe. Und ein Pfeil.

»Und wie's der Zufall will, und diesmal war's wirklich Zufall, trifft der Zöschg den Prantl. Zwei Tage bevor der Prantl umgebracht wird. Und was tut der Prantl? Er spinnt. Hat vom Zöschg seinem Nachbarn einen Wald gekauft, obwohl er keinen Knopf im Sack hat. Und redet spinnertes Zeug. Sagt der Zöschg. So spinnert war das nicht, sag ich. Er hat nur von Überzeugungen geredet. Von Argumenten. Von besonders überzeugenden Argumenten. Und gehofft, zu Geld zu kommen. Nachdem er ein Leben lang keines gehabt hat. Schon das Reden war zuviel. Zwei Tage später ist er daran gestorben.«

Ich trank einen Schluck. Ganz trocken konnte einem werden in der Gurgel, bei der Geschichte.

»Vielleicht war's Verzweiflung. Vielleicht war's Erpressung«, sagte ich.

Totò saß da und verdaute die Geschichte. Ich konnte ihn verstehen. War ein bißchen viel auf einmal.

Totò war noch am Nachdenken und ich gerade dabei, den Schnaps auszutrinken, als vier Leute zur Tür hereinkamen. Ungewöhnliches Publikum. Polizei.

Ich wischte mit einem Schwamm die Buchstaben und Pfeile von der Tafel. In den Hieroglyphen vor mir war der Grund für zwei Morde zu finden. Oder Unfälle. Wie auch immer: Zwei arme Hunde hatten kurz vor ihrem Tod mit Grundstückgeschäften zu tun gehabt. Beide waren nicht unbedingt das, was man Geschäftsleute nennt. Und beide Male war es um Wald oder Wiesen in der Sterzinger Gegend gegangen. Bodenspekulation ist zwar ein beliebtes kapitalistisches Gesellschaftsspiel. So weit reichte meine politische Bildung oder Erfahrung oder was auch immer. Nur war ich bisher davon ausgegangen, daß direkter Mord und Totschlag, zumindest in mitteleuropäischen Breitengraden, nicht mehr unbedingt zu den Instrumenten der sogenannten Sozialen Marktwirtschaft gehörten.

Sie hatten sich übers Lokal verteilt, unsere Freunde von der Polizei.

»Documenti, per favore.«

»Noch einen Schnaps, Berta«, sagte ich. »Mir ist so komisch.«

Ich hatte zwar meinen Paß in der Tasche, aber keine Lust, ihn herauszuholen. Wieso sollte ich mitten am hellichten Tag einem wildfremden Menschen unbedingt erzählen, wer ich bin. Wußte ich ja meistens selbst nicht genau.

Ich wurde per Funk auf meine Identität hin überprüft. Das dauerte.

Bei Totò ging das Ganze etwas schneller. Er zeigte seinen polizeilichen Dienstausweis. Und wurde daraufhin von dem Kollegen vor die Tür gebeten. Sonderbehandlung. Langsam ging mir das auf die Eier.

»Was war?« sagte ich, als Totò wieder am Tisch saß.

»Niente. Der wollte nur wissen, ob ich im Dienst bin.«

»Und?«

»Wenn ich an das denke, was du mir gerade erzählt hast, dann schon. Aber das habe ich ihnen nicht gesagt.«

20

Totò hatte nach Brixen fahren müssen. Besuch von der süditalienischen Verwandtschaft. Solche Besuche waren für mich immer wie Weihnachten und Neujahr zusammen. Weil Totò jedesmal mit ein paar ordentlichen Flaschen Wein zurückkam.

Mich hatte er in Gossensass abgesetzt.

Bevor wir losgefahren waren, hatte ich Berta von dem, was ich erfahren hatte, gerade so viel erzählt, daß sie sich nicht allzu viele Fragen stellte. Und gerade so wenig, daß ich sie damit nicht unbedingt in Verlegenheit oder Gefahr bringen konnte. Hoffte ich. Besser, sie wußte so wenig wie möglich.

Die Gossensasser Bar war mir gerade recht. Vielleicht bekam ich irgend etwas zu hören, das mir weiterhelfen konnte. Außerdem, und das war im Augenblick dringender, befanden sich die Toiletten einen Stock tiefer. Und davor das Telefon.

Ich mußte noch meinen Sportbericht loswerden. War sogar höchste Zeit dafür. In der Redaktion waren sie sicher schon ganz fickerig. Aber zuerst mußte ich wenigstens das Ergebnis bringen. Soviel journalistischer Ehrgeiz war mir noch geblieben. Trotz des langen Tages. Totò hatte mich mitten im Spiel vom Platz geholt. Wegen eines konkreten Ausbruches von Wirklichkeit.

Die Mittewalder hatten 0:4 verloren. Soviel war ihr Trainer gerade noch in der Lage gewesen zu sagen. Dann war er zusammengebrochen. Am Telefon. Ihr Brasilianer würde für die nächsten Wochen keinen Fußballplatz mehr betreten können. Er lag im Krankenhaus. Die Natzer Ranggler hatten aufgeräumt. Der Trainer fluchte dem Schiedsrichter die Beulenpest an den Unterleib.

Ich drückte dem Trainer mein Beileid aus. Und ging noch einen Schritt weiter.

»Wenn ihr irgendwas mit mir anfangen könnt auf dem Feld«, sagte ich, »und mich nicht vor vier Uhr braucht, steh ich zur Verfügung.«

Von der anderen Seite des Telefons hörte ich zuerst nur ein Gurgeln. Dann hängte der Trainer wortlos ein.

Ich rief die Bozner Redaktion an. Sie hatten den Artikel schon geschrieben. Einfach ins Blaue hinein. Fehlte nur noch das Resultat. Vollidioten. Als ich versuchte, noch einen Absatz unterzubringen, in dem die Natzer Spielmethoden beschrieben wurden, lachte der Redakteur.

»Sarà per un altra volta«, sagte er, »ein andermal, se vieni in tempo.«

Das war alles.

»Es gibt keine Gerechtigkeit mehr auf der Welt«, sagte ich, »vaffanculo.«

Mein Schreiberling stellte mich zu einem anderen Redakteur durch. Ohne daß ich danach verlangt hätte. Ein gewisser Gianni Dibertol. Ich kannte ihn nur vom Hörensagen. Gerichtsreporter. Windige Figur. Keine Ahnung, was er von mir wollen konnte.

»Si faccia furbo, seien Sie schlau, Tschenett, Lei che è un giovane così promettente.«

Wenn der Schleimer schon so anfing. Außerdem: *giovane*. Ich machte mich auf das Schlimmste gefaßt. So schlimm wurde es dann gar nicht.

Er wollte mir nur privat schon einmal mitteilen, daß es leider notwendig geworden sei, meine freie Mitarbeit als Sportreporter aufzukündigen. Offiziell würde ich die Benachrichtigung in den nächsten Tagen bekommen. Er wollte mir das halt vorher noch persönlich sagen, schließlich sei ich ein *giovane così promettente* und so weiter.

Und vielleicht ließe sich das alles noch einrenken. Weil eigentlich wär es ja schade. Aber der Zeitung sei mein Ärger mit der Polizei bekanntgeworden. Und so etwas könne sie sich leider nicht leisten.

»Deve capirlo, verstehen Sie? Sono certo, che Lei capirà.«

Und wie ich kapierte. Dibertols Nähe zu gewissen Polizei- und Gerichtskreisen war offensichtlich. Dazu triefte sie zu sehr aus seinen Artikeln.

»Si faccia furbo.«

Aber ja doch.

Wenn die Dinge wieder in Ordnung seien, könne man mich sicher wieder anstellen. Er werde sich dafür verwenden. Und er habe einen gewissen Einfluß. Wie ich sicher wüßte. Wußte ich. Halbfaschist. Er redete noch eine Zeitlang herum, ohne genauer zu werden. Ich sollte halt die Dinge wieder in Ordnung bringen.

»Si faccia furbo. E si metta l'anima in pace.«

»Meinen Frieden mit der Welt...«, sagte ich, »non ci riuscirò. Wird nicht klappen.«

Und hängte ein.

Ich war also entlassen worden. Aus meinem Traumjob als sehr frei arbeitender Hilfs-Sportreporter, zuständig für die unterste Amateurliga im fußballerischen Wipptal.

Richtiger war sogar noch: Man würde mich entlassen.

Denn das, was ich bis jetzt gehört hatte, war nur ein telefonischer *avvertimento* gewesen. *Avvertimento*: diese Mafia-Spezialität. Im liebevoll besorgten Ton vorgebracht. Die Ankündigung einer Hinrichtung. Falls ich nicht schleunigst reumütig in mich und auf den rechten Pfad der Tugend kehren würde.

Alles, was gut und recht war. Jetzt mußte ich zuallererst einmal ins Pissoir. Das war Gottseidank nur eineinhalb Meter vom Telefon entfernt. Hinterher ging es mir gleich besser. Gewisse Leute schlagen einem direkt auf die Blase.

Ich war erst beim zweiten Teroldego, mitten im Nachdenken und gemütlich an den Pudel der Gossensasser Bar gelehnt, als mich ein Wildfremder von hinten anging.

»Ich hab gehört, du heiratest demnächst nach Norddeutschland hinauf«, sagte er und schaute mir dabei ins Weinglas. »Das tut dir sicher gut«, sagte er und starrte mich an, »so richtig daheim bist hier eh nie geworden. Da ist das sicher das beste. Obwohl die Rothaarigen nicht die Einfachsten sein sollen.«

Und weg war er.

Das war heute der dritte, der mir unbedingt etwas mitteilen wollte. Zuviel Aufmerksamkeit an einem Tag. Für so einen wie mich, einen kleinen LKW-Fahrer.

Was war denn so interessant an mir? Nichts. Was hatte ich zu bieten? Nichts. Und den Aktenkoffer einer namenlosen Leiche. Und seit heute deren Namen. Aber wer konnte das schon wissen.

Es war schade um den ganzen Aufwand, der da betrieben wurde. Sie konnten es nicht ahnen. Aber: Je mehr sie versuchten, mir zu drohen, mich zu schieben, vorsichtig zu kanalisieren, um so mehr wuchs mein Interesse an der Geschichte.

Ich sah mir den Hochzeitswerber noch einmal an. Noch nie gesehen.

Die Kellnerin kannte ihn auch nicht. Also schrieb ich mir auch sein Gesicht in mein dickes, schwarzes Buch.

21

Totò und ich hatten uns die Arbeit geteilt.

Er sollte mit ein paar Flaschen von dem vorzüglichen Wein seines Onkels wiederkommen. Und ich sollte Brennnesseln sammeln gehen. Junge, frische, unverstaubte, unverdorbene, prickelnde, kurz: jungmädchenhafte Brennnesseln. Und daraus Brennesselknödel machen.

Ich stand am Waldrand knapp über Gossensass. Und hatte die Handschuhe vergessen. Aber vielleicht war das ja auch zu etwas gut. Ich hatte mir in den letzten Tagen so oft die Finger verbrannt, daß es auf das eine Mal mehr auch nicht mehr ankommen konnte. Eventuell diente es der Abhärtung.

Ich ließ mir Zeit. Angenehm war es, hier oben.

Auf der anderen Talseite rauschte der Verkehr über die Gossensasser Autobahnbrücke. Und unter mir bremste sich ein Güterzug nach Pflersch hinein. Die pure Idylle für einen wie mich. Und weit weg vom Arsch der Welt. Ich genoß es. Allein durch den dunklen Wald zu stolpern und auf den Bösen Wolf zu warten. Und mir die Finger zu verbrennen. An den Brennesseln.

Ein Behältnis für mein geliebtes Gemüse hatte ich auch vergessen. Ich zog mein T-Shirt aus. Kragen und Ärmel zugebunden. So streifte ich durch die Wildnis.

Es war schon dunkel, als ich mich auf den Rückweg machte, mit einem T-Shirt voller Erfolg. Als ich das erste Mal über eine Schwelle stolperte, merkte ich, daß ich an der Eisenbahnlinie entlangging. Ich war etwas zerstreut gewesen. Der Hochzeitsantrag.

Hier hatte der Prantl gearbeitet. Sommer wie Winter immer die Geleise entlang. Und zur Seite springen, wenn ein Zug kommt. Irgendwann in den letzten Jahren, wenn ich mich richtig erinnerte, hatten sie hier einen seiner Kollegen erfroren aufgefunden. In einer Schneeverwehung. Ein sibirisches Schicksal. Dem Prantl war's schlimmer ergangen. War halbnackt neben den Schienen verbrannt. Nachdem man ihn umgebracht hatte. Daran hatte ich inzwischen nicht mehr den geringsten Zweifel. Es paßte einfach zur Geschichte. War sozusagen logisch.

Der Florian Prantl. Hatte nichts gehabt. Und trotzdem kurz vor seinem Tod einen Wald gekauft. Auf der anderen Talseite, hinterm Berg schon fast. Obwohl er hier, ganz in der Nähe der Bahnlinie, sein kleines Häuschen hatte, in dem er wohnte. Gewohnt hatte.

So ist das mit den Leichen deiner Feinde: Du mußt nur lang genug am Fluß sitzen bleiben, dann kommen sie vorbeigeschwommen. An mir kam eben, in der Dunkelheit kaum zu sehen, Prantls Haus vorbei. Die Brennesselknödel mußten warten. Wenn ich schon einmal so nah dran war, konnte ich den Prantl ja auch besuchen.

Da stand ich jetzt. Mitten in der Dunkelheit.

Die Gossensasser Wohnzimmerfenster waren kleine helle Punkte. Immer wieder flogen weiße und rote Lichter quer übers Tal. LKWs auf der Gossensasser Autobahnbrücke. Zum ersten Mal seit Monaten wollte ich nicht weg aus dieser Gegend. Ich hatte zu tun hier. Zwei Tote warteten darauf, daß ihnen jemand einen Sinn gab. Das machte sie zwar nicht mehr lebendig. Aber trotzdem bestanden sie auf ihrem Recht. Und hatten mich dafür ausgesucht.

Scheiße. Diese Christbaumlichterstimmung mitten im Mai schien mir voll aufs Gehirn zu schlagen.

Mit einem T-Shirt voller junger Brennesseln, die nur darauf warteten, kleingehackt zu werden und dann mit Knödelbrot, Milch, Eiern und wenig Mehl in Berührung zu kommen, stand ich nackten Oberkörpers zwischen den Schienen der Brennereisenbahnlinie. Gottseidank war es so dunkel, daß mich niemand dabei beobachten konnte.

Das war sie: die kleine Hütte, in der er gewohnt hatte, bevor sie ihn umgebracht hatten. Ein paar Meter unter dem Bahndamm. Mußte früher ein Bahnwärterhäuschen gewesen sein. Und er hatte es ausgebaut. Und, vor allem, einen Stall angebaut. Schließlich war er einmal Bauer gewesen. In einer Gegend, die bei Festtagsansprachen immer so stolz ist auf ihre Bergbauern und sie den Rest des Jahres in Ruhe verrecken läßt. Verlogene, kleinkarierte Arschlöcher, die nichts anderes interessiert, als ihre fetten Ärsche möglichst fett in fette Sessel zu setzen.

Prantls Hof lag ein paar hundert Meter weiter am Berg oben. Er lag wirklich. Mehr als zwei, drei Mauern hatten den Verfall nicht überlebt.

Wenn ich's mir genau überlegte, war er eigentlich daran gestorben: an seiner Sehnsucht, das sein zu dürfen und zu können, was er gewesen war: ein Bauer.

Prantl. Was hast du gewußt? Wie sah der Zauberstab aus, der deine Baracke in einen stolzen Tiroler Bauernhof verwandeln sollte?

An der Eingangstür klebte ein polizeiliches Siegel.

Ich machte die Tür hinter mir zu. Kleiner Schutz gegen unangemeldeten Besuch. Was ich in dem bißchen Licht, das die Flamme meines Feuerzeuges von sich gab, sah, überraschte mich nicht. Hier hatte ein Junggeselle gewohnt. Ich kannte das. Und er hatte offensichtlich seit Jahren keinen Knopf mehr in die Bude investiert. Wieso auch. Eine Baracke läßt sich nicht zum Bauernhof ummodeln. Beim besten Willen nicht.

Im Schlafzimmer stand nur ein Bett. Sonst gar nichts. Und auf dem Tisch in der Küche lag noch ein Stück Speck. Schönes Stück Speck. Garantiert nicht holländisch. Mußte die entfernte Verwandtschaft spendiert haben. Zu Weihnachten. Ein Rest an Erinnerung. Ich steckte den Speck ein. Er hatte etwas Besseres verdient, als hier in polizeilicher Obhut zu vermodern.

Im Herrgottseck hing kein Herrgott. Sondern ein großformatiger Bildkalender einer Wipptaler Raiffeisenkasse: *Bauernhöfe unserer Heimat.* Unter jedem Foto drei Zeilen Text, deren Kitsch einem die Zornestränen in die Augen trieb.

Im Haus hatte ich nichts gefunden, was mir weitergeholfen hätte. Es hinterließ den Eindruck einer Übergangslösung. Die mindestens zehn Jahre gedauert hatte.

Blieb also noch der Stall. Er war leer. Keine Ahnung, was die Polizei mit dem Vieh gemacht hatte. Eine Kuh und ein paar Ziegen waren es sicher gewesen. Höchstwahrscheinlich waren sie in die polizeilichen Kochtöpfe und Tiefkühltruhen gewandert.

Auf dem Boden lagen ein Hemd und eine Jacke. Was

konnte den Prantl dazu gebracht haben, sich hier im Stall auszuziehen? Daneben stand ein Doppelliter *Bauerntrunk*. Meraner Großkellerei. Ich kostete. War noch nicht sauer geworden.

Der Stall sah bewohnter aus als das Haus. Konnte ich verstehen.

Ich war beinahe schon wieder am Gehen, als ich im schwachen Licht des Feuerzeugs einen kleinen alten Rucksack entdeckte. Er hing, auf einen Nagel gespießt, in der hintersten Ecke des Stalles. Ich kämpfte mich durch die Spinnweben.

Der Rucksack war leer. Bis auf drei Blatt Papier. Ich sah sie mir an. Als ich das dritte Blatt zu Ende gelesen hatte, sah ich den Prantl vor mir. Wie er, heillos und traurig besoffen, immer wieder *I bin a Großbauer, a Bauer* gestammelt hatte. Jetzt wußte ich, was er damit gemeint hatte.

Der Zöschg hatte recht gehabt. Er hatte mir heut nachmittag in Bertas Bar erzählt, der Prantl hätte ein Waldstück neben dem seinen gekauft. Den Vertrag dazu hatte ich im Rucksack gefunden. Ein paar Hektar Wald, oberhalb von Sterzing. Orographisch links, mußte das wohl heißen. Und es war eine beträchtliche Geldsumme im Spiel, die der Prantl anscheinend schon an den Verkäufer überwiesen hatte. Der Bankbeleg war an den Vertrag angeheftet.

Er mußte aus dem Kuvert mit dem Raiffeisenkassenaufdruck stammen, das ich in Prantls Jackentasche gefunden hatte. Als er bis knapp vor die Bewußtlosigkeit besoffen in Bertas Bar gestolpert war. Drei Tage später war er tot gewesen. Wenn ich mir damals nicht nur Prantls Brieftasche, sondern auch den Inhalt des Kuverts näher angesehen hätte: Wer weiß. Aber dazu war es jetzt zu spät.

Im Rucksack fand sich noch ein zweiter Vertrag. Ein Kreditvertrag. Über genau die Summe, die der Prantl für den Wald bezahlt hatte. Ein Kredit der Raiffeisenkassa. Mit einem Zusatzpassus. Der Kredit der Bank an den Prantl wurde von einer Gesellschaft mit dem klingenden Namen *Tiroler Investment* der Bank gegenüber abgebürgt. Solange der Prantl den Kredit nicht vollständig und mit Zins und Zinseszins an die Raiffeisenkasse abgestottert hatte, verblieb das mit dem Kredit erworbene Grundstück als Sicherheit in der Hand der Bürgen. Also der *Tiroler Investment*. Und bis dahin konnte die Firma auch alleinig über die Verwendung des Grundstückes befinden. Sozusagen damit tun und lassen, was sie wollte.

Jedem halbwegs vernünftigen Menschen mußte schon bei Vertragsunterzeichnung klar gewesen sein, daß der Prantl nie im Leben imstand gewesen wäre, den Kredit zurückzuzahlen. Und wenn er noch zwanzig Jahre gelebt hätte.

Die *Tiroler Investment* hatte ihn also nur als Strohmann gebraucht.

Dafür konnte es nur eine Begründung geben: Sie wollte in der Öffentlichkeit nicht als die eigentliche Eigentümerin des Waldgrundstückes aufscheinen. Auch wenn ich mir zur Zeit für diese Schiebereien keinen vernünftigen Grund vorstellen konnte. Wieso sollte eine *Tiroler Investment* nicht ein Stück Wald kaufen dürfen? Eine Firma, die laut Briefkopf ihren Sitz in Innsbruck und Bozen hatte.

Aber dann mußte etwas dazwischengekommen sein. Etwas, das störend und ärgerlich genug gewesen war, die ganze Konstruktion zum Teufel zu jagen. Irgend jemand hatte den Prantl umgebracht. Und damit das Geschäft verhindern wollen. Oder etwas Schlimmeres. Dabei in Kauf nehmend, daß das Geschäft auffliegen konnte.

Was auch immer hinter der Geschichte steckte: Die Unterlagen, die ich gefunden hatte, bewiesen, daß da jemand besonderen Wert auf Diskretion gelegt hatte.

Diese Leute waren sicher nicht sehr erbaut gewesen über Prantls besoffenes *Großbauer*-Geschrei. Langsam konnte ich mir auch erklären, wo der Ärger herkam, den ich die letzten Tage gehabt hatte.

Es mußte um einiges gehen. Schließlich war da ein Mensch umgebracht worden. Und kurz vor ihm ein zweiter. Der auch mit Grundstückgeschäften zu tun gehabt hatte. Und vermutlich auch ein armer Hund gewesen war.

Ich packte den Kaufvertrag wieder in den Rucksack. Und den Kugelschreiber mit der Bankwerbung. Das Gegenstück zu den dreien, die Totò und ich in dem Koffer gefunden hatten. *Mit uns kommen Sie ans Ziel*, stand auf dem Billigplastik. Prantl war schon soweit.

Die restlichen Unterlagen wollte ich mitnehmen. Zu meiner eigenen Sicherheit. Vor allem das kleine Blatt Papier, auf das eine ungelenke Hand ein paar Worte gekritzelt hatte. In dem zittrigen Licht, das das Feuerzeug auf den Zettel warf, hatte ich einige Schwierigkeiten, die Schrift zu entziffern. Es war dieselbe wie bei Prantls Unterschrift auf den beiden Verträgen. *Ich werde mir noch einen Wald kaufen, und eine schöne Wiese. Ein Bauer ohne Grund und Boden ist keiner. Und ein anderer braucht keinen. Die Herrn schon gar nicht.*

Oben rechts auf dem Blatt Papier stand eine mehrstellige Zahl. Sah aus wie eine Telefonnummer.

Prantl hatte eine Erpressung versucht. Und sich den Text dazu notiert. In seiner ungelenken Art. In der Hoffnung darauf, auf seine alten Tage das zu werden, was er zeit seines Lebens gewesen war.

Aber sie hatten ihm keine Chance gelassen. Drei Tage hatte das Glück gedauert. Dann war aus dem früheren Bauern und jetzigen Eisenbahner Prantl eine verkohlte Leiche geworden. Aus der Traum.

Den Rest des Weges nach Gossensass hinunter beeilte ich mich. Erstens trug ich immer noch die Brennesseln in meinem T-Shirt mit mir herum, und außerdem war mir in Prantls Stall kalt geworden.

Zweitens hatte ich Totò ein Nachtessen versprochen.

Und drittens war mir, ehrlich gesagt, nicht ganz wohl bei dem Gedanken, mit den Prantl-Papieren durch die Gegend zu laufen. Auch wenn ich sie in meiner Unterhose versteckt hatte. Sicher ist sicher. An dem Scheißzeug waren schon Menschen gestorben.

Ich versuchte, etwas Ordnung in die Geschichte zu bringen. Dafür, daß Sonntag war, hatte ich einen arbeitsreichen Tag hinter mir. Aber es hatte sich gelohnt. Ich war einen ordentlichen Schritt weitergekommen. Falls es Totò und mir gelingen würde, das, was wir erfahren hatten, auch richtig zu interpretieren. Mir wollte das zur Zeit nicht gelingen. Konnte auch am Hunger liegen. Oder ich war einfach zu dumm dazu. Aber ein dummer Koch kann nie im Leben ordentliche Brennesselknödel kochen. Und genau das hatte ich heute abend noch vor. Also mußte es doch am Hunger liegen.

22

»Ringrazia il cielo per la tua parentela. Und Gott segne deinen Onkel.«

Totò schmunzelte nur und wischte sich mit dem Handrücken ausgiebig über den Mund. Zur Feier des Tages hatten wir uns sogar eine Kerze auf den Küchentisch gestellt.

»Im Ernst, Totò«, sagte ich. »So ein Wein ist ein Geschenk des Himmels in dieser Weinpanscherlandschaft.«

»E dai«, sagte Totò, »so schlimm ist es auch wieder nicht.«

»So schlimm nicht, vielleicht«, sagte ich, »aber schlimm.«

Totò war vom Familienbesuch wie erhofft mit ein paar Flaschen apulischem Eigenbau zurückgekommen.

Der, und die gelungenen Brennesselnknödel, hatten mich in der letzten Stunde mit der Welt versöhnt.

Einer war noch da. Totò und ich teilten ihn uns brüderlich. Der Knödel zerfiel von selbst in kleine, flaumig lockere Teile, sobald er die Gabel, die über seinem Haupt schwebte, auch nur ahnte. So mußte es sein.

Die jungen, sorgfältig ausgesuchten Brennesseln, kurz angedünstet und grob gehackt, mit feingeschnittenen blanchierten Zwiebeln und etwas Knoblauch, einem Ei, Milch, handgeschnittenem Knödelbrot und, und das war das Wichtigste, so wenig Mehl wie möglich. Und dann geknetet und zu kleinen Knödeln geformt in heißes, leise kochendes Wasser. Keine Minute zu lang.

Das Mehl, das war das Geheimnis. Am Mehl muß man sparen. Es ist der reine Klebstoff. Brennesselknödel vertragen gerade so viel Mehl, wie notwendig ist, damit sie bei sachter Behandlung nicht auseinanderfallen. Alles, was darüber hinausgeht, zerstört den Geschmack.

Der Geschichte, mit der wir es in den letzten Tagen zu tun bekommen hatten, ging es ähnlich. Nur anders herum. Da versuchte jemand, soviel Mehl wie möglich in den Teig zu rühren. Es sah mir ganz danach aus, als hätte er Angst, daß ihm der Knödel unter der Hand zerfällt. Und haut mit vollen Händen Mehl rein. Und wenn's Leben kostet. Hauptsache, die Geschichte klebt so fest, daß sie nicht mehr auseinanderfallen kann.

Klebrige Knödel konnte ich noch nie leiden. Diesen hier schon gar nicht.

»Bene«, sagte Totò, »es hat also etwas mit den Grundstücken zu tun. Può ben darsi.«

Bei einem Sambuca, den ich vor Jahren den Mönchen der *Farmacia del Vaticano* abgekauft hatte, hatte ich Totò auf den neuesten Stand gebracht. Inklusive der Prantl-Papiere.

»Denk ich mir halt«, sagte ich. »Ist die einzige Verbindung zwischen den beiden, von der wir wissen.«

»Aber wegen einem Stück Wald stirbt man normalerweise nicht«, sagte Totò.

»Eigentlich nicht. Also steckt noch etwas anderes dahinter. Und: Die Leute sind empfindlich. Egal, wer sie sind. Der Prantl, dem man auf hundert Meter ansieht, daß er keinem etwas antun kann, hat sie so erschreckt, daß sie ihn umgebracht haben. Obwohl er für einen 150-Millionen-Kredit gut war.«

Sambuca war eigentlich nichts für mich. Picksüß. Aber die frommen Fratres der *Farmacia del Vaticano* verstanden ihr Handwerk. Das Zeug ging runter und erfüllte einen mit Heiligem Geist.

»Ich schau mir morgen die *Tiroler Investment* an. Vielleicht kommt etwas dabei raus«, sagte ich. »Und geh du über die treudeutschen Namen Malfertheiner, Zöschg, Prantl, Pressack und …«

Scheiße. Jetzt wußte ich nicht einmal, wie die Lady hinten hieß. Nach all dem, was ich sonst von ihr wußte.

»Und wer?« sagte Totò.

»Du weißt schon«, sagte ich. »Schau einmal nach, ob du was hast, fammi il favore. Und diese Telefonnummer hier. Falls es eine ist.«

Ich schob ihm Prantls Zettel zu.

»Das kann aber eine Zeitlang dauern, wenn's nicht auffallen soll«, sagte Totò.

»Soll's auch nicht«, sagte ich.

Wir hatten eine knappe Stunde Karten gespielt. Totò spülte jetzt ab, ich lag auf der Eckbank in Totòs Küche und dachte nach. Über meine Verdauung. Weil's dann, wie ich aus Erfahrung wußte, schneller ging.

Plötzlich lag ich im Dunkeln da.

»Dai, riaccendi la luce«, sagte Totò.

Der Ärmste stand jetzt sicher mit Schaum an den Händen da.

»War ja gar nicht ich«, sagte ich.

Im Treppenhaus brannte das Licht noch. Ich ging in den Keller. Die zwei Sicherungen für Totòs Wohnung waren leicht zu finden. Direkt unter den meinen.

»Ciao, Tschenett.«

In der dunklen Ecke hinter mir bewegte sich etwas. Ich tastete nach dem Lichtschalter.

»Lascia stare«, sagte die Stimme.

Ich brachte mich in Position. Locker. Locker in den Füßen. Und hinhören. Du hörst es früh genug, wenn er kommt. Dann such dir einen Punkt aus. Und schlag drauf. Und locker in den Füßen.

»Che succede, non mi riconosci?« sagte die Figur.

Tatsächlich. Die Figur, die sich aus dem dunklen Eck herausschälte, war einer von Totòs Kollegen. Eigentlich ein ganz anständiger Bursche. Die paarmal, wo wir zusammen einen Viererwatter gemacht hatten, war er schwer unter die Räder gekommen. Mir wollte nur nicht einfallen, wie er hieß.

»Non mi riconosci? Sono Antonio.«

Richtig. Antonio, auch Toni.

»Che fai quà? Was ist los?« sagte ich.

»Ich komm gerade vom Dienst.«

»Und?«

»Ich muß euch etwas erzählen.«

»Jetzt? Und hier?«

»Si.«

Toni flüsterte so leise, daß ich ihn kaum verstehen konnte.

»Da bin ich aber gespannt«, sagte ich, »racconta.«

»Wir haben vor zweieinhalb Stunden einen verhaftet am Brenner oben. Er wollte ausreisen und stand auf der Fahndungsliste.«

»Und?« sagte ich, »macht doch. Ist ja euer gutes Recht. Behauptet ihr.«

»Non è tutto«, sagte Toni, »es geht noch weiter.«

»Was ist denn hier los?«

Das war Totò. Jetzt noch einer, und wir waren für den Viererwatter komplett.

»Dein Kollege hier versucht's mir gerade zu erklären«, sagte ich.

»Und ich hab mir schon ernste Sorgen gemacht, perchè non ritornavi più«, sagte Totò.

Langsam, aber sicher schien sich Paranoia über die Menschheit auszubreiten. Würde interessant werden, ihr Fortschreiten an mir selbst zu beobachten.

»Dai, Antonio, andiamo di sopra«, sagte Totò.

»Meglio di no«, sagte Toni. »Ich will nicht, daß mich jemand sieht.«

»Che succede?« sagte Totò und schaute mich an.

Ich erzählte ihm, was ich bisher von Toni erfahren hatte. Und Toni erzählte zu Ende.

Sie hatten den Burschen aus seinem Auto geholt, nachdem festgestellt worden war, daß er zur Fahndung ausgeschrieben war. Im Auto hatten sie nichts Verdächtiges gefunden. Nach einer guten halben Stunde war Gerlacher gekommen. Hatte erklärt, er sei für die Geschichte zuständig. Und hatte kurz darauf mit dem Verhafteten die Grenzstation Richtung Österreich verlassen.

»Gerlacher?« sagte Totò.

»Ja«, sagte Toni, »Gerlacher. Deswegen hab ich ja gedacht, das interessiert euch. Ich hab gehört, wie er sich aufgeführt hat, als bei euch beiden eingebrochen worden ist. Che stronzata. Ein paar Kollegen hat das gar nicht gefallen. War ihnen dann doch zuviel, daß der Gerlacher dich und Tschenett so in die Mangel genommen hat. Nur weil er der Chef vom Sondereinsatzkommando ist. Als ob ihr weiß Gott was für einen Dreck am Stecken hättet.«

»Haben wir ja auch«, sagte ich, »aber da wird der Gerlacher nie draufkommen. Apropos: Was wißt ihr denn sonst noch über den Gerlacher-Schützling?«

»Genug. Er wird seit fünfzehn Jahren als Terrorist gesucht. Verdacht auf Sprengstoffanschläge, Bandenbildung, *Ein Freies Tirol* und so. Wie der überhaupt einreisen konnte, ist mir sowieso ein Rätsel. Den erkennt man sofort. Weil ihm die Hälfte seines rechten Ohres fehlt.«

Das Ohr verschlug mir für einen Augenblick die Sprache.

»Und wie heißt der tizio?« sagte Totò.

Langsam aber sicher kamen wir in der Geschichte etwas weiter.

»Pirpamer, Adolf.« Jetzt hatte der Mensch einen Namen, der die letzten Tage durch die Gegend gelaufen war, einen toten und einen verschreckten Bauer besucht und für mich bei Berta dumpfe Drohungen hinterlassen hatte.

Und Gerlacher wollte von alldem nichts gewußt haben. Das Sondereinsatzkommando. Mit Sondergenehmigungen und allem Pipapo.

Antonio war so aus dem Keller des Hauses *Waldfrieden* entschwunden, wie er gekommen war: clandestin. Das hatte weniger mit seiner Angst vor dunklen Mächten zu tun als damit, daß er es zur Zeit anscheinend nicht für ratsam hielt, sich außerhalb der Dienststunden mit Totò und mir zusammen sehen zu lassen. Schon gar nicht im Haus *Waldfrieden* in Maria Trens.

Totò und ich hielten uns nicht mehr lange auf. Wir hatten für den nächsten Tag beide etwas vor. Und zu besprechen gab es eigentlich nichts mehr. Die Dinge lagen ziemlich klar. Wir hatten, plötzlich, auch noch den Gerlacher von hinten zwischen die Beine gekriegt.

»Senti«, sagte Totò, als ich mich von ihm verabschiedete, »mio zio m'ha chiesto, se non voglio sposarmi.«

»Und«, sagte ich, »willst nicht?«

»Er hat eine Stieftochter. Die kommt langsam ins Alter«, sagte Totò.

»Macht nichts«, sagte ich, »du ja auch.«

Totò sah mich ziemlich entsetzt an. Offensichtlich hatte ich ihm nicht gerade die Antwort gegeben, die er sich von mir erwartet hatte. Dabei wußte er, daß ich von seiner Yuppie-Anwältin nicht viel hielt. Zumindest nicht in Verbindung mit ihm.

»Ist ja wunderbar«, sagte ich, um ihn zu trösten. »Heirat sie, und wir ziehen beide nach Apulien, falls es uns hier zu heiß wird.«

»Vai«, sagte Totò, »vai. E crepa! Verreck!«

23

»Santini«, sagte Santini.

Zu mehr kam er nicht. Ich hatte den Hörer wieder aufgelegt.

»Senti, imbecille«, sagte Santini, als er zum zweiten Mal anrief, »wehe, du hängst mir wieder ein.«

Es nützte alles nichts. Langsam sickerte das Tageslicht in mein Hirn. Und richtete wüste Zerstörung an.

»Wie spät ist es?«

Zu mehr war ich im Augenblick nicht in der Lage.

»Längst schon nach neun Uhr«, sagte Santini, »höchste Zeit.«

»Allerdings«, sagte ich, schmiß den Hörer möglichst weit von mir weg und verdrückte mich unter die Decke.

Dann ließ es mir doch keine Ruhe.

Ich schälte mich aus dem Bettzeug heraus und holte mir den Telefonhörer.

»Santini?« sagte ich.

»Rompicoglione.«

Er war also noch da.

»Un attimo.«

Zuallererst mußte ich mir den Gips aus dem Mund spülen. In einer der Flaschen, die neben der Matratze herumstanden, dümpelte tatsächlich noch ein Rest Flüssigkeit. Um was es sich dabei handelte, war mir im Augenblick ziemlich gleichgültig. Solang nicht mehr als zwei Zentimeter Schimmel darauf schwammen.

War Wein. Und hatte nur einen leichten Stich.

Mir ging's schon viel besser.

Ich suchte nach einer Zigarette, fand sogar noch ein Feuerzeug, zog mir die Lungen mit Rauch voll, ließ ihn einmal die Runde drehen, hustete und setzte mich dann auf den Boden, neben das Telefon.

»Santini«, sagte ich, »wie spät ist es? Sag's mir.«

»Kurz nach neun«, sagte Santini.

»Was ist denn das für eine unchristliche Zeit. Willst mir jetzt auch noch an den Kragen, Santini?«

»Dai, smettila. Ho bisogno di te. Du mußt herkommen.«

»E no«, sagte ich.

Jetzt waren sie sich schon zu gut, selber anzurufen. Und schickten den Santini vor.

»Sag denen von der *M-Bau*, ich mach die nächsten Tage keine Fuhre. Punto, e basta.«

»Ti sbagli«, sagte Santini, »es ist etwas Persönliches. Tu mir den Gefallen.«

»Morgen«, sagte ich.

»Heut vormittag«, sagte Santini. »Sonst überleg ich's mir noch anders. Ich will die Sache hinter mich bringen. Ja oder nein?«

Was sollte ich da noch sagen.

»Ja«, sagte ich, »aber, Santini: Wehe, wenn's nur ein Jux war. Um die Uhrzeit lass' ich mich ungern verarschen.«

»Wann?« sagte Santini.

»Zwei Stunden«, sagte ich.

Zwei Stunden brauchte ich mindestens, um mich halbwegs auf die Füße zu stellen.

»Eine, maximal«, sagte Santini.

Santini stand da und knetete sein Ohrläppchen. Das linke. Pirpamer wäre dazu nicht imstande gewesen. Santini nicht mehr lange, wenn er so weitermachte. Irgendwann würde es zerbröseln.

Von Santini, dem Vorarbeiter, der die Pflerer Tunnelbauarbeiten fest in der Hand hatte, war plötzlich nicht mehr viel zu erkennen gewesen. Von dem Santini, der mich so brutal aus dem Schlaf gerissen hatte, auch nicht. Nicht einmal mit einem blutten Schlag in der Hand zögerte er sonst so lange.

Irgend etwas beunruhigte Santini. Das war ihm auf den ersten Blick anzusehen. Zu seinem Glück. Sonst hätte ich ihm nämlich längst schon in den Hintern getreten. Und die Karterfreundschaft, an der er schon einiges verdient hatte, aufgesagt. Holte mich mitten in der Nacht aus dem Bett, und dann stand er auf der Baustelle, trat von einem Bein aufs andere und druckste herum.

»Was ist, Santini, hast das Reden verlernt?«

»Ja«, sagte er. »Komm mit.«

Als er die Tür seiner Baracke hinter sich zugezogen hatte, machte er endlich den Mund auf.

»Erstens weiß ich nichts, und zweitens sollte ich gar nicht mit dir reden«, sagte er.

»Und wieso hast mich dann angerufen?«

»Vergiß es«, sagte Santini. »War ein Fehler.«

Scheiße. Hatte er mich also doch reingelegt.

»Und haben sie dir auch verboten, mit mir Karten zu spielen?« sagte ich. »Dann ist's ja gut.«

Ich machte mich auf dem Weg nach draußen. Mir

reichte es. Ich hatte die Schnauze voll. Santini hatte einen Knall. Hatte zu lange neben hochgehenden Sprengladungen gestanden.

An der Tür holte mich Santini ein. So viel Zeit hatte ich mir gelassen.

»Aspetta«, sagte er, »reg dich nicht gleich so auf. Das mit dem Kartenspielen kann mir keiner verbieten. So viel können sie mir gar nicht zahlen, wie ich damit an dir verdiene.«

»Verstehe...«, sagte ich.

Obwohl er wieder einmal reichlich übertrieben hatte, der gute Santini. Aber so einfach sollte er mir nicht davonkommen.

»Was ist«, sagte ich, »hast die coglioni, mir zu erzählen, was du weißt?«

»È molto semplice«, sagte Santini und sah aus seinem Barackenfenster auf den Bauplatz hinaus.

Ich setzte mich hinter seinen Schreibtisch. Wollte gar nicht wissen, was es da draußen zu sehen gab. Und wartete. Es dauerte. Dann drehte sich Santini um.

»Ich hab eine Ahnung, wie der Tote in den Fels gekommen sein könnte«, sagte er.

Und dann zierte sich das Mensch noch so. Es gab außer mir noch ein paar andere, die liebend gern gewußt hätten, wie das möglich gewesen war. Kommt ja schließlich nicht alle Tage vor, daß man bei Tunnelbauarbeiten eine frische Leiche aus dem jahrmillionenalten Felsen freisprengt.

»Und?« sagte ich, »red schon.«

Santini ließ sich Zeit. Und drehte sich wieder um. Ließ den Bauplatz nicht aus den Augen.

»Bene«, sagte er, »aber du weißt, daß mich das in Schwierigkeiten bringen kann.«

»Erzähl.«

Er war anscheinend noch nicht überzeugt.

»Wenn's wahr ist, was du sagst, bist du eh schon in Schwierigkeiten«, sagte ich.

Santini tat, als ob er nichts gehört hätte.

»Als wir die Leiche gefunden haben, hab ich mir natürlich den Kopf zerbrochen, wie das möglich war.« Santini war kaum zu verstehen, so leise sprach er. Mehr zu sich selbst als zu mir. »Schließlich ist es mein Job, die Baustelle unter Kontrolle zu haben. Zu wissen, was hier passiert. Und bis dahin dachte ich auch, meinen Job ordentlich gemacht zu haben. Bis die Leiche aufgetaucht ist.«

Es war ihm offensichtlich ein Bedürfnis, so weit auszuholen. Ich nahm es als Geduldspiel.

»Ich hab noch nie an Wunder geglaubt«, sagte Santini. »Deswegen mußte es eine technische Erklärung dafür geben, wie der Tote in den Fels gekommen ist. Vom Tunnel aus nicht, das war klar. Da war vor der Sprengung massiver Fels. Bleiben also nicht mehr viele Möglichkeiten.«

Santini, mach schon. Vorwärts, Genosse.

»Bleiben: von hinten, von unten, von oben, von seitlich.«

»Ach nein. Und?«

»Die haben hier in der Gegend Probebohrungen gemacht.«

»Triaxial. Und dilatometer«, sagte ich.

Santini sah mich erstaunt an.

»Ja«, sagte er, »so etwas. Woher weißt du das?«

»Ich weiß es nicht. Ich hab nur geraten.«

Ich mußte ihm die Geschichte mit Tamara ja nicht unbedingt auf die Nase binden. Jetzt nicht.

Santini sah mich für einen Augenblick zweifelnd von der Seite an.

»Das war ein Innsbrucker Büro, das an der Machbarkeitsstudie für den Brennerbasistunnel arbeitet. Die Bohrungen dienen unter anderem dazu, die günstigste Trasse zu finden. Dabei soll der Tunnel eigentlich auf der anderen Talseite laufen. Hat es bis jetzt immer geheißen. Aber die haben trotzdem hier gebohrt. Wir haben dann verlangt, eine Liste der Bohrungen zu bekommen, die im Bereich unseres Tunnels stattfinden sollten. So etwas muß man schließlich wissen. Wenn da über einem ein anderer herummacht.«

Santini kam an den Schreibtisch.

»Kurz und gut«, sagte er und wühlte in den Zetteln, »die Liste mit den Probebohrungen ist uns vor Monaten versprochen worden. Und noch nie gekommen. Obwohl wir noch einmal nachgefragt haben. Ist ja schließlich bei dem Gelände, was wir hier eh schon haben, nicht gerade beruhigend, solche Wühler über sich zu haben.«

Er suchte immer noch in dem Zettelwerk auf seinem Tisch.

»Kann ich dir helfen?« sagte ich.

Er hörte nicht.

»Das kann einem schon ganz schön gegen den Geist gehen, die Heimlichtuerei. Als ob die etwas Besseres wären. Nur weil ihr Tunnel ein paar Kilometer länger werden wird als unserer. Il Signor Basistunnel. Hier«, sagte Santini und fuchtelte mir mit einem Blatt vor dem Gesicht herum,

»hier: *Ein Jahrhundertwerk. Die Große Alpentransversale.* Und graben mir überm Kopf herum. Als ob's Pudding wäre.«

Er schmiß das Blatt von sich, möglichst weit. Und wühlte in den anderen, die auf dem Schreibtisch lagen.

Ich sah zu. Das war ein für mich ganz neuer Santini.

»Bestia, früher hat das Tunnelbauen noch Spaß gemacht. Ordentliche Löcher durch den Kuchen beißen. Saubere, ewige Löcher. Das geht heut alles nicht mehr. Schau dir nur an, was die hier mit meinem Tunnel gemacht haben. Bauen, nicht bauen, bauen.«

Mit jedem seiner Worte hatte Santini einen Knäuel Papiere zu Boden gefegt.

»Porcavacca. Questo mestiere è diventato uno strazio. Ich hab keine Lust mehr. Basta. Hier«, sagte er und fuchtelte mit einem Stück Zeitung, »der bayrische Verkehrsminister: *Auch Besonderheiten des Volkstums, wie hier in Südtirol, spielen eine besondere Rolle.* Besondere Rolle, die Besonderheiten. Und wobei? Beim Tunnelbau. Hat er wirklich so gesagt, der depperte scemo. Alle mischen sich ein in unsere Tunnelbauerei. Alle. Die letzten Idioten. Es macht keinen Spaß mehr.«

Ich war aufgestanden. »Setz dich, Santini«, sagte ich.

Der Ärmste war ziemlich hinüber. Fertig. Und angeekelt.

Santini gehorchte. Setzte sich auf seinen Stuhl hinter dem Schreibtisch. Einem Schreibtisch, der dem Mann mit den großen Händen viel zu groß war.

»Im Kasten findest eine Flasche«, sagte er, »ich brauch einen Schluck.«

Und dann wischte er mit einer Bewegung alles, was an Papieren noch vor ihm lag, zu Boden.

Hatte einen guten Tropfen in seinem Schrank stehen, der Santini. Wir prosteten uns zu.

»Du glaubst, die Geschichte mit den Probebohrungen ist die Erklärung«, sagte ich.

»Wenn die da oben herumgegraben haben, dann ist da jetzt ein Loch. Und vielleicht ist es ja auch groß genug, um einen Menschen hinunterzulassen, was weiß ich.« Santini schenkte nach. »Das erklärt das Wie«, sagte er. »Aber nicht das Wieso.«

»Santini«, sagte ich und schüttete mir den Schnaps in die Gurgel, froh, daß mein Freund wieder ins Leben zurückgekehrt war, »fürs Wie bist du zuständig. Fürs Warum ich.«

Er sah mich still an.

»Danke, Santini«, sagte ich.

»Das hat der Gerlacher auch gesagt. Und daß ich's auf keinen Fall sonst jemandem erzählen soll. Da war er ziemlich pingelig.«

»Ich werd dich nicht verraten, Santini.«

»Will ich hoffen. Das kann mich meinen Job kosten«, sagte Santini. »Von dir hört man schließlich in letzter Zeit allerhand Geschichten. Da möchte ich nicht hineingezogen werden. Gerlacher wußte, daß wir manchmal zusammen Karten spielen.«

»Mach dir keine Sorgen, Santini«, sagte ich. »Mach dir keine Sorgen.«

24

Der Büromensch zählte mir die Geldscheine auf den Tisch, als ob er sich dabei eine Krankheit holen würde.

Ich wurde ausbezahlt. Die Gage für die letzte Fuhre, die ich für die Firma *M-Bau* gemacht hatte. Hinter mir stand die Chefin der Firma. Hatte mich soeben auf ewig und immer entlassen. Und gesagt, sie wolle mich nie mehr auf einer ihrer Baustellen sehen.

»Kaufen Sie sich einen Spielzeug-LKW«, hatte sie gesagt. »Es wird der einzige sein, mit dem Sie noch herumfahren dürfen. Dafür sorge ich.«

»Gibt's einen bestimmten Grund für das Spektakel?« sagte ich.

»Nein«, sagte sie. »Was erlauben Sie sich, Tschenett? Schaut ja fast so aus, als ob unsereiner als Unternehmer nicht mehr entscheiden darf, wann und mit wem er arbeiten will. Gehen S' doch rüber.«

»Wohin?« sagte ich. »In die Damalige Demokratische Republik?«

Das hatte sie nicht verstanden, die *M-Bau*. Sie sah mich einen Augenblick lang ratlos an. Leid tun konnte sie einem. Sie tat mir nicht leid.

»Hier, unterschreiben«, sagte das Büromensch und hielt mir einen Kugelschreiber hin.

»Ein Kreuz genügt dir doch«, sagte ich, »oder? Mehr kannst eh nicht lesen.« Als ich den Kugelschreiber in die Hand nahm, kam er mir bekannt vor.

»Lassen Sie meine Leute in Ruh, Tschenett«, sagte die Chefin.

Jetzt war's mir eingefallen. Der Malfertheiner-Koffer. Und Prantls Rucksack. Die drei schön nebeneinander aufgefädelten Kugelschreiber mit dem Werbeaufdruck. Malfertheiner war stolz gewesen auf den Plastikschund, den ihm die Bank angedreht hatte.

»Dann würde ich Sie gern etwas fragen«, sagte ich und lächelte meine Exchefin einmal quer über die Schneidezähne an. »Kann es sein, daß Sie einen Bruder haben, der hier in der Gegend der Boß einer Raiffeisenkasse ist?«

War ein hartes Weibsstück, die Chefin der *M-Bau*. Und ließ sich nichts anmerken. Aber gut eine Minute Zeit, um zu antworten.

»Passen Sie auf, was Sie sagen«, sagte sie. »Bei der geringsten Bemerkung zeig ich Sie an.«

»Wär mir eine Freude«, sagte ich, »aber ich kann mir nicht vorstellen, daß Sie die *coglioni di bronzo* haben.«

Das Büromensch verstaute den Wisch, auf den ich ein X gekrakelt hatte, und schob die paar Scheine über den Tisch.

»Bis zum nächsten Mal«, sagte ich, wedelte mit dem Geld und ließ das Büromensch und die Chefin stehen.

Es war keine Retourkutsche. Nicht, weil sie mir eben gekündigt hatte, die Chefin der Firma *M-Bau*. Es war nur der Kugelschreiber.

Zum Glück hatte ich noch meine Pusterer Zugmaschine. Die ich in Zahlung genommen hatte. War eine *IVECO*. *VOLVO* war mir eigentlich lieber. Bessere Maschine, nicht so wackelige Lenkung, und die Aufhängung nicht so hämorrhoidenweich.

Ich fuhr die Kurven talaus.

Höchste Zeit, mich mal wieder auf einer Bank blicken zu lassen. War mir einer der liebsten Orte auf der Welt. So ein Schalterraum trieb mir jedes Mal die Zornesträhnen in die Ohrmuscheln. Nicht nur wegen der landesüblichen grenzdebilen Fresken an den Wänden. Sondern vor allem eingedenk der Volksweisheit: *Was ist schon der Überfall auf eine Bank, verglichen mit der Eröffnung einer Bank.*

Ich hatte eine bestimmte Bank im Auge. Mal sehen.

25

Plötzlich ging gar nichts mehr.

Die Bremsen auf jeden Fall nicht. Dafür ging's bergab. Ich tat, was in solchen Fällen zu tun war. Und hielt mich rechts an die Mauer. Ließ die Zugmaschine an der Mauer entlangschleifen, bis sie zum Stehen gekommen war.

Da hatte mir jemand eine nette, kleine Überraschung zukommen lassen wollen. Aufmerksam. Hatte aber nichts genützt. Die Pusterer Firma würde sich freuen, wenn sie ihre Zugmaschine wiederbekam.

Ich ließ den Schrotthaufen stehen und ging zu Fuß weiter. Sollten sich die ums Abschleppen kümmern, die dafür zuständig waren. Ich war es nicht mehr.

Berta staunte nicht schlecht, als ich in ihrer Bar per Telefon ein Taxi bestellte.

»Frisch entlassen, einen LKW kaputtgefahren und sich

jetzt im Taxi herumschoffieren lassen. Nobel ist er, der Herr. Wieso gehst nicht zu Fuß?« sagte Berta.

»Das kannst von einem LKWler nicht erwarten, Berta. Außerdem bin ich in Geschäften unterwegs. Ich muß auf die Bank.«

»So einer wie du hat keinen Kredit.«

»Genau das will ich ja herausfinden«, sagte ich.

Und hoffte, nicht ganz danebenzuliegen.

»Ehrlich gesagt, war ich mir nicht ganz sicher, ob das nicht ein Witz sein soll«, sagte der Taxifahrer. »Hier in Pflersch wird selten ein Taxi bestellt. Und für nichts und wieder nichts von Sterzing bis hier herein ins hinterste Tal zu fahren ist auch nicht mein Fall.«

»Und«, sagte ich, »seh ich wie ein Witz aus?«, und hielt ihm einen Fünfzigtausender vor die Nase.

Jetzt war er beleidigt. Aber dafür hielt er den Mund.

Wir waren angekommen. Die Bank, die dem Prantl einen so großzügigen Kredit gegeben hatte. Die Filiale, die so aufdringlich Kugelschreiber verteilte. Und in der der Bruder meiner Exchefin der Filialleiter war.

Dem Taxifahrer konnte ich es nicht ersparen, vor der Bank zu warten. Er verstand die Welt nicht mehr. Damit es nicht ganz so schlimm war, hatte ich ihm den Fünfzigtausender als Gesellschafter gelassen.

Ich schritt gemessenen Schrittes die heiligen Bankfilialhallen ab. Schalter für Schalter. Vorbei an gedrechselten, täglich liebevoll handgestaubten Holzungetümen, hinter denen sich die blassen Banker versteckten. Wieviel Angst muß man haben, um sich erst hinter solchen Scheußlichkeiten wohl zu fühlen? Und wovor? Ganz hinten gab es einen Schalter, der noch einmal um einen halben Meter erhöht war. Hier kochte der Chef, ganz offensichtlich. Und zu dem wollte ich.

»Sind Sie das?« fragte ich den Mann, der hinterm Schalter saß, und zeigte auf das Namensschild vor meiner Nase.

Er sah mich erstaunt an. Und war am Überlegen, wieviel Hochnäsigkeit er in den nächsten Satz legen sollte. Er entschied sich für die mittlere Variante.

»Ja«, sagte er.

Schlecht werden konnte einem bei solchen Leuten. Ich versuchte, meine Magennerven in den Griff zu bekommen. Es gelang nur zur Hälfte.

»Ich würde gern einen Kredit aufnehmen«, sagte ich.

»Sind Sie Kunde bei uns?«

»Unterbrich mich nicht«, sagte ich und wurde sofort wieder freundlich. »Mit dem Kredit würde ich mir gern ein Stück Wald und ein Stück Wiese kaufen.«

»Wenn Sie nicht Kunde ...«

»Sie brauchen sich keine Sorgen um Ihr Geld zu machen. Die *Tiroler Investment* bürgt für mich. Ist Ihnen ja ein Begriff, nicht wahr? Solide Geschäftspartner. Mit denen arbeitet man doch immer wieder gerne zusammen, oder?«

Gottseidank saß er, der arme Mann. Immer dasselbe: Den großen Max spielen. Und beim ersten Schlag in die Eier zum Frauenchor überwechseln. Halbe Portion.

Er sagte nichts. Ich wartete. Er sagte immer noch nichts. Hackte dafür auf seiner Computertastatur herum. Lange konnte sie das nicht mehr aushalten.

»Ich hab Zeit«, sagte ich.

Und sah mich um.

Banken waren von Haus aus schon schlimm genug. Aber daß sie hier in der Gegend immer wieder denselben Hirnkranken seine grauslig sinnlosen pastellenen Kästchen, Strichlein und sonstwas an die Wand pinseln ließen, war längst schon ein Strafbestand für sich. Nur mit Resozialisierung konnte man das nicht mehr rechtfertigen.

Ich mußte raus hier.

»Wissen Sie was? Ich komm einfach in ein paar Tagen wieder vorbei. Und: So an die hundertfünfzig Millionen sollten's schon sein, Brüderchen. Überlegen Sie sich's.«

Dann war es höchste Zeit. Daß ich wieder an die frische Luft kam. Mir war vom Schwefelgeruch schwindlig geworden. Mußte von der ewigen Geldzählerei kommen. Und vom zwei Meter hohen Kruzifix, das sie sich an die Wand genagelt hatten. War höchstwahrscheinlich einem Bergbauern aus der Konkursmasse herausgepickt worden. Für Gott, Kaiser und Lombardsatz.

»Und«, sagte der Taxifahrer, »gutes Geschäft gemacht?«

Die fünfzigtausend Lire hatten ihre Wirkung getan. Er hatte auf mich gewartet.

»Wie man's nimmt.«

Ich hatte mich nicht schlecht amüsiert. Wann passiert es einem schon, daß so ein blasierter Filialleiter einer Bank noch blässer wird, als er eh schon ist.

Darin unterschieden sich er und seine Verwandtschaft. Die Große Schwester hatte gleich mit Verleumdungsklage,

Anwalt, dem Ewigen Feuer und der Sintflut gedroht. Und Brüderchen war wegen lumpiger hundertfünfzig Millionen in die Knie gegangen. Sinnloserweise.

So einer wie ich konnte schließlich mit einem Kredit nichts anfangen. Wohnküche, Ledersitzecke, Ultraflachstereobildschirm, neuer Spoiler für den 190er: Das kam für Äpfelscheichs in Frage. Aber die bezahlten in bar. Oder für öffentliche Angestellte. Und so weit war ich noch nicht herabgesunken. Außerdem war ich kreditunwürdig. Oder wie sie diesen anscheinend von sämtlichen abendländisch zivilisierten Göttern verfluchten Zustand nannten. Was sollte so einer wie ich also mit einem Kredit. Nichts. Ich wollte auch gar keinen. Ich wollte nur wissen, ob ich unter diesen besonderen Umständen einen bekommen würde. Ausnahmsweise. Ich hatte dem Herrn Filialleiter die *Tiroler Investment* unter die Nase gerieben. Zittrig war er geworden. Und dienstfertig. Mehr wollte ich nicht wissen.

»Ich sag immer«, sagte der Taxifahrer, »wenn man sich einmal mit der Bank einlassen muß, ist man schon verloren. Haus und Hof verloren.«

»Da hab ich ja noch Glück. Hab ich nämlich nicht, Haus und Hof. Und jetzt fahren wir nach Gossensass. Und ohne zu reden.«

»Gossensass«, sagte der Taxifahrer, »wenn's sein muß.« Er knallte den ersten Gang so mürrisch ins Getriebe, als hätte ich ihn aufs Schafott geschickt.

»Wenn's recht ist«, sagte ich. Noch ein Satz, und ich hatte ihn wieder so beleidigt, daß er für den Rest der Fahrt den Mund halten würde. »Oder kommen Sie mit Ihrem rostigen Mercedes nicht hinauf?«

»Jetzt muß ich mich wegen der paar dreckigen Lire auch noch beleidigen lassen«, sagte er.

»Müssen Sie nicht«, sagte ich. »Halten S' einfach den Mund.«

Ich konnte jetzt keinen brauchen, der mir mit seinem Blödsinn dazwischenredete. In meine Gedankengänge hinein.

Die Bank war abgehakt. Jetzt kam die *Tiroler Investment* dran.

26

Ich hatte mir vom Taxifahrer die siebenhundert Lire Restgeld herausgeben lassen. Er hatte mich zu sehr gequält.

In der Gossensasser Bar war nicht viel los. Die Belgier kamen erst im Dezember wieder, und die Schilehrer hatte der Erdboden verschluckt, zusammen mit dem Kunstschnee. War schließlich Mai.

Ein paar Frauen saßen an den Tischen. Gattinnen und Mütter, Prosecco trinkend. Arbeiteten an Ehekriegsstrategien. Nachts taten die Männer dasselbe. Auch wenn sie keinen Prosecco tranken.

Zuerst genehmigte ich mir einen Roten. War zwar von der falschen Kellerei. Aber das war jetzt auch schon egal. Dann genehmigte ich mir einen Blick auf die glücklichen Gattinnen und Mütter. Herzerfrischend. Und dann genehmigte ich mir einen Gang Richtung Pissoir.

Am Ende der Treppe, einen Stock tiefer, stand das öffentliche Telefon. Es hatte einen Nachteil. Die erste Minute konnte man sein eigenes Wort nicht verstehen. Die *gettoni* verschwanden nacheinander im Zahlkasten, und das mit einem Heidenlärm, der noch die längste Zeit zwischen den Toiletten und dem Treppenaufgang hin und her wanderte. Ich kannte den Apparat. Und wartete, bis es vorbei war.

»Wer ist da?«

Hanspeter war da.

Mit Hanspeter hatte ich vor ewigen Zeiten in einem Zöglingsheim gemeinsam die Studierbank gedrückt. Ich ohne, er dafür mit um so mehr Erfolg. War jetzt Wirtschaftsredakteur bei der Zeitung in der Landeshauptstadt. Wollte den Job noch ein, zwei Jahre machen, maximal. Dann direkt in die Wirtschaft wechseln. »Ist der todsichere Abkürzer«, hatte er mir gesagt, als wir uns das erstemal seit Jahrzehnten wieder getroffen hatten.

»Tschenett.«

»Ach nein«, sagte er.

»Und wie«, sagte ich, »servus, Bussi, grüßdi.«

So redeten sie nun einmal.

»Ich will ins Geschäft. Und brauch eine Information«, sagte ich, jetzt wieder in Deutsch.

»Ich höre.«

Meine Blase drückte mich. Ich konnte die Toiletten riechen. Also machte ich es kurz.

»*Tiroler Investment*«, sagte ich, »schon gehört?«

Journalisten haben nie Zeit. Nicht einmal für die Leute, mit denen sie früher die Schulbank gedrückt haben. Bei Wirtschaftsjournalisten war es ganz hoffnungslos. Haben immer ganz viel zu tun. Ist auch verständlich. Verdienen schließlich ja doppelt. Gehalt von der Zeitung und Taschengeld von den Firmen. Bei so einem muß man sich kurz halten.

»Und ob«, sagte er.

Hanspeter Stufflesser, noch Wirtschaftsredakteur, im Hauptberuf auf dem steil ansteigenden Weg nach oben unterwegs, hielt auch nicht gerade eine seiner längsten Festansprachen.

»Und was kannst du mir dazu sagen?«

Wozu hat man sie denn, die Schulfreunde, die es zu etwas gebracht haben.

»In aller Freundschaft, Tschenett, und sei mir bitte nicht bös: Die sind ein bis zwei Nummern zu groß für dich. Unter hundert Millionen kommst du da gar nicht erst ins Geschäft.«

»Was ist mit hundertfünfzig?« sagte ich.

Plötzlich bekam seine Stimme einen leichten Unterton. Gier nach der Schlagzeile, oder ganz einfach nach Geld. Oder nach beidem.

»Hast im Lotto gewonnen? Was ist los?«

»Ist noch vage. Kannst dir ja vorstellen, bei mir. Aber unterstell mal, ich hab die hundertfünfzig Millionen im Kopfkissen.«

»So ziemlich das Dümmste, was du damit tun kannst.«

Jetzt durfte der Experte die Sau rauslassen. Freute ihn gewaltig. Konnte mir nur zugute kommen.

»So weit war ich beinahe auch schon. Aber bevor ich etwas anderes mit den vielen kleinen Scheinchen anfange, möcht ich schon wissen, auf wen ich mich dabei einlasse.«

»Und wie kommst du auf die *Tiroler Investment*?«

»Gastwirtegerede.«

»Aha.«

Er schien mit meiner Antwort mehr anfangen zu können als ich.

»Hab ich's mir gedacht«, sagte er, »ganz sauber ist die Anlage also nicht?«

»Wie man's nimmt. Ich weiß nicht, was so Leute wie du unter *ganz sauber* verstehen.«

»Was heißt das: So Leute wie ich…?« sagte Hanspeter und klang gar nicht begeistert.

»Komm, wirst dich doch nicht von einem alten Stalinisten wie mir auf die Gleitzinspalme treiben lassen.«

»Gut«, sagte er und lachte, »lassen wir das. Hast recht. So genau wollt ich's ja auch nicht wissen. Entschuldige, wart bitte einen Augenblick.«

Die nächsten fünf Minuten mußte ich mir via Telefon anhören, wie er eine Volontärin in ihre Einzelbestandteile zerlegte. Schien ihm Spaß zu machen. Das Hörspiel war offensichtlich für mich gedacht. Schien er nötig zu haben, der große Durchblicker. Einem nichtsnutzigen LKWler wie mir zu zeigen, wie er seine minderjährigen Lehrmädchen fertigmacht. Dafür war immer Zeit genug.

Die Vorstellung war vorbei.

»Du mußt entschuldigen. Der Nachwuchs. Es kommt einfach nichts Ordentliches mehr nach.«

»Nach uns sowieso nicht«, sagte ich, »wie denn auch? Noch größere Kotzbrocken, als wir es sind, hat die Evolution einfach nicht im Programm. Da sträubt sich sogar die DNA.«

Er nahm es als Kompliment. Was wieder einmal nur bewies, daß gute Schulnoten noch kein Schutz vor Grenzdebilität sind.

»Die *Tiroler Investment* also. Gehst ja ganz gut ran. Ist erste Sahne, die Adresse«, sagte er, »aber du wirst eine Empfehlung brauchen. Ohne Eintrittskarte ist da nichts. Und die werden nicht an jeder Straßenecke verteilt.«

»Hundertfünfzig runde Milliönchen reichen nicht?«

»Nicht in Lire. Im Ernst: Das ist ein etwas exklusiver Verein.«

»Ich denke, die legen Gelder an.«

»Geld ist nicht gleich Geld, und Anlage nicht gleich Anlage. Du verstehst.«

»Ich verstehe«, sagte ich. »Die *Tiroler Investment* scheint genau mein Fall zu sein. Trotzdem: Ein bißchen mehr hätt ich über den noblen Verein schon gern noch gewußt. Und vielleicht kannst mir ja zur Eintrittskarte verhelfen.«

»Kann ich. Sicher. Kostet aber Prozente. Du verstehst. Meine laufenden Unkosten. Ist so üblich.«

»Sicher«, sagte ich. »Ist mir die Sache wert. Außerdem hab ich's eilig. Ich möcht das Geld bald loswerden.«

»Wenn's so ist, ruf mich gegen Abend noch einmal an. Dann ist's hier ruhiger. Ist mir lieber.«

»Gut«, sagte ich. »Es lebe die Hochfinanz.«

Ein *gettone* war mir noch geblieben. Nach dem Telefongespräch mit meinem Wirtschaftsberater. Ich holte mir den *gettone*. Geld geht zu Geld, sagt man. Und da war ich jetzt mittendrin.

Ich ging aufs Klo und zündete mir eine Zigarette an.

Wenn ich etwas zu lesen dabeigehabt hätte, hätte ich mir beim Denken noch leichter getan. So mußte es eben ohne gehen.

Mein Schulfreund Hanspeter hatte sich ziemlich ins Zeug gelegt. Ich hatte ihm einen Köder vorgeworfen. Hundertfünfzig Millionen, die angelegt werden wollen, sind eigentlich ein ganz respektabler Köder. Aber meiner stank. Gewaltig. Woher sollte auch so einer wie ich an so eine Geldsumme kommen. Trotzdem hatte sich der profunde Wirtschaftsexperte nicht im geringsten gewundert. Ganz im Gegenteil. Er war mit Volldampf eingestiegen.

Drei Löffel Zucker in den Espresso. Dafür dann nur eine halbe Umdrehung lang umrühren. Ich hatte jahrelang getüftelt, bis ich auf diese Methode gekommen war. Seither hatte ich sie beibehalten. Sie garantierte jedesmal aufs neue ungeschmälerten Kaffeegenuß. Ich bestellte mir noch einen Stravecchio zum Nachspülen.

Hanspeter war ziemlich deutlich geworden. Für einen Journalisten sowieso. Die *Tiroler Investment* schien so eine Art Anlaufstelle für nicht ganz eindeutige Gelder zu sein. Für die schwer erkämpften Gewinne, die man an Vater Staat vorbei ins trockene bringen mußte. Gemäß der Arbeitsteilung in der sogenannten Sozialen Marktwirtschaft: Fürs Soziale ist der Staat zuständig, für den Markt die Wirtschaft, und die versteht nur Reibach.

Die Feuerwehrsirene holte mich zurück. Dreimal. Dreimal hieß *Brand im Dorfgebiet*.

Unter den Männern in der Bar brach leichte Unruhe aus. Einer ging ans Telefon.

»Schelleberg«, sagte er, als er zurückkam. »Könnte schlimmer sein. Der Stall vom Prantl brennt. Sehr beeilen werden sie sich da nicht. Wird früher oder später eh abgerissen. Jetzt, wo der alte Ungustl tot ist.«

Hatte den Florian Prantl völlig im Stich gelassen, der Heilige Florian. Zuerst war er selbst verbrannt; und jetzt sein Haus und Hof.

Da hatte ich dem Schicksal, oder wem sonst auch immer, also ein Schnippchen geschlagen. Die Verträge zwischen Prantl, der Raiffeisenkassa und der *Tiroler Investment* lagen seit heute nachmittag sicher in Bertas Hühnerstall. Und solange es da nicht auch noch brannte, waren es Beweisstücke. Und die wollte ich mir so lange erhalten, wie es nur möglich war. Waren schließlich so eine Art Lebensversicherung.

27

»Da haben wir ja Glück, daß du uns noch am Leben erhalten geblieben bist«, sagte Totò.

»Weiß ich nicht«, sagte ich, »es scheint Leute zu geben, die das nicht so sehen.«

Ich hatte Totò von den Bremsen erzählt. Und von dem, was von dem schönen LKW noch geblieben war.

»Candalostia«, schrie Totò quer durchs Lokal, »vieni, che quà c'è da festeggiare.«

Wir hatten uns in die hinterste Ecke zurückgezogen, Totò und ich. Da mußte man erst einmal an die zehn Leute verhaften, bis man an uns herankam.

»Was ist los?« sagte Candalostia.

»Ich hab Geburtstag«, sagte ich.

»Den wievielten?«

»Meinen ersten.«

»Dann bring ich euch eine Portion Windeln, den Schnuller und was noch?«

»Due bianchi, speciali«, sagte Totò.

Candalostia zog einen der minderjährigen Radaumacher am Nebentisch an den Ohren. Aber der war so bekifft, daß er davon gar nichts mitbekam. Candalostia gab es auf.

»Was gibt es Neues?« sagte ich.

»Pressack«, sagte Totò. »Dein Freund und der Freund deiner Freundin Tamara, Klaus-Dieter Pressack.«

»Was ist mit ihm?«

»Nicht viel. Mein Freund bei der österreichischen Staatspolizei sagt, der Pressack ist ein alter Nazi, der es auch die letzten vierzig Jahre nicht so richtig hat lassen können. In unseren Akten steht etwas Ähnliches.«

Candalostia stellte eine Flasche Weißwein auf den Tisch.

»Zur Feier des Tages berechne ich euch nur den Einkaufspreis. Und ich erspar mir jedesmal den Weg.«

»Ein Nazi?« sagte ich. »Der Pressack ein Nazi.«

»Ja«, sagte Totò. »Ist ja heutzutage nichts Besonderes.«

Wo er recht hatte, hatte er recht. Ich ließ mir den Rest erzählen.

Klaus-Dieter Pressack hatte in den glorreichen Zeiten dafür gekämpft, daß die glorreiche *Deutsche Alpenuniver-*

sität Innsbruck den Anschluß nicht verpaßte und auf nationalsozialistischen Kurs kam. Und dahin war sie dann sogar ziemlich früh gekommen. Der blutjunge Student der Geologie Pressack entsprach zwar nicht unbedingt arischen Schönheitsidealen. Aber das sollte ihm weiter nicht schaden. Schließlich befand er sich damit in bester Gesellschaft.

Dafür gab er sich im *Nationalsozialistischen Reichsstudentenwerk* um so kämpferischer. Zusammen mit einem anderen Kollegen, der eigens aus dem Reich angereist war, um die geistige Elite der Ostmark auf Vordermann zu bringen. Pressacks Gesinnungsgenosse war ein gewisser H. M. Schleyer.

Nachdem der ganze Spuk vorbei war, hatten sich die alten Kämpfer etwas ruhiger gegeben. Pressack organisierte zusammen mit ein paar Freunden den Transport von Parteigenossen über die Alpen via Vatikan nach Südamerika und gab sich ansonsten ganz zivil dem Ingenieurswesen hin. Gelegentlich traf man sich zu gemütlichen Runden, gern auch im schönen Süden Tirols bei einem Glaserl, und frischte alte Erinnerungen wieder auf.

Pressack trat erst wieder öffentlich in Erscheinung, als es darum ging, die Parole *Deutsche! Verbringt Euren Urlaub im Deutschen Süden. Stärkt das Volkstum! Fahrt nach SüdTirol!* unters Volk zu bringen.

Die meisten verstanden allerdings den Kampfruf *Stärkt das Volkstum!* etwas miß. Und versuchten, sich an den jungen Kellnerinnen zu vergehen, bevor sie sich ins Hemd kotzten. Meistens schafften sie es zeitlich nicht.

Mehr als solche und ähnliche Unterstützung der Fremdenverkehrswirtschaft war dem Pressack aber nie nachzuweisen gewesen. Trotzdem glaubten sowohl die österreichische Staatspolizei als auch die italienischen Behörden, Anzeichen genug dafür in der Hand zu haben, daß Pressack und seine Kumpane seit den späten sechziger Jahren mit Erfolg versucht hatten, den schönen Teutschen Süden gelegentlich unter Teutschen Bomben erzittern zu lassen. Nachdem die erste Generation der *dinamitardi* im Gefängnis saß.

Pressack hatte sich dabei immer im Hintergrund gehalten. Ihm war nie etwas nachzuweisen gewesen. Es fiel nur auf, daß die Baustellen des Ingenieurbüros Pressack unverhältnismäßig häufig ihres Sprengstoffes beraubt wurden.

Den Gerüchten über seine Verwicklungen war Pressack nie entgegengetreten. Nicht einmal, als aufkam, daß er zu italienischen Neofaschisten und Geheimdienstkreisen ebenso Kontakte pflegte wie zum Amt des Herrn Gehlen, *Fremde Heere Ost*, nachmalig *Organisation Gehlen*, Nachlaßverwalter ein gewisser Bundesnachrichtendienst *BND*. Herr Gehlen war Herrn Pressack von einem Ausflug nach Rußland her bekannt.

Pressack galt in der Öffentlichkeit als ehrenwerter Mann und erfolgreicher Unternehmer.

Wie sein Kollege aus Studienzeiten. Hanns Martin Schleyer hatte es bis zum Chef des bundesrepublikanischen Arbeitgeberverbandes gebracht. Das war sein Pech. Die *RAF* liquidierte ihn. Nachdem sie ihm in einem *Volksgefängnis* den Prozeß gemacht hatte.

Pressack war klüger gewesen. Er hatte sich nie so exponiert.

»Non c'era niente da fare«, sagte Totò. »Wir haben ihn nie erwischt. Gute zehn Jahre lang haben sie ihm einen zum Aufpassen vor die Haustür gesetzt. Ein italienischer Geheimdienstler, der als Eisenbahner getarnt gegenüber von Pressacks Innsbrucker Büro in eine Wohnung eingezogen war. Herausgekommen ist nur eine lange Namensliste. Kunden, Besucher, Lieferanten, Hochnotable. Mehr nicht.«

»Ist ja wirklich nicht viel«, sagte ich, »bei dem Aufwand. Höchstwahrscheinlich war es ihnen doch nicht so ganz ernst gewesen. Spielte ja schließlich auch in ihrer eigenen Mannschaft mit. Als Libero, sozusagen. Und deutsche Ballkünstler sind hierzulande ziemlich gefragt.«

»Esatto, richtig«, sagte Totò.

»Und jetzt haben der italienische, der österreichische und der bayrische Verkehrsminister dem Pressack auch noch einen Teil der Kohle für die Machbarkeitsstudie zum Brennerbasistunnel zugeschanzt, wenn ich das richtig sehe. Muß einflußreiche Leute an den richtigen Stellen sitzen haben, der gute Mann. Wird sicher ein prima Geschäft für ihn.«

Heiliges Land Tirol. Höchstwahrscheinlich hatten sich einige aufrechte Tiroler in München, Wien und Rom für den Mann stark gemacht. Weil er einer der Ihren war, der geschäftstüchtige Nazi. Vielleicht hatte er auch ein paar überzeugende Argumente aus der Vergangenheit zur Hand. Oder im Tresor. Einer mit Pressacks Vergangenheit und Gegenwart mußte von einigen schrägen Dingern wissen. Die besser unterm Teppich blieben.

Totò kam mir beim Sinnieren über den Lauf der Welt in die Quere.

»Ganz so wenig gibt die Liste der Besucher Pressacks auch wieder nicht her«, sagte er. »Rat mal, wessen Namen ich da drauf gefunden habe.«

Ich hatte im Augenblick keine Lust auf Ratespielchen.

»Evvabbene«, sagte Totò. »Adolf Pirpamer.«

Das war natürlich eine Überraschung.

Pirpamer, der Mann mit dem halben Ohr. Pirpamer, der mit beiden Toten vor ihrem Ableben in Kontakt gewesen war, Pirpamer, der mir bei Berta eine Drohung hinterlassen hatte. Pirpamer, den der Sondereinsatzkommandochef Gerlacher aus der Haft befreit und nach Österreich gebracht hatte. Pirpamer, der Mann mit dem stolzen deutschen Vornamen.

»Schau dich an«, sagte ich, »der Adolf.«

Je länger ich mich mit der Geschichte befaßte, um so größer wurde der Dreckhaufen, in dem ich herumzustochern hatte. Schon wieder begann mein Magen zu revoltieren. Ich hatte kein gutes Gefühl bei der ganzen Sache. Wer weiß, auf was wir noch stoßen würden. Auf jeden Fall auf noch mehr Dreck.

Oh, die Worte meiner alten Mutter...! Das ist das Schöne an einem lebenslänglichen Büroschreibtisch mit angegliedertem Familienleben: Man kommt selten in die Gefahr, hinter die Dinge schauen zu müssen. Und erspart sich dabei den entsprechend unappetitlichen Anblick.

Es war das erste Mal, daß ich es bereute, der Leiche im Tunnel den Koffer abgenommen zu haben. Überhaupt in den Tunnel hineingegangen zu sein. Bei Gelegenheit mußte ich mir einmal in Ruhe die Frage durch den Kopf gehen lassen, wieso ich mich immer wieder zu solchen Aktivitäten verleiten ließ. Bei Gelegenheit. Aber die war jetzt nicht da. Jetzt gab es anderes zu tun.

Zum Beispiel mir und Totò von dem Weißwein nachzuschenken.

Totò hatte sich von mir anstecken lassen. Er war jetzt auch nicht sehr gesprächig.

»Ich hol den Pasch«, sagte ich.

Candalostia sah mich verwundert an.

»Was habt ihr denn da hinten für ein Begräbnis«, sagte er. »Sind euch die Weiber weggelaufen? Reißt euch ein bißchen zusammen, sonst steckt ihr mir mit euren Leichenbittermienen auch noch den Rest der Kundschaft an. Und das kann ich nicht brauchen.«

Das war ein bißchen übertrieben. Der Großteil seiner Kundschaft war so hinüber, daß die meisten kaum in der Lage sein durften, ihren Namen korrekt auszusprechen. Da saßen sie. Und versoffen unsere Rente.

»Ist schon gut, Candalostia«, sagte ich, »gib mir den Pasch.«

»Ist ja wirklich ernst«, sagte er.

Und hielt den Mund. Ich war ihm dankbar dafür.

Totò verlor jetzt schon sein sechstes Spiel. Entweder er wollte mich damit ein bißchen aufheitern, oder er war nicht ganz bei der Sache.

Dabei war er bei *Olle Tanz* sonst der Max. Weil er

schneller auf neue Gegebenheiten reagieren konnte. Da tat ich mich als hundertfünfzigprozentiger Eingeborener mit Emigrantenstatus schon etwas schwerer.

Olle Tanz war eine Wipptaler Spezialität. Ich hatte sie mir in Gossensass beibringen lassen. Die Leute hatten viel Geduld gehabt. War ja auch nicht einfach. Während man anderswo ganz normal paschte, war *Olle Tanz* eine Kombination aus mindestens sechs verschiedenen Würfelspezialitäten. *Bosniaken*, *Auizählen*, *Oizählen*, das *Zweiundvierziger Spiel*, *Villnöß* und *Hupfen*. Und jedes Spiel hatte seine eigenen Regeln. Und wer anwarf, durfte Spiel und Regeln bestimmen. Etwas für schnelle Hirne. Vor allem, wenn zu mehreren und nach mehreren Litern gespielt.

Totò und ich waren zu zweit, und der Liter einer, und davon auch nur sieben Zehntel.

Und trotzdem: Ohne Totòs mildtätiges Verständnis wäre ich ganz schön ins Schwitzen gekommen.

»Mander«, sagte Candalostia, »ich bring euch eine Medizin.«

In der Hand hielt er eine halbhohe, spitz zulaufende Flasche.

»Kostet mal«, sagte er, »ist ganz was Feines. Und hilft gegen alles.«

»Schaun wir so aus, als ob etwas helfen müßt?« sagte ich.

»Decisamente ja«, sagte Candalostia.

Er stellte drei Schnapsgläser auf den Tisch.

»Was ist denn das, wenn ich fragen darf?« sagte ich.

»Aus Tramin. Kostet zuerst einmal«, sagte Candalostia, nachdem er eingeschenkt hatte.

Wir prosteten uns zu. War Grappa. Ging hinunter wie gar nichts.

»Alle Ehre und Respekt«, sagte ich. »Sind die Traminer außer zum Maschgeralaufen ja wirklich auch zu sonst noch etwas imstande.«

»In Tramin würde ich das lieber nicht laut sagen, an deiner Stelle«, sagte Candalostia.

»Wann kommt so einer wie ich auch schon nach Tramin.«

Candalostia tat, als ob er nichts gehört hätte. Aber es hatte ihm einen gehörigen Riß gegeben. Mitten durch Herz und Leber.

»Laß anschauen«, sagte ich und holte mir die Flasche.

»Ist mundgeblasen.«

»Mundgeblasener Treber?«

»Die Flasche, du bigol«, sagte Candalostia.

»Die Flasche ist mir egal«, sagte ich. »Auf den Inhalt kommt's an. Totò, was meinst du?«

»Niente male.«

»Kriegst Prozente, daß ihn so lobst?« sagte ich.

»Ist Ehrensache«, sagte Candalostia. »Unter Traminern.«

Im Hintergrund klingelte das Telefon. Candalostia ging.

Ich schenkte uns noch einmal nach. Grappa Sauvignon, stand am Etikett, und darüber: *Raritas*. Da mußte die Firma Roner einen Lateinprofessor im Verwaltungsrat sitzen gehabt haben.

»Tschenett«, schrie Candalostia vom Pudel her, »Tschenett, Telefon für dich.«

Schon wieder. Ich hatte kein gutes Gefühl. Lieber wär ich in Ruhe am Tisch sitzen geblieben, zusammen mit Totò und der Grappa Sauvignon.

Ich stand trotzdem auf. Es ließ mich nicht.

Da wollte irgend jemand etwas von mir. Und so, wie die Dinge standen, konnte ich es mir gar nicht leisten, kein Interesse dafür zu haben. Dazu war die Geschichte schon viel zu nahe an ihr Ende gekommen.

Ich hatte den Deckel vom Topf gelupft, um ein bißchen hineinzuschnuppern. Im Kochtopf zu schnuppern kann unter Umständen den größeren kulinarischen Genuß bringen, als seinen Inhalt vor sich auf dem Teller zu haben.

Mir war die letzten Tage etwas ganz anderes passiert: Ich hatte nur kurz über den Topfrand gelinst und feststellen müssen, was für ein Dreck da in der Brühe schwamm. Da trieben alte Nazis und neue Geldmacher, kleine, zeit ihres Lebens unglückselige, gar nicht mehr so stolze Bergbauern, die sich in sinnlosen Erpressungen versuchten, windige Bankfilialleiter, begeisterte Tirol-Terroristen, billige Schlägertypen und ein besonders scharfgemachter Spezialbulle. Und letzterer wollte mich auch noch mit Haut und Haaren durch den Fleischwolf drehen. Um Faschiertes aus mir zu machen. Hatte er zumindest behauptet.

Aber es hat keinen Sinn, einem in meinem Alter noch etwas beibringen zu wollen. So einer lernt nicht mehr. Mit achtunddreißig hat man bereits zwanzig Jahre am absteigenden Ast hinter sich. Da bewegt sich nicht mehr viel. Nirgendwo. Bis auf da, natürlich.

Tamara. Mir fiel Tamara ein. Bei Gelegenheit mußte ich der Lady noch eine Frage stellen. Eine einzige. Mehr gab es da nicht zu besprechen. Zu tun vielleicht schon. Würde von meiner Laune abhängen.

Tamara. Vielleicht war sie es.

Plötzlich beeilte ich mich, ans Telefon zu kommen. Dazu mußte ich allerdings zuerst an einem Halbwüchsigen vorbei, der mir ganz nach einem Mechanikerlehrling aussah, der gleich auf den Boden kotzen würde. Ich beeilte mich doppelt.

»Tschenett«, sagte ich und preßte mir den Telefonhörer ans Ohr.

Auf der anderen Seite herrschte Stille. Ich konnte das sogar in dem Lärm hören, der bei Candalostia herrschte.

»Tschenett«, sagte ich. »Wer ist da?«

Nichts.

»Ich wart jetzt noch drei Sekunden«, sagte ich, »dann häng ich ein.«

»Nicht so eilig, Tschenett. Sonst versäumst du noch das Geschäft deines Lebens. Und das willst du doch nicht, oder?«

War also doch jemand da. Und es war nicht Tamara.

Keine Stimme, die ich auf Anhieb erkannt hätte. Der Typ hatte so einen schleifenden Unterton in seinem Gerede. Unangenehm.

»Wie wär's mit Sichvorstellen?« sagte ich.

»Gern«, sagte der Typ am anderen Ende und versuchte sich an einem schmierigseifigen Lachen, »Pirpamer Adolf.«

»Ich denke, Sie sind verhaftet worden, Sie Bombenleger?«

»So schnell kann das manchmal gehen, da sieht man's wieder einmal«, sagte Pirpamer. »Hören Sie, Tschenett, ich hätte Ihnen ein Geschäft vorzuschlagen. Wir sollten uns treffen.«

»Ich höre«, sagte ich.

Anhören wollte ich mir die Geschichte auf jeden Fall.

»Nicht am Telefon.«

»Ich höre«, sagte ich wieder.

»In der *Stella Alpina*. Ich lade Sie zum Essen ein. Sagen wir, in zwei Stunden. Ist Ihnen das recht?«

»Das werd ich hinterher wissen«, sagte ich.

»E allora«, sagte Totò, als ich wieder am Tisch saß, »era la principessa?«

»Chi?« sagte ich.

»Tamara«, sagte Totò.

»Nein«, sagte ich, »viel besser. Der Pirpamer hat mich zum Essen eingeladen.«

»Pirpamer. Eigenartig«, sagte Totò. »Molto strano.«

»Er will mit mir ins Geschäft kommen.«

Totò zog eine Grimasse, die so etwas wie verschärft skeptischen Zweifel ausdrücken sollte.

»Ich halt das nur für logisch. Sie wollen mich kaufen.«

»Und?« sagte Totò.

»Vielleicht ist es nur eine Frage des Preises.«

Totò sah mich entsetzt an. Ich wußte, was er dachte. Sein unbestechlicher Freund, eventuell eine Frage des Preises.

»Non guardarmi così«, sagte ich, »ich weiß, was ich tu.«

Trotzdem: Ich konnte ihn verstehen.

»Das einzige, was mich stört, ist die *Stella Alpina*«, sagte ich. »Ich möchte da auf keinen Fall ohne Rückendeckung hingehen. Dazu sitzen mir in dem Lokal zu viele von deinen Kollegen herum.«

Die *Stella Alpina* war das Lokal, in dem sich die Polizisten der Umgebung mit den Militärs der Umgebung zu Vorspeise, Hauptspeise, Nachspeise und Kartenspiel trafen. Manchmal traute sich auch ein Carabiniere in den Laden.

Man aß einfach zu gut dort. Beste, gemischt süditalienische Hausmannskost. Einfache, ehrliche Weine. Eine dicke Mutti an der Kasse, an der jeder Kellner vorbeimußte, wenn er aus der Küche kam. Mutti drapierte dann die Salatblätter noch einmal zurecht. Und kontrollierte. Ob alles in Ordnung war. Was ihr nicht gefiel, schickte sie wieder zurück. So kritisch wie Mutti mit ihrem Koch war, konnte man als Kunde gar nicht sein.

Trotzdem gingen Totò und ich selten in die *Stella Alpina*. Das hatte weniger mit der Küche, der Weinkarte oder mit Mutti zu tun als mit dem Publikum.

Da saßen sie: die hartnäckigen, gläubig praktizierenden, an ihren *codice* und an sonst nichts glaubenden, stolzen und unbeugsamen Hüter der Ordnung. Eine Ansammlung von Staatszombies. Ihrem Staatspräsidenten treu ergeben. Um so treuer, je halbfaschistischer seine öffentlichen Ausfälle ausfielen.

Eigentlich konnten sie einem leid tun. Aus dem warmen Süden hatte man sie in dieses windige, kalte Loch geschickt, um weißwadlige Touristen in kurzen Hosen über die Grenze zu winken. So etwas mußte einem aufs Gemüt schlagen.

Die *Stella Alpina* war ihr einziger Zufluchtsort. Essen wie bei Muttern, und kaum Normalsterbliche an den Tischen. Kaum jemand, der die in ihren Augen ebenso absurde wie unmoralische und höchstverdächtige Gewohnheit hatte, nicht in Uniform durch die Welt zu laufen.

»Vedrò cosa posso fare«, sagte Totò, »mal sehen.«

Er war überhaupt nicht begeistert von der Tatsache, daß ich mit denen ins Geschäft kommen wollte.

»Du machst dir zu viele Gedanken«, sagte ich. »Laß mich einfach machen. Wird schon gutgehen. Du mußt mir nur den Rücken freihalten.«

»Evvabbene«, sagte Totò. »Am besten machen wir das so, daß ich mir ein, zwei Freunde suche und mit denen zum Kartenspielen hingehe. Dann fällt's weniger auf.«

»Laß dich halt von eurem blöden Kartenspiel nicht so hineinreißen, daß du nicht mitkriegst, wenn's mir an den Kragen geht.«

»Sei un ingrato. Undankbarer«, sagte Totò. »Und deswegen darfst jetzt zahlen.«

Stand auf und ging. Ich war mir nicht ganz sicher, ob ich ihn in zwei Stunden in der *Stella Alpina* wiedersehen würde. Daß ich nur eine Frage des Preises sein sollte, hatte ihn doch ganz schön durcheinandergebracht.

Aber was hätte ich ihm sonst auch sagen sollen. Ich wußte ja selbst nicht, wie ich mich bei der Geschäftsbesprechung verhalten würde. Ich wußte nur, daß ich auf jeden Fall hingehen wollte. Um zu hören, was sie mir über den Pirpamer vorschlagen würden. Irgend etwas mußte er ja sagen. Und vielleicht brachte mich das ja weiter.

Candalostia kam an den Tisch, kaum daß Totò verschwunden war.

»Sag einmal«, sagte er, »was hast du denn mit der Rothaarigen gemacht? Die ist vormittags hier hereingekommen und hat drei Villanderer Schwarzgebrannte hintereinander hinuntergetan. Und mit was für einer Geschwindigkeit. Vormittags. Ich war noch kaum wach.«

Ich auch nicht, fiel mir ein.

»Und?« sagte ich.

»Dann ist sie wieder gegangen.«

»Und hat gar nicht nach mir gefragt?«

»Nein«, sagte Candalostia, »tut mir leid. Hat sie nicht.«

28

War kein sehr guter Tag heute.

War ein Scheißtag. Und war noch nicht zu Ende. Das beste war, dem Ganzen noch eins draufzusetzen. Sehr viel schlimmer konnte es gar nicht werden. Also nichts wie ran.

Als erstes kam der restliche Grappa Sauvignon an die Reihe. Zehn Minuten würde es auf jeden Fall dauern, bis das Taxi kam, das ich mir von Candalostia hatte bestellen lassen. Und so lange würde ich an der Flasche nuckeln. Hatte ich dringend nötig. Bei dem, was mir noch alles bevorstand.

Es dauerte knappe zwanzig Minuten, bis das Taxi kam.

In der Zeit hätte ich mindestens die Hälfte des Weges zu Fuß hinter mich bringen können. Aber dazu hatte ich nicht die geringste Lust.

»Schon wieder Sie«, sagte der Taxifahrer.

»Pech gehabt«, sagte ich. »Heut ist nichts mit dem großen Geld fürs Nichtstun. Heut gibt's nur eine Stadtrundfahrt. Hier«, sagte ich und hielt ihm zwei Zehntausender und einen ziemlich verwaschenen Fünftausender nach vorne, »mehr wird's bestimmt nicht.«

Langsam, aber sicher vermachte ich mir mit der Geschichte auch noch die letzten Lire der Firma *M-Bau*. Viel war von dem Geld von der Steyr-Fahrt nicht mehr übrig. Und ringsherum gekündigt war ich auch.

»So«, sagte ich, »und für das wunderschöne Geld möchte ich einmal zu allen Sterzinger Hotels gefahren werden. Der Reihe nach die Preisliste nach unten. Die zwei teuersten lassen wir aus.«

Wir fuhren los. Ich hatte noch eineinhalb Stunden Zeit. Dann war ich zum Geschäftsessen eingeladen.

»Heut wieder nicht zum Reden aufgelegt?« sagte der Taxifahrer.

»Auf keinen Fall«, sagte ich. »Bei der nächsten Fuhre steigen Ihnen sicher ein paar alte Piefketanten ins Auto. Die sind froh drum, wenn sie eine Ansprache haben. Aber lassen Sie mich in Ruh.«

»Ja, Chef.«

Wieso waren die Taxifahrer dieser Welt immer so beleidigt, wenn man mit ihnen nicht übers Wetter reden wollte? Berufskrankheit. Hirnverstümmelung.

Ich kam gerade zurecht. In den Sterzinger Hotels wurde den Hausgästen eben das Abendessen eingetrichtert. Am beliebtesten schienen Cordons bleus zu sein. Stopft den Magen. Und der Zahnstocher wird auch gleich mitgeliefert.

Ich ging in die Speisesäle und sah mich nach roten Haaren um.

Auch so etwas Ätherisches wie die Petrographin mußte schließlich zwischendurch etwas zwischen die Brüste kriegen.

Ich hatte mir ziemlich viel zugetraut. Mein größtes Problem waren die immer wieder aufs neue sich in ihrer Grausligkeit überbietenden geblümten Vorhänge, die immer wieder mich aus den Tellern unverblümt angrinsenden Cordons bleus, der Gestank von Fritten und dem billigen Parfüm alternder Damen.

Es war eine weise Vorsehung gewesen, die mir den Grappa Sauvignon eingeflößt hatte.

Weit und breit keine Spur von Tamara. Dafür die ungeteilte Aufmerksamkeit sämtlicher Touristen dieser Welt. Ablenkung vom panierten toten Tier. Konnte ich verstehen.

Ich fand Tamara in der Gaststube eines Hotels der mittleren Preisklasse. Unter einem Fresko, das die Hexen vom Sterzinger Moos bei ihrem wilden Treiben darstellte. Konnte Zufall sein.

»Das ist aber ein Zufall«, sagte Tamara.

»Ist kein Zufall«, sagte ich. »Ist kalte Absicht.«

Da saß sie. Im kleinen Schwarzen. Allein an dem großen Tisch. War gerade an einem Salat.

»Kein Cordon bleu heute?« sagte ich.

»Wie bitte?« sagte sie.

»Vergiß es«, sagte ich, »vergiß das Cordon bleu.«

Ich setzte mich an den Tisch. Ihr direkt gegenüber.

»Ich denke, es wird mir gelingen, das Vergessen. Solang es sich nur um ein Cordon bleu handelt«, sagte sie.

Schob den Salat beiseite und beugte sich nach vorne. Die Distanz zwischen uns hatte merklich abgenommen. Aus ihrer Bluse lugte schwarze Spitze.

»Ich habe ein Doppelbettzimmer«, sagte sie.

»Wird schon sein«, sagte ich. »Ich hab eine Verabredung mit dem Mitglied einer Mörder- und Schieberbande.«

»Wenn dir die lieber sind als eine Dame«, sagte sie.

»Sind sie nicht«, sagte ich. »Aber die Dame, mit der ich es zur Zeit zu tun habe, ist ja auch Mitglied in dem Verein.«

Sie rührte sich nicht.

»Ich mach's kurz«, sagte ich, »draußen wartet mein Taxi. Ich bin da auf ein paar Leute gestoßen, die für ihre komischen Grundstückspekulationen auch über Leichen gehen. Was mir eigentlich egal ist, solang sie das unter ihresgleichen betreiben. Aber hier haben wir es mit den Leichen von armen Hunden zu tun. Und das mag ich gar nicht.«

Sie schüttelte langsam den Kopf. Plötzlich hatte sie die Traurigkeit vom letzten Mal wieder.

Da saß sie. Tamara. Und wartete. Vielleicht ließ ich mich schon wieder bescheißen. Für einen Augenblick hatte ich geglaubt, in ihrem Gesicht deutliche Zeichen einer gewissen Erwartung gesehen zu haben. Ich mußte es schnell hinter mich bringen. Sonst war ich nicht mehr dazu imstande.

»30 000 feet and still accounting«, sagte ich. »Laß das. Die Tour zieht nicht mehr.«

»Du weißt zuviel. Und zuwenig. Du weißt gar nichts«, sagte sie.

»Ich weiß, was ich weiß«, sagte ich. »Ich weiß, daß dein Pressack ein Scheißnazi ist, der seine Geschäfte mit Geheimdienstlern und feinen Leuten macht. Ich weiß, daß in einem deiner Bohrlöcher eine Leiche versenkt wurde. Ich weiß, daß man mich bedroht. Und ich weiß, daß man mich kaufen will. Die einen mit Geld, die anderen mit dem, was sie eben so an sich herumtragen.«

Langsam begannen ihre Augen zu glänzen. Ich löste meinen Blick von ihren Brüsten. In einem Augenwinkel hielt sich tapfer eine Träne.

Jetzt, dachte ich, noch einmal eins drauf.

»Die mit dem Geld haben auf jeden Fall die größeren Chancen«, sagte ich und stand auf. »Das war's schon, und bestell dir noch ein Cordon bleu.«

Die Cordons bleus, die ärmsten, traf nicht die geringste Schuld. War nur eine verdammt widerliche Art, Fleisch unter die Leute zu bringen.

Ich verschwand fluchtartig aus dem Hotel. Mußte sein. Solange ich noch einen Rest an Überlebenswillen mit mir herumtrug.

Die Hexen im Sterzinger Moos auf dem Fresko geisterten mir noch im Kopf herum, als ich in der Telefonkabine die Nummer der Redaktion in Bozen wählte.

»Ja?«

Ein wunderschönes, gedehnt gelangweiltes *Ja* war das gewesen. Ganz der coole, abgebrühte Wirtschaftsredakteur, mein Exmitschüler Hanspeter Stufflesser.

»Hier spricht der Mann, der hundertfünfzig runde Milliönchen unters Volk bringen will«, sagte ich.

»Tschenett«, sagte Hanspeter.

Und sonst gar nichts. So etwas wie Mißtrauen kroch durch die Leitung und sickerte jetzt in schweren Tropfen aus dem Hörer.

In zehn Minuten mußte ich in der *Stella Alpina* sein. Vor der Telefonkabine wartete ein Taxifahrer, der mir immer deutlicher an den Kragen wollte. Schon allein deswegen, weil es diesmal nur fünfundzwanzigtausend Lire a conto gegeben hatte. Ich hatte keine Zeit für irgendwelche Spielchen.

»Paß auf, alter Freund«, sagte ich, »so wie's aussieht, kann ich sogar eine Handvoll Scheine mehr investieren. Heut abend wird man mir ein Geschäft vorschlagen. Ein paar Lire werden da auch rausschauen. Ganz so billig, wie ich aussehe, bin ich nicht.«

Keine Ahnung, ob er auch in die Geschichte verwickelt war. Möglich war es. Ich traute inzwischen keinem mehr. Nicht einmal mir. Höchstens Totò.

»Tschenett, Tschenett...«

Er räusperte sich.

Vielleicht war ich einfach ein Fall von Verfolgungswahn. Dann mußte der arme Hanspeter glauben, es mit einem Verrückten zu tun zu haben. Um so mehr, als er mir nicht einmal eineinhalb zur Seite gelegte Millionen zutrauen konnte. Gar nicht zu reden von hundertfünfzig.

»Ich weiß ja nicht, wieso du dich für die *Tiroler Investment* interessierst«, sagte er. »Ich geb dir nur den Rat, laß die Finger davon. Das ist eine Nummer zu groß für dich. Aber das hab ich dir ja schon heut nachmittag zu erklären versucht.«

»Richtig«, sagte ich, »und es hat nicht viel geholfen.«

»Was willst du wissen?« sagte er.

»Immer noch dasselbe wie bei unserem letzten Telefonat: wer hinter der Firma steckt.«

»So auf die Schnelle komm ich nicht an die Liste der Gesellschafter«, sagte er.

»Die interessiert mich auch nicht. Das weißt du. Sag mir einfach, was an der *Tiroler Investment* dran ist.«

»Wieso sollte ich?«

»Weil ich's früher oder später auf jeden Fall rauskriegen werde. Mit oder ohne deine Hilfe.«

Ich machte eine Pause. Er wartete ab.

»Mit dem einen Unterschied...«, sagte ich, »wenn du mir's sagst, kommst du vielleicht an deine Prozente. Und ich hab dich in allerbester Erinnerung und werd dein Andenken ehren und mehren.«

Das Argument schien, wieso auch immer, zu wirken. Mein Wirtschaftsredakteur bog sich immer mehr zu mir herüber.

»Gut«, sagte er, »unter einer Voraussetzung. Wir tauschen unsere Informationen. Ich weiß nicht, wieso du an der *Tiroler Investment* interessiert bist. Aber irgend etwas scheinst du zu wissen. Egal, was es ist, ich möchte es auch wissen. Unabhängig von den Prozenten und der Ehre. Vielleicht kann ich's brauchen.«

»Geht in Ordnung«, sagte ich.

War wirklich nur Verfolgungswahn gewesen. Mein gewesener Mitschüler war einfach hinter einer Story her. Sonst gar nichts. Völlig normal, für einen Journalisten.

»Auf Handschlag.«

»Auf Handschlag«, sagte ich.

Und wurde vorsichtig.

Wenn so ein Hauptstadtlaggl auf Viehmarktgewohnheiten umstieg, dachte er meistens, einen tumben Bauern vor sich zu haben. *Non dirlo mai al contadino, quanto son buone le pere col pecorino.* Eben. Alles Romanacci.

Dann eben auf Handschlag.

»Du mußt dir das so vorstellen«, sagte Hanspeter, der Gute, und bekam eine Stimme, als ob jedes seiner Worte jede Menge Geld wert wäre, »die *Tiroler Investment* sorgt zum einen dafür, daß die Leute ihr Geld nicht unbedingt dem Staat geben müssen. Abschreibungen et cetera. Höchstlegal. Zum Teil. Der andere Teil wird nach Österreich gebracht. Nummernkonto. Weniger legal. Solang es schwarz ist.«

»Das interessiert mich nicht. Was ist mit Grundstückgeschäften?«

»In dem Bereich sind die erst seit kurzem. Was da läuft, ist mir auch nicht so ganz klar. Haben die auch gar nicht offiziell im Programm. Vor allem nicht für die Laufkundschaft.«

»Für wen dann?«

»Für amici.«

»Hast du Namen?«

»Bolzano bene. Deutsch wie walsch«, sagte er. »Eine sehr bunt gemischte Truppe. Und ein paar Nordtiroler.«

Hatte ich's mir doch gedacht.

»Ein gewisser Pressack auch?«

Er zögerte einen Augenblick.

»Wo hast du das her?« sagte er. »Von mir auf jeden Fall nicht, merk dir das.«

»Wird mein nächster Geschäftspartner werden, der Pressack«, sagte ich.

»So genau will ich's gar nicht wissen.«

»Das geht ja ziemlich schnell, mit dem Desinteresse, für einen Journalisten«, sagte ich.

»Ist kein Desinteresse. Ich halt mich einfach raus. Und wenn du schlau bist, tust du's auch. Egal, was du dir davon versprichst.«

So schnell konnte man einen erwachsenen, mit allen Wassern gewaschenen Wirtschaftsredakteur dazu bringen, sich in die Windeln zu machen. Der Länge und der Breite nach. Hanspeter Stufflesser. Großer Obermax.

»Ich werd's mir überlegen, das mit dem Raushalten«, sagte ich. »Und danke für die Unterstützung.«

»Kein Dank. Vergiß einfach, daß du mit mir geredet hast«, sagte er.

Mir kam ein Lachen hoch. Ich konnte gerade noch verhindern, daß es in der Sprechmuschel landete.

»Wenn du meinst«, sagte ich, »gern. Ich kenn dich gar nicht.«

29

Der Taxifahrer war froh gewesen, mich wieder losgeworden zu sein.

Kaum war ich ausgestiegen, war er schon ums Eck gebogen. Die Einbahnstraße vor dem *Stella Alpina* war vollgeparkt. Trotz absoluten Parkverbotes. War logisch. Schließlich saßen im *Stella Alpina* zur Zeit mindestens zwanzig Ordnungshüter und Staatsgrenzenverteidiger. Und für die galten eigene Gesetze. Im Himmel wie auf Erden.

Kaum hatte ich die Tür zu dem Lokal aufgemacht, verfluchte ich die Ungerechtigkeit dieser Welt. Was mir da an Gerüchen entgegenkam, sprach für sich. Feinste süditalienische Küche. Meilenweit entfernt von der Barbarei der Cordons bleus, mit denen man den Teutonen die Mägen vollzementierte.

Soweit war alles klar. Nur konnte man von keinem vernünftigen Menschen erwarten, all die Köstlichkeiten in Gesellschaft von gut zwei Dutzend Bullen zu genießen. Und von mir schon gar nicht. Meine Magennerven machten da nicht mit. Und zwei Dutzend von den Gespenstern saßen immer in der *Stella Alpina*. Heute waren es auf jeden Fall ein paar mehr.

Ich sah mich um. Das Halbe Ohr saß, zusammen mit noch einem, in der hintersten Ecke des Saales. Der Ehrentisch. Normalerweise saßen da die hohen Tiere. Vom Kommissar aufwärts. Das Halbe Ohr war ein zur Fahndung ausgeschriebener, wegen Tirolisch-Tritolischer Bombenlegerei rechtskräftig zu ein paar Jahren Knast verurteilter Schlawiner. Und saß breit und zufrieden in einem Lokal voll treuer Staatsdiener.

Wenn mir das nicht etwas erzählen sollte. Zum Beispiel, daß er unangreifbar war, intoccabile, amico der amici, gut

Freund mit Ganz Oben, der Übermittler höheren Orts genehmigter Botschaften.

Von mir aus. Von mir aus konnte er auch die Tochter vom Papst sein und sich den billigen polnischen Sirup spritzen.

Totò saß mit ein paar Kollegen, soviel konnte ich aus den Augenwinkeln sehen, ohne damit aufzufallen, an einem Tisch und tat, als ob er nur eines könnte und wollte: Karten spielen.

Ein Gutes hatte meine jetzige, ziemlich verfahrene Situation: Man konnte mich so schnell mit nichts mehr beeindrucken. Nicht einmal ein Adolf Pirpamer mit seinem halben Ohr.

»Con permesso«, sagte ich, als ich mich an den Tisch setzte. »Lei dev' essere il Signor Pirpamer, giusto? Che piacere incontrarLa. Ho sentito tanto parlar bene di Lei.«

Und reichte ihm mein Patschehändchen.

Pirpamer sagte gar nichts. Schaute mich nur an. Dann seinen Nachbarn.

Ein alter Bekannter. Mir mindestens so lieb wie der Pirpamer. Schließlich hatte mich der Pusterer vor einer knappen Woche am Brenner oben nach Mitternacht von meinem LKW herunter verhaftet. Und meine Nieren dann mit einem Schlagstock behandeln lassen. Undsoweiter.

Pirpamers Blick wanderte wieder zu mir zurück. Ich konnte das mehr spüren als sehen; ich hatte immer noch den Pusterer im Visier. Alte Rechnung. Zins und Zinseszins.

»Senta, Pirpamer«, sagte ich, »è un amico suo, questo quà?«

»Aufhören«, sagte Pirpamer, »Schluß damit. Reißen Sie sich am Riemen, Mann.«

Jetzt war der siegreiche Wehrmachtston mit ihm durchgegangen.

»Stehn Se stramm, Mann«, sagte ich, ich hatte es mir beim besten Willen nicht verkneifen können, »sind hier nich in 'ner jüdischen Flickschusterei.«

Pirpamer war ziemlich sauer. Konnte ich ihm nachfühlen. So ein aufrechter Tiroler und Faschist, ein Bombenleger der Teutschen Sache, der Pirpamer. Dem der Vater auch noch begeistert den hehren Adolf ins Taufbuch geschrieben hatte. Und mußte sich auf italienisch anreden lassen. Von einem, den er für einen Deutschen hielt. Wenn ich's noch eine Weile weitertreiben würde, würde er mir sicher an die Gurgel gehen. Er machte schon jetzt ein Gesicht, als sei er knapp davor.

»Wieso denn so unfreundlich, Pirpamer?« sagte ich.

»Wir sind hier immer noch auf deutschem Boden«, sagte er.

»So«, sagte ich, »wirklich? Erstens steht man auf Teutschem Boden immer schon mit einem Hax im Grab. Und das ist mir gar nicht recht. Zweitens muß ich etwas gewaltig durcheinanderbringen. Von den vierzig Leuten, die hier in diesem Lokal sitzen, können maximal fünf halbwegs anständig dein heißgeliebtes Teutsch, Pirpamer. Mir ist das scheißegal. Weniger scheißegal ist mir, daß sie alle so treue Staatsdiener sind. Polizisten, Carabinieri, Finanzer. Verfuttern hier unsere Kohle im Auftrag einer höheren Ordnung. Und du sitzt fett mittendrin, läßt dich aushalten wie die Letzte und hältst reichsteutsche Reden. Pirpamer, Pirpamer. Bist eine billige Tunte.«

Ich schüttelte, zutiefst betrübt, den Kopf.

»Schnauze«, sagte er und streckte die Heldenbrust. »Ich muß mir das nicht anhören. Wer bin ich denn? Schnauze.«

»Gar nicht«, sagte ich. »Ich denke, du wolltest mir ein Geschäft vorschlagen. Dann paß auf: Ich bin keiner von deinen Jüngelchen mit dem straffen Haarschnitt knapp über Hirnniveau, verstanden. Ich bin auch nicht dein HJ-Führer. Ich bin hier wegen Geschäften. Und vergiß den Rest. Und dein Eisernes Kreuz Zweiter Klasse. Amen.«

Vielleicht half es. Ich wollte hier ja keinen Kameradschaftsabend veranstalten.

Pirpamer saß da und schaute. Ich war mir nicht sicher, ob das ein gutes Zeichen war. Ich versuchte, ihn wieder aufs Geschäft zu bringen.

»Nichts für ungut, Pirpamer. Aber ich möcht zuerst einmal die Grundlagen klären. Und dazu gehört auch, daß du mir mit deinem treuteutschen Scheiß gar nicht erst zu kommen brauchst. Hör auf, den aufrechten Tiroler zu spielen. Das glaubt dir hier eh keiner. Wirst als Bombenleger gesucht und sitzt hier seelenruhig im feindlichen Lager. Und wenn irgendein Tepp, den sie erst vor zwei Wochen auf den Brenner versetzt haben, dich trotzdem verhaftet, holt dich der Chef vom Sondereinsatzkommando raus und bringt dich nach Österreich hinüber. Kann ja sein, daß das hier faschistische Unterdrücker sind und du ein aufrechter Nazi. Das heißt dann aber nur, daß ihr bestens zusammenarbeitet. Wär ja nicht das erste Mal.«

Pirpamer ließ sich keine Regung anmerken. Er war sich wohl sicher, am längeren Abzugshebel zu sitzen.

»Also reden wir lieber vom Geschäft, Pirpamer. Deswegen hast mich ja hierherbestellt, oder?«

Ich wollte hier raus. So schnell als möglich.

»Richtig«, sagte Pirpamer mit einer kleinen Genugtuung in der Stimme. »Ich seh, wir verstehen uns.«

»Das wird sich noch herausstellen.«

»Lieber Tschenett«, sagte Pirpamer, »wir wollen etwas, das Sie haben. Wenn Sie mit uns ins Geschäft kommen wollen, und das hoffe ich, müssen Sie mitdenken können. Wir sind alle eine große Familie.«

»Bitte nicht«, sagte ich, »ich bin mir selber schon genug.«

»Und wenn Sie mit uns Geschäfte machen wollen«, Pirpamer tat, als hätte ich nichts gesagt, »dann werden Sie sich an Ihre Geschäftsfreunde gewöhnen. An die wichtigen, und an die weniger wichtigen. An mich, und an den da.«

Ich lehnte mich zurück. Besser, ich hielt mein Maul. Jetzt, wo er so schön in Fahrt war.

»Wir könnten's uns auch so holen, was wir haben wollen«, sagte Pirpamer. »Aber wir zahlen lieber. Machen ein kleines Geschäft und gehen in aller Freundschaft auseinander.«

»Ich weiß zwar nicht, wovon du redest, Pirpamer«, sagte ich, »aber das wird sich schon noch herausstellen. Und ich weiß noch nicht, was unser Freund da bei dem Geschäft zu suchen hat.«

Der Pusterer lehnte sich zurück, schaukelte auf seinem Stuhl und grinste.

»Der Herr da ist dafür zuständig, daß mich die Nieren

heut noch zwicken. Und daß auf mich geschossen wurde. Ist doch ein bißchen viel, oder? Für einen Bullen.«

»Machen Sie sich nichts draus«, sagte Pirpamer, »unser Freund ist ein Geschäftspartner. Er wird Ihnen nichts tun.«

»Da bin ich aber gespannt«, sagte ich. »Schließlich hab ich ja inzwischen genug blaue Flecken abgekriegt. Meine Wohnung ist halb abgebrannt, rundherum bin ich gekündigt worden, und, wie's der Zufall will, alles an einem Tag; die Bremsen von der Zugmaschine haben's plötzlich auch nicht mehr getan. Bin gespannt, wie's weitergehen soll.«

»Darum geht's ja«, sagte Pirpamer.

Er schenkte mir ein Glas Wein ein. Hatte lange genug gedauert, bis er auf die Idee gekommen war.

»Da ist ein bißchen was schiefgelaufen«, sagte er. »Dafür möchten wir uns entschuldigen. Da war einer unserer Leute zu übereifrig. Wir denken, wir können die Sache geschäftsmäßig aus der Welt bringen.«

»Aha«, sagte ich, »ich sehe, ihr seid vernünftige Leute.«

»Wir denken, Sie haben etwas, was wir haben möchten. Sie verkaufen uns das, die Geschichte hat ein End, und keiner braucht sich mehr den Kopf zu zerbrechen.«

»Und, worum geht's?«

»Das Geschäft hat unsererseits zwei Teile«, sagte Pirpamer. »Beide äußerst vorteilhaft für so einen wie Sie in Ihrem Alter. Da fängt man ja schließlich an, sich zu überlegen, was man noch vom Leben will.«

»Leben«, sagte ich.

»Das ist die Dreingabe«, sagte Pirpamer. »Also: Erstens Bargeld, und zweitens eine Anstellung. Gut dotiert.«

»Erstens der Job«, sagte ich. »Interessiert mich mehr.«

»Könnte zur Lebensstellung werden«, sagte Pirpamer, »Sie sind kein dummer Mensch, Tschenett...«

»Danke«, warf ich dazwischen.

»... und deswegen könnte einer wie Sie im Immobilienhandel eine Menge Geld verdienen. Uns geht gerade das Personal ab. Einer, um genau zu sein.«

»Und was noch?«

»Ein Koffer«, sagte Pirpamer.

Ich versuchte, so blöd wie möglich dreinzuschauen.

»Ein Koffer, der uns fünfzehn Millionen Lire wert ist«, sagte Pirpamer. »Zum Job dazu.«

Der Pirpamer Adolf war plötzlich generös geworden. Und hatte mir noch ein Glas Wein eingeschenkt. Ein nicht zu verachtender italienischer Roter. Und auch sonst schaute der halbohrige Pirpamer plötzlich herwärts.

»Das ist nicht zufällig ein schwarzer Aktenkoffer, um den es da geht?«

»Doch«, sagte Pirpamer.

»Wenn es der ist, den ich meine, dann wird er als Beweisstück irgendwo bei den Bullen verstauben. Fragen S' den Kollegen da«, sagte ich und machte eine Kopfbewegung zum Pusterer hinüber.

Der schüttelte langsam den Kopf und sagte nur: »Tschenett!«

»Ist ja schon gut. Ich glaub kaum, daß ich euch helfen kann. Nicht, was den Koffer betrifft. Der Gerlacher hat mich auch schon danach gefragt. Und das scheint ja dein Busenfreund zu sein, Pirpamer. Lassen wir das also. Welche Möglichkeiten hab ich noch, mir die fünfzehn Millionen zu verdienen?«

»Der Koffer«, sagte Pirpamer, »mit Inhalt. Und die ganze Sache vergessen. Kein Wort mehr davon. Das zusammen ist uns fünfzehn Millionen wert. Aber nur das. Zusammen. Zu diesen Bedingungen.«

»Und die Immobilien?«

»Nach einer Anlernzeit: Rein ins Geschäft.«

»Wie der Malfertheiner«, sagte ich, »und dasselbe Ende, oder?«

Jetzt mischte sich der Pusterer ein. Und der Pirpamer versuchte ihn zu bremsen. Zu spät.

»Der Malfertheiner?« sagte der Pusterer und wurde plötzlich größer und wuchs beinahe über den Tisch hinaus, »der Malfertheiner war zu blöd zum Scheißen.«

»Deswegen ist er ja auch in ein Scheißloch gefallen«, sagte ich.

»Kann sich keiner erlauben, nebenher Geschäfte zu machen. Nirgendwo. Und bei uns schon gar nicht.«

Pirpamer ging dazwischen.

»Der Mann war nicht sehr intelligent«, sagte er. »Und nicht sehr loyal. Ein Abspüler eben. Das kann sich kein Unternehmen leisten.«

Ich goß mir den Rest der Flasche ins Glas. Hatte ich mir schließlich verdient, den Schluck. Clever, Tschenett, dachte ich mir, solang du nicht denkst, daß du clever bist.

»Angenommen, der Koffer ist wirklich noch irgendwo zu haben, und ich könnt ihn für euch auftreiben«, sagte ich. »Was interessiert euch denn so an dem Ding?«

»Der gehört uns«, sagte Pirpamer, »wir möchten ihn nur zurückhaben.«

»Und die Polizei ist damit einverstanden?«

»Das lassen Sie am besten unser Problem sein«, sagte Pirpamer.

Der Pusterer tat keinen Naggler.

»Vielleicht hab ich ein Problem«, sagte ich. Und schnüffelte kennerisch an dem Wein. »Vielleicht hab ich ein Problem. Angenommen, ich find den Koffer. Dann sind mir die paar Millionen höchstwahrscheinlich noch nicht Grund genug, euch den Koffer zu geben und das Maul zu halten«, sagte ich.

»Mehr als fünfzehn sind auf keinen Fall drin«, sagte Pirpamer. »Und der Job. Falls Sie pokern wollen: Vergessen Sie es.«

»Einmal ganz unabhängig davon«, sagte ich, »daß ich mir vorstellen kann, daß euch die Geschichte im Extremfall auch ein paar Millionen mehr wert ist. Darum geht's nicht. Das Problem, das ich vielleicht bekommen werde, ist ein ganz ein anderes. Ich will wissen, was hinter der Geschichte steckt. Sonst könnt's sein, daß mich irgendwann doch wieder die Neugier packt. Obwohl ihr schon gezahlt habt. Das ist es. Wenn ich mitmach, dann mach ich ganz mit.«

Pirpamer ließ sich Zeit. Sah sich einmal im Lokal um. Und dann den Pusterer an. Offensichtlich war er nicht darauf vorbereitet gewesen. Und die Chefs oder wer auch immer hatten ihm keine entsprechende Order gegeben. Jetzt saß er da und mußte selbst entscheiden. Ich half ein wenig nach.

»Das ist ja ganz einfach zu verstehen«, sagte ich. »Ich bin halt nicht nur auf Geld aus. Das Beste, was ihr tun könnt, ist, mich von der Sache zu überzeugen.«

»Ganz normal sind Sie nicht«, sagte der Pusterer. »Da bietet Ihnen jemand einen Batzen Geld an, fürs Nichtstun, und Sie wehren sich wie eine alte Jungfer.«

»Ist halt so«, sagte ich, »prendere oder lasciare. Viel Auswahl habt ihr ja eh nicht.«

Der Pirpamer knetete an seinem halben Ohr herum.

»Der Tschenett...«, sagte er. »Der Tschenett.«

Und knetete.

»Also gut«, sagte der Pirpamer, »wenn's weiterhilft. Und wenn's uns den Koffer und dem Land wieder die Ruhe bringt. Malfertheiner sollte im Auftrag der Firma Grundstücke kaufen. Und dann ist ihm das leidige Unglück passiert, und er ist in so ein Loch hineingefallen. Dummerweise so tief hinunter, daß er erst aus dem Felsen freigesprengt werden mußte.«

Pirpamer versuchte, möglichst leutselig dreinzuschauen. Bei seiner Visage war das eigentlich unmöglich. Aber das hatte ihm wohl noch keiner gesagt.

»Das war sozusagen ein Freizeitunfall. Der ist da oben herumspaziert. Und ins Loch gefallen. Das Dumme dran ist nur: In dem Aktenkoffer waren ein paar vertrauliche Geschäftsunterlagen. Ganz normal für so ein Unternehmen wie das, für das er gearbeitet hat. Die Unterlagen möchte die Firma halt wiederhaben. Sonst gar nix.«

»Die Firma«, sagte ich. »Die Firma.«

Einen *Freizeitunfall* hatte der Pirpamer den Toten im Fels genannt. Hatte wohl Golf gespielt da oben, der Ärmste, und war dabei selbst ins Loch gefallen. Ein Bohrloch zu Testzwecken, das die rothaarige Dame für den Ingenieur Pressack veranstaltet hatte.

Es paßte alles so schön zueinander. All die lieben Leute, die ich in den letzten Tagen getroffen, friedlich vereint beisammen.

Pirpamer ging wieder auf seinen Ohrstumpen los.

»Kann es sein, daß wir dieselbe Firma im Kopf haben?« sagte ich.

Diesmal war es ein kinderleichtes Spiel. Ich mußte gar nicht raten. Es paßte einfach. Wie Männlein auf Weiblein.

»Wir reden also von der *Tiroler Investment.*«

»Darüber nicht zu reden«, sagte Pirpamer, »gehört ins Fünfzehn-Millionen-Paket.«

»Ich verstehe. Sonst wär's ja auch ein bißchen viel Geld gewesen für die paar Papiere. Von denen es in der Firma ja auch noch Kopien geben müßte. Beim Pressack herrscht ja sicher sauberste deutsche Ordnung.«

Mir wurde das Ganze langsam langweilig. Ich gab Totò ein Zeichen. Der Gute hatte nur darauf gewartet.

»Setz dich«, sagte ich, als Totò an unserem Tisch stand. »Ich darf vorstellen: Herr Pirpamer, der wird von euch gesucht, wegen Bombenlegen und so. Und dieser Herr hier«, und ich zeigte auf den Pusterer, »behauptet, ein Kollege von dir zu sein und deswegen Leute verhaften zu dürfen. Und das, meine Herren, ist Totò, ein Bekannter. Die Herren schlagen mir folgendes Geschäft vor, Totò: Fünfzehn Millionen, gegen einen schwarzen Aktenkoffer und lebenslänglich das Maul halten und Finger weg von bestimmten Geschichten. Und als Draufgabe eine Lebensstellung.«

Pirpamer sah mich wütend an. Totò abwartend.

»Ist ja gut«, sagte ich zu Pirpamer. »Mein Freund ist mindestens so vertrauenswürdig wie ich.«

Totò warf mir einen Blick zu, der knapp am Solarplexus vorbeiging. Langsam, aber sicher mußte er der Tatsache ins Auge sehen, daß ich mich kaufen lassen wollte.

»Ist nicht wenig Geld, Pirpamer, was ihr mir da anbietet. Da muß so einer wie ich schon ein paar Kilometer abfahren. Und vielleicht könnt ich den Koffer ja finden. Gesetzliche Zahlungsmittel führen auch die besten Menschen in Versuchung.«

Ich ließ mir Zeit. Und Pirpamer mich nicht aus den Augen. Sollte mir recht sein. Für das, was jetzt kam, brauchte ich seine volle Aufmerksamkeit.

»Ich überleg mir halt«, sagte ich, »ob ich nicht irgendwo anders für den Koffer noch mehr Geld kriegen kann.«

Mal sehen.

»So etwas Ähnliches hat uns der Prantl auch gesagt.«

Das war es gewesen. Da wollte ich ihn gehabt haben.

Pirpamer, kaum war ihm der Satz herausgerutscht, hatte es auch schon bemerkt. Und sich auf die treuteutsche Zunge gebissen.

Ich stand auf. Totò auch.

»Ich bedank mich für die Einladung«, sagte ich, »und für das aufschlußreiche Gespräch.«

»Versuch's ja nicht«, zischte der Pirpamer. »Trau dich!«

»Jetzt ist's zu spät, Pirpamer«, sagte ich. »Jetzt hat's dich auf den Arsch gesetzt. Vor Zeugen.«

Ich übte meinen theatralischen Abgang. Ging einen Meter. Drehte mich um. Ging wieder auf den Tisch zu und sah dem Pirpamer in sein gelbes Auge.

»So einfach wie beim Prantl Florian wird's bei mir nicht

werden. Ich hab eine Lebensversicherung. Ein paar Zettel, die sicher gelagert sind. Vor Gericht nennt man so etwas Beweise. Also laßt die Spielchen. Leute umbringen, zum Beispiel.«

»Du weißt nicht, auf was du dich da einläßt, Tschenett.«

Das war der Pusterer.

»Kann sein«, sagte ich, »kann auch sein, daß ich gerade das herauskriegen will.«

»Du hast keine Chance, glaub's mir«, sagte der Pusterer. »Du wirst plötzlich so allein dastehen, daß du dich auf den Mond wünschst. Weil du da mehr Gesellschaft hast.«

»Leck mich«, sagte ich, »schön' Abend noch, die Herren. Und Grüße an Herrn Pressack, das Teutsche Reich und die Bozner Hottwollee.«

30

Mit Totò hatte ich vor seiner Wohnungstür noch verabredet, daß wir uns zum Frühstück treffen wollten. Und das hieß: Er sollte mich wecken kommen. Wir hatten noch etwas vor.

Totò war so froh über die glückliche Wendung des Abends, daß er mir ein Festfrühstück versprach. Dabei hatte ich gar kein Interesse daran.

Mehr Interesse konnte ich schon für das aufbringen, was ich vor meiner Wohnungstür fand.

Erstens eine Flasche Wein. Und zweitens eine rothaarige Dame.

Tamara saß vor meiner Tür. Und machte sich anscheinend keine Sorgen um ihre Garderobe.

»Laß uns trinken«, sagte Tamara.

Egal, was man von Tamara halten mochte: Der Wein, den sie da mitgebracht hatte, war ein feiner Tropfen. Blauburgunder, Riserva 88er Jahrgang, Villa Barthenau, Kellerei Hofstätter. Traminer Produkt.

Ich hatte mir davon einmal zwei Flaschen gegönnt. Obwohl ich so pleite war, daß mir Berta das Geld dafür leihen mußte. Aber die Investition hatte sich ausgezahlt. Die Welt sah danach nicht mehr ganz so zerschunden aus. Ich fragte mich nur, wie Tamara auf diesen Wein gekommen war. Man mußte sich schon auskennen damit.

»Ich hab Candalostia gefragt«, sagte Tamara, »und der hat gesagt: Den, und nur den.«

»Wunderbar«, sagte ich, »das Zeug ist von feinsten Eltern. Aber du hättest die Flasche auch ganz einfach vor der Tür abstellen können. Im Augenblick ist mir dieser Wein hier um einiges lieber als du.«

Tamaras Antwort war das Schlimmste, was mir heute abend noch passieren konnte. Sie sah mich an.

Saß in ihrem kleinen, sündteuren Schwarzen vor meiner Wohnungstür und sah mich an. Wie ein geschlagener Hund. Dabei hatte ich ihr noch gar nichts getan.

»Laß uns trinken«, sagte sie, »meinetwegen auch hier auf dem Gang. Falls du mich nicht mehr in deine Wohnung lassen willst.«

Ich war müde. Und hatte die Schnauze gestrichen voll. Von dem ganzen Dreck, der mir heut den lieben langen Tag um die Ohren geflogen war. Ohne daß ich mich besonders darum gerissen hätte. Ich hatte eben fünfzehn Millionen Lire in den Wind geblasen. Und vermutlich mein Seelenheil auch noch. Es reichte. Auch ohne Tamara.

Ich sagte ihr das.

»Trotzdem«, sagte sie, »solltest du mir zwei Sätze lang zuhören. Und das geht bei einem Schluck Wein am besten, dachte ich.«

Was soll's, sagte ich mir. Der Wein hatte mich überzeugt.

»Wenn ich an den Wein nur rankomm, indem ich dir zuhöre: pazienza. Aber mach's kurz.«

»Ich bin da in eine ungute Sache verwickelt, glaub ich«, sagte sie.

»Ach nein. Und da kommst jetzt drauf. Und hier auf dem Gang.«

Ich hielt ihr die Hand hin. Sie zog sich daran hoch. Das kleine Schwarze war ihr bis knapp über die Hüfte gerutscht.

Wir hatten uns an den Küchentisch gesetzt. Wohlerzogen. Jeder an sein Ende. Einmeterachtzig Sicherheitsabstand. Sollte eigentlich reichen. Halbwegs erträgliche Gläser hatte ich in dem Durcheinander auch noch gefunden.

»Zwei Sätze, hast du gesagt«, sagte ich.

»Zähl bitte nicht zu genau mit.«

Mein rechtes Knie fing an zu zittern. Ich wickelte es um das Stuhlbein. Ich würde verdammt vorsichtig sein müssen. Sie wickeln einen so verflucht schnell ein. Und es ist nicht einmal ihre Schuld. Schuld war das Ding, das da vor mir auf meinem Stuhl lag. Die Natur, die Natur. Langsam, aber sicher schlich sich ein Krampf in mein Knie.

Sie war etwas durcheinander. Und suchte nach Worten.

»Wie gesagt, ich bin da in eine ungute Sache hineingerutscht«, sagte Tamara.

»Ja.«

»Glaub ich jedenfalls.«

»Ich weiß es.«

Bei mir hatte der Wein mehr Erfolge zu verzeichnen als bei ihr. Sie starrte einfach nur ins Glas.

»Ich will weg«, sagte sie.

»Wer will das nicht?«

»Eigentlich war es nur ein ganz normaler Auftrag. International ausgeschrieben«, sagte Tamara. So leise, daß ich sie kaum verstand. »Ein Petrograph für die Vorstudien zum Brennerbasistunnel wurde gesucht. Es war eine Chance. Und was für eine. Für unsereinen ist das Brennerprojekt eine einmalige Sache. So was kommt in zig Jahren nicht wieder. Ein Jahrhundertbauwerk. Und wer in der Vorstudie drin ist, kann sich für nachher fix was ausrechnen. Soviel war klar. Und was passiert? Ich bekomme ein Telefax nach Hamburg, daß sie mich ausgesucht haben. War mehr als Weihnachten und Valentinstag auf einmal.«

»Kenn ich beide nicht«, sagte ich.

Sie hörte es gar nicht.

»War alles prima«, sagte sie. »Die Chance, auf die ich immer gewartet habe. Außerdem ist das hier eine wundervolle Gegend.«

»Ja«, sagte ich. »Ich weiß: Fremden-Verkehr.«

Ich stand auf. Es reichte. Schon wieder.

»Paß auf, Kind«, sagte ich, »entweder du hast mir was zu sagen. Oder, und das wär mir sowieso lieber, wir sitzen hier in aller Herrgottsruhe und trinken den Wein mit der ihm gebührenden Andacht. Punkt.«

»Es ist nicht ganz einfach.«

»Ist es nie. Nichts«, sagte ich. »Bis auf das eine. Aber das hatten wir ja schon.«

Sie hob schlagartig den Kopf.

»Es war eine gute Nacht«, sagte sie.

»Laß das. Red. Mehr interessiert zur Zeit nicht.«

Ihr Blick verschwand wieder im Weinglas. Zum Glück.

»Scheiße«, sagte sie.

Ich ließ ihr Zeit.

»Scheiße«, wiederholte sie. »Es ist ganz einfach so, daß ich den Eindruck habe, da laufen irgendwelche Geschäfte.«

»Ach nein.«

»Wir haben Bohrungen gemacht an Orten, die kilometerweit vom idealen Verlauf des Tunnels liegen«, sagte sie. »Absolut faules Gestein, Verwerfungen, Bruchlinien. Das ist Harakiri, da einen Tunnel durchziehen zu wollen, absolutes Harakiri, an der Stelle.«

»Versteh ich nicht«, sagte ich, »ich denk, der Tunnel ist beschlossene Sache?«

»Ich fang von vorne an«, sagte Tamara.

»Nicht zu weit vorne. Nur das Wichtigste. Für einen Idioten wie mich.«

»Gut«, sagte Tamara und lächelte.

Mit meiner Konzentration war's für ein paar ewige Augenblicke aus.

»Zu dem Brennertunnel gibt es seit über dreißig Jahren schon die verschiedensten Projekte«, sagte Tamara. »Es ist viel Ruhm und viel Geld zu holen mit so einem Bau. Aber es wurde dann nichts draus. Einmal wollten die einen nicht, einmal die anderen. Im Sommer 1986 haben der italienische, der österreichische und der bayrische Verkehrsminister einen Vertrag abgeschlossen. In dem festgelegt ist, daß die jeweiligen Staatsbahnen ein internationales Konsortium mit der – wörtliches Zitat – *Durchführung der Machbarkeitsstudie über den neuen Brennerübergang* beauftragen.«

»Tamara. Komm zur Sache.«

»Bin schon mittendrin«, sagte sie. »Etwas Geduld: Das Konsortium setzt sich aus Firmen der beteiligten Länder zusammen. In einem sechzigseitigen technischen Anhang zum Vertrag wurde den Firmen vorgeschrieben, welche Untersuchungen sie durchzuführen haben. Für die Machbarkeitsstudie zu einem Eisenbahntunnel, der von Innsbruck bis Sterzing oder Brixen gehen soll. Laut Vertrag orographisch links des Eisacks.«

»Also rechts, von hier aus Richtung Brenner hinauf gesehen«, sagte ich.

Tamara sah mich mitleidig an.

»Ja, rechts, wenn du so willst.«

»Und?«

»Gemäß Vertrag sollten die italienischen Firmen dafür eine Milliarde Lire erhalten, die Deutschen eineinhalb Millionen Mark und die Österreicher zehn Millionen Schilling. Und das Ingenieurbüro Pressack ist mit von der Partie.«

»O.K.«, sagte ich, »soll der alte Nazi auch ein paar Lire machen. Oder Schillinge. Wird er später sicher für einen guten Zweck verwenden. Reichsfahnen an Kindergärten verschenken oder so.«

Ich atmete durch.

»Meine Liebste, das interessiert mich alles nicht. Gib's auf.«

»Eine Minute noch.« Das war alles bloß ein Trick. Damit ich sie nicht sofort auf die Straße warf.

»Eine Minute. Die letzte. Zeit läuft.«

»Pressack hat im österreichischen Teil des Konsortiums ziemlich viel zu sagen. Er ist da der Gruppenführer.«

»Gruppenführer«, sagte ich, »das freut ihn sicher.«

Tamara ließ sich nicht drausbringen.

»Weißt du, wo wir achtzig Prozent unserer Probebohrungen gemacht haben? Orographisch rechts. Für dich also links. Und die meisten, die wir noch vor uns haben, sind auch da geplant. Pressack tut alles, um den Tunnel auf die andere Talseite hinüber zu verlegen.«

»Und was bedeutet das?« sagte ich.

»Harakiri«, sagte Tamara, »wie ich schon gesagt habe. Das ist absoluter Wahnsinn. Mitten in der Brennerfurche, quer durch die Störungszone an der Grenze zwischen Penninikum und Oberostalpin. Da ist mit Spannungskonzentrationen zu rechnen, die kriegst du nie in den Griff. Und außerdem sind im Brennermesozoikum Wassereinbrüche sehr wahrscheinlich. Und was das heißt... Ich könnte es dir technisch ziemlich genau begründen...«

»Danke«, sagte ich, »aber laß es lieber.«

»Und das alles weiß man schon seit Jahren«, sagte Tamara.

Jetzt war ich doch wach geworden. Daß Pressack ein

Dummkopf war, war mir noch nicht aufgefallen. Das machte mich stutzig.

»Kein vernünftiger Mensch würde da drüben einen solchen Tunnel durchziehen.«

»Machen sie aber, zur Zeit«, sagte ich. »Santini und seine Kollegen.«

»Das ist was anderes. Weiter hinten drin, höher gelegen, und überhaupt kein Größenvergleich. Ich sag's dir: Das wird eine Katastrophe.«

»Und was lernen wir daraus?«

»Ich hab mir den Kopf drüber zerbrochen. Entweder die wollen den Tunnel gar nicht bauen, oder sie haben es auf mindestens fünfzig Jahre Bauzeit abgesehen. Und damit ist das Ding genausogut gestorben.«

»Wer ist *sie*?«

»Nicht ganz einfach zu sagen. Pressack. Und irgendwelche Leute, die hinter ihm stehen. In den Ministerien sitzen eh nur Idioten. Denen kann man alles erzählen.«

Ich ließ mir von Tamara noch einige technische Details erläutern. Und dann ließ ich einen Probeschuß ab.

»Schon mal den Namen *Tiroler Investment* gehört?«

»Ja«, sagte sie und sah mich etwas verwundert an. »Das kommt ja noch dazu. Die finanzieren einen Teil unserer Untersuchungen zum alternativen Streckenverlauf. Als ob an der Scheißtrassenführung auch nur eine müde Mark zu verdienen wäre.«

»Danke, Tamara«, sagte ich eine Viertelstunde später, stand auf und räumte die halbvollen Gläser weg. »Ich muß jetzt nachdenken.«

Tamara saß wie eingefroren da.

»Pressack hat den Verkehrsministern unterschrieben, daß er sich zur absoluten Geheimhaltung aller Unterlagen zu dem Projekt verpflichtet«, sagte sie langsam. »Und ich hab einen ähnlichen Vertrag mit ihm.«

»Ist schon gut«, sagte ich. »Gute Nacht, Tamara.«

Dann kam mir doch noch eine Frage hoch, die ich ihr schon die ganze Zeit stellen wollte.

»Tamara«, sagte ich, »auf welcher Seite stehst du?«

»Ich weiß es nicht«, sagte sie, »ich tu nur meine Arbeit.«

»Das tun sie immer alle.«

»Ich kann mir nicht helfen«, sagte Tamara, während sie sich schleppend langsam vom Stuhl erhob, »aber ich mag dich.«

»Ich kann dir auch nicht helfen«, sagte ich, als sie schon im Treppenhaus stand.

31

Ich fuhr durch einen ewiglangen Tunnel.

In der Zugmaschine meines LKWs, die immer mehr wie der Führerstand einer Lokomotive aussah. Ich wußte, daß uns ein anderer Zug entgegenkam. Und daß wir beide nebeneinander nicht Platz haben würden. Minutenlang versuchte ich, nach rechts auszuweichen. Bis mir auf einmal klar wurde, daß meine Zugmaschine auf Gleisen fuhr. Mit Ausweichen war nichts. Die Maschine wurde immer schneller. Ich hatte keinen Einfluß mehr auf die Geschwindigkeit meines LKWs. Noch ein paar Sekunden bis zum Aufprall. Es schüttelte mich wie wild.

Scheiße, dachte ich.

»Wie lang willst du noch schlafen?«

Totò stand an meinem Bett und schüttelte mich wach.

»Danke«, sagte ich, »ich nehm an, du hast mir eben das Leben gerettet.«

»Frühstück ist fertig«, sagte Totò. »Wir sehen uns in fünf Minuten bei mir unten. Schaffst du das?«

Ich brummte irgend etwas.

Meine Zunge schien so dick geschwollen zu sein, daß sie kaum im Mund Platz hatte. Außer einem kleinen Schluck von dem Blauburgunder der letzten Nacht war nichts in Reichweite. Er schaffte es, sich einen Weg durch meine verklebte Gurgel zu bahnen. Als nächstes versuchte ich, eine Zehe zu bewegen.

Totò hatte seine Zwölf-Portionen-Espressomaschine aufgestellt.

Die Hälfte hatte ich schon intus, bevor wir das erste Wort wechselten.

»Langsam wird's«, sagte ich.

»Da bin ich aber froh«, sagte Totò.

Er hatte sich wirklich Mühe gegeben. War einkaufen gegangen. Käse, Wurst, Brioche, Brot, Kuchen, Obst.

»Ich hab euch beide gehört«, sagte er. »Und mir gedacht, daß du schon wieder eine anstrengende Nacht hinter dir haben wirst.«

»Nicht mit Tamara, mit mir.«

»Ma guarda«, sagte Totò, »schau an.«

»Ich hab sie verschickt. So lange, bis sie weiß, auf welcher Seite sie steht. Ich leg mich nicht mit Leuten ins Bett, die mich fertigmachen wollen.«

Ich lieferte Totò eine kurze Zusammenfassung dessen, was ich mir gestern abend alles angehört hatte. Pirpamer, die fünfzehn Millionen, und Tamaras Geschichte von dem absurden Trassenverlauf, den Herr Pressack dem Tunnel verpassen wollte.

»È un caos«, sagte Totò.

»Richtig. Laß uns versuchen, etwas Ordnung hineinzubringen.«

»Evvabbene.«

»Wir könnten uns also die Geschichte folgendermaßen erklären«, sagte ich und pickte mir ein Stück Melone auf die Gabel. »Die Schützt-dein-Geld-vor-Vater-Staat-Firma *Tiroler Investment* sammelt die nicht ganz sauberen Gelder ihrer sauberen Kunden ein und versorgt sich mit Grundstücken. Und zwar da, wo eigentlich der Brennertunnel hin soll. Rechts vom Eisack. Also zu Spekulationszwecken. Die Grundstücke Zöschg, beziehungsweise Malfertheiner, und Prantl. Die beiden letzteren sind tot.«

»Wozu braucht's bei einem unterirdischen Tunnel oberirdisch Grundstücke?« fragte Totò.

»Gute Frage«, sagte ich. »Ich hab mir das gestern abend von unserer Spezialistin erklären lassen. Zu so einem Tunnel gehören seitliche Stollen. Für den Aushub. Das allein schon sind geschätzte sechs bis sieben Millionen Kubikmeter. Und dann für diverse technische Anlagen, Belüftung, Fluchtwege. Die müssen irgendwo raus. Und damit sind wir schon wieder bei Grundstücken.«

»Approposito di Malfertheiner«, sagte Totò, »bene che me lo ricordi. Also: Der Computer hat ihn unter gewohnheitsmäßiger Kleindelinquenz abgespeichert. Mal da Kellner, mal dort Abspüler. Und Gelegenheitseinbrüche. Geplatzte Schecks. Betrügereien. Kleinmist.«

»An der Gewohnheit ist er gestorben«, sagte ich. Und wieder mußte ein Stück Melone daran glauben. »Weil er seine neuen Chefs bescheißen wollte. War aber mehr ein Unfall.«

»Unfall?«

Parmaschinken, Melone, Parmaschinken. Totò hatte wirklich an nichts gespart. Nicht einmal am Prosecco.

»Nehm ich an, daß das ein Unfall war. Der Pirpamer hat sich ja verredet. Angenommen, der Malfertheiner sollte für die *Investment* als Strohmann interessante Gründe aufkaufen. Und hat versucht, mit dem Zöschg-Grund in die eigene Tasche zu wirtschaften. Schickt man ihm einen Schläger, verpaßt ihm eine Abreibung. Fällt dann leider zu heftig aus, der Mann fällt tot hin und muß verschwinden. Der Pressack, der eh schon mit der *Investment* packtelt, und das wissen wir von Tamara und meinem Journalistenfreund, übernimmt die Sache. Und läßt den Mann in einem Loch versenken, das ihm die Tamara gebuddelt hat. Ende der Geschichte.«

»Insomma«, sagte Totò und klang nicht sehr überzeugt, »ammesso, non concesso. Wer hat's getan?«

»Ist das so wichtig?« sagte ich. »Wenn die Geschichte stimmt, die *Tiroler Investment*. Im Endeffekt. Die Herren und Damen der guten Gesellschaft. Die Anleger.«

»Werd nicht moralisch.«

»Werd ich nicht. Ich sag ja, es war ein Betriebsunfall.«

»Evvabbene, ma chi? Wer? Vor Gericht stellen sie dir genau diese Frage. Mindestens.«

»Vor Gericht? Was soll der Blödsinn?«

»Calmati«, sagte Totò, »beruhig dich.«

»Dann sag das nie mehr wieder«, sagte ich und holte mir ein paar Oliven. »Malfertheiner, Zöschg, Prantl, Berta, ich: Wer war bei diesen Leuten erwiesenermaßen zu Besuch?«

»Pirpamer.«

»Brav«, sagte ich. »Pirpamer, und noch ein zweiter. Und wer saß gestern mit Pirpamer bei unserer Geschäftsbesprechung? Der geheimnisvolle Pusterer. Und wer ist dem sein dickster Freund? Einer, der nichts lieber tut, als dreinzuschlagen. Beweis: meine Nieren. Und die Nacht, die ich mit den beiden verbringen durfte. Unterstell einfach, der Kerl hat wieder dreingeschlagen. Und leider Gottes ein paarmal zu oft. Und schon ist er tot, der Malfertheiner.«

»Das kannst du nicht beweisen.«

»Ist mir egal. Muß ich ja auch nicht. Mir reicht es, ein paar halbwegs plausible Gründe zu kennen und zu wissen, wie es gewesen sein könnte. Punkt.«

»Weiter«, sagte Totò. »Andiamo avanti. Vielleicht kriegt das Ganze ja noch ein Gesicht.«

»Das war der Malfertheiner. Wer fehlt uns noch?«

»Il Prantl«, sagte Totò.

»Hat versucht, sie zu erpressen, der Ärmste. Punkt. Aus. Diesmal war's kein Unfall. Vielleicht hat er ihnen mit der Malfertheiner-Geschichte ans Geld wollen. So geht das: Der erste Mord ist ein Unfall, und der zweite Mord ist ein Mord. Geschäfte. Und nach dem Prantl hat sich eh keiner die Augen ausgeweint.«

»Poveretto«, sagte Totò. »Übrigens: Die Nummer war nicht zu entziffern. Ist keine Telefonnummer. Jedenfalls keine hiesige.«

»Ende der Geschichte«, sagte ich. »Wir haben uns eingemischt. Und Ärger gekriegt. Und mir ist Geld angeboten worden. Und ein Job.«

»Und?«

»Vergiß das Geld. Vergiß den Job. Und vergiß die ganze Geschichte«, sagte ich und trank aus. »Hast du noch irgendwo eine Flasche von dem Zeug?«

Totò stand auf und holte sie.

Als die Flasche leer war, sagte ich: »Was ist, Totò, gehn wir Zeitunglesen? Und einen trinken?«

Mir war nach Entspannung. Genauer gesagt: Eigentlich war mir nach Vollnarkose.

Totòs Telefon klingelte inzwischen schon zum vierten Mal.

»Was ist«, sagte ich, »gehst nicht ran?«

»Zeitunglesen sì, telefono no«, sagte Totò. »Sarà un altra puttanata. Und dann paßt unsere Geschichte nicht mehr. Und alles fängt wieder von vorne an.«

»E be«, sagte ich, »dann geh eben ich ran.«

»Gerlacher.«

Es wurde immer absurder. Jetzt rief mich der komische Superpolizist Gerlacher auch schon zum Frühstück an.

»Ach nein«, sagte ich. »Ihr Name steht bei mir ganz oben auf einer Liste von Leuten, die ich anrufen will. Um ihnen zu sagen, daß sie Arschlöcher sind.«

»Ich hoffe, ich befinde mich in guter Gesellschaft«, sagte Gerlacher, nachdem seine Stimme für einen Augenblick gewackelt hatte.

»Sicher«, sagte ich, »und das weißt du auch. Was willst du?«

»Ich möchte Sie treffen.«

»Nichts, was ich lieber täte«, sagte ich. »Außer an meiner eigenen Kotze zu ersticken. Wann, und wo?«

32

Totò hatte mich für verrückt erklärt.

»Was willst du von Gerlacher?« hatte er gesagt.

»Ganz stimmt unsere Geschichte noch nicht«, hatte ich ihm geantwortet, »und das hat auch mit dem Gerlacher zu tun.«

»Geschichten stimmen nie ganz«, hatte Totò gesagt. »Kriminelle Geschichten schon gar nicht. Dazu sind sie zu wahr. Ich hab das auch lernen müssen in meinem Job.«

Ich war trotzdem gefahren. Und hatte mich mit Totò für eineinhalb Stunden später zum Zeitunglesen verabredet.

Wir saßen in der Bar am Brenner, direkt an der Staatsgrenze.

»Fühlst dich in Italien jetzt schon nicht mehr sicher,

Gerlacher? Da ist dir wohl lieber, mit einem Bein schon in Österreich zu sitzen. Im Vaterland. Oder?«

Daraufhin machte Gerlacher zum ersten Mal sein Dackelgesicht. Alles hängen gelassen. Er sah dann ungefähr so furchterregend aus wie ein Neugeborenes. Ich traute dem Frieden nicht.

»Reiß dich zusammen, Gerlacher, ich glaub's dir nicht.«

»Glaubst du, mir gefällt die Geschichte?« sagte Gerlacher und versank noch tiefer in seinem Dackelgesicht.

Ich nahm die Touristengruppe unter die Lupe, die eben in die Bar gekommen war. Ein friesisches Altersheim auf Abenteuerurlaub. Mußte für die guten Leutchen schon ein ganz schöner Schock sein, diese erste Bar auf Südlichem Tiroler Boden. Hinterm Pudel standen zwei Marokkaner, und einer von den beiden schien auch noch der Ehemann der Chefin zu sein. Auf jeden Fall benahm er sich so. *Mein Gott, Otto, un datt soll nu Südtirol sein!* Es war eben nichts mehr so, wie es einmal war.

Für Gerlacher anscheinend auch nicht.

»Was willst, Gerlacher?« sagte ich. »Sag's schnell, sonst bin ich wieder weg. Ich hab Besseres zu tun. Sogar wenn ich auf dem Scheißhaus sitz.«

Es war eigenartig. Das gute Mensch ließ sich nicht aus der Fassung bringen.

»Ich habe einen Fehler gemacht«, sagte Gerlacher, »einen Fehler hab ich gemacht. Kommt manchmal vor in unserem Job. Ist einfach zuviel. Zuviel Arbeit, zuviel Streß. Und zu viele Möglichkeiten. Zu viele Möglichkeiten, Fehler zu machen.«

»Laß mich mit deinem Job in Ruh.«

Er ging mir auf den Sack. Länger war das Gejammere nicht auszuhalten.

»Gerlacher«, sagte ich, »auf Wiedersehn. Ich bin weg. Mir wird schlecht.«

»Der Pirpamer hat mich reingelegt, und der Pressack auch«, sagte Gerlacher.

Ich blieb.

»Was ist, Gerlacher?« sagte ich.

»Es ist so.«

»Was ist so?«

»Reingelegt. Die haben mich reingelegt.«

»Dürfte bei dir ja auch nicht so schwer sein, Superbulle«, sagte ich. »Wenn sich einer wie du so wichtig und unfehlbar vorkommt, ist das meistens schon der zweite Schritt ins Grab, den er tut. Und ich hab noch nicht gehört, daß Intelligenz ein Aufnahmekriterium bei eurem Verein ist, ihr Kranioten.«

Das Wort hatte mir vor Jahren ein Schiffsarzt beigebracht. Gerlacher tat, als ob ich nichts gesagt hätte.

»Ich fahr heut noch zurück nach Bozen«, sagte er. »Abkommandiert. Hier gibt's für mich nichts mehr zu tun.«

»Den Pirpamer hast ja schon befreit aus italienischer Haft.«

»Das ist alles ein bißchen komplizierter«, sagte Gerlacher. »Ich kann mir mein eigenes Wasser nicht abgraben.«

»Du meinst, der alte Bombenwerfer hat für euch gearbeitet? Mir kannst es sagen, ich weiß es schon.«

»Woher?«

»Du hast hier keine Fragen zu stellen.«

Ich bestellte einen Weißen.

»Gut«, sagte Gerlacher. »Dann werd ich dazu auch nichts mehr sagen.«

»Ist mir auch egal«, sagte ich, »welche Geheimdienstabteilung genau das war. Da bin ich nicht so pedantisch.«

»Ich wollte hier wirklich nur für Ruhe und Ordnung sorgen.«

»*Nur*«, sagte ich. »Was heißt hier *nur*. Ruhe und Ordnung ist Mord und Totschlag«, sagte ich. »Nicht gewußt?«

»Zwei Morde«, sagte Gerlacher, »das mußte doch aufhören.«

»Komm. Ein Mord auf oder ab ist euch doch scheißegal. Zehn auch.«

»Vielleicht.«

»Na, was ist«, sagte ich, »bist jetzt sauer auf deinen Verein und mußt dich ausweinen?«

»Sobald ich auf den Pressack gekommen bin, war's aus.«

»Siehst du, das ist der Unterschied zwischen dir und mir. Bei mir fängt es da erst an.«

Er hatte mich nicht gehört. Und machte einfach weiter. Selbstgespräch.

»Konnte ich ja nicht wissen, das mit dem Pressack«, sagte Gerlacher.

»Und bist mit beiden Füßen ins Fettnäpfchen, Idiot.«

»Hat mir keiner gesagt.«

»Wein nicht.«

»Ich werd versetzt.«

»An den Arsch der Welt, sicher. Aber sogar da gibt es für einen wie dich noch etwas zu tun.«

»Ich werd versetzt.«

Er war knapp vorm Zusammenbruch. Der Gerlacher. Das Sondereinsatzkommando.

»Ich geh jetzt«, sagte ich.

Gerlacher reagierte nicht. Ich stand auf.

»Tut mir leid, den Zeitungsjob hab ich dir vermasselt«, sagte Gerlacher.

»Hast euren Spezi angerufen, den Gerichtsreporter und Maulwurf der Geheimdienste in der Presse«, sagte ich. »Sorvoliamo. Wenn mich die Mittewalder und die Trensner und die Ridnauner und die Pfitscher wollen, wird der Dibertol auf die Dauer nichts dagegen tun können. Alle anderen schlagen sie ihm zusammen. Und keine Zeile über den Wipptaler Fußball kann er auch nicht bringen. Kauft ihm keiner mehr sein Scheißblatt.«

Mir kam ein Gedanke.

»Die *M-Bau*«, sagte ich, »warst das auch du?«

»Die *M-Bau*?«

»Ist schon gut. Vergiß es.«

»Gerlacher«, sagte ich, als ich aufstand, »wieso hast du gerade jetzt zu reden angefangen? Freunde sind wir ja nicht gerade.«

»Sie haben mich ins Messer laufen lassen«, sagte Gerlacher. »Ich mag das nicht. Auch wenn ich in meinem Job oft genug selbst nichts anderes getan habe. Ich mag das nicht, habe ich festgestellt.«

»Ich auch nicht, Gerlacher«, sagte ich. »Und ich hoff, das ist nicht schon wieder eines deiner Spielchen.«

»Nein«, sagte Gerlacher. »Diesmal nicht.«

33

»Voilà«, sagte Totò und zog den Reißverschluß auf. »Da ist er, dein Freund.«

Malfertheiner. Der Abspüler, der Immobilienliebhaber. Der Tote im Fels.

Blaß sah er aus. Noch blasser als vor ein paar Tagen. Lag, in einem Sack eingepackt, in einem Kühlfach des Städtischen Krankenhauses.

»Morgen geht er raus«, sagte Totò. »Ich dachte, du wolltest ihn noch einmal sehen.«

War eine gelungene Überraschung, die Totò da für mich organisiert hatte. Wieso auch immer.

Er hatte mich am Stadtturm abgepaßt. Und anstatt wie geplant zu Weißwein, Sonnenschein und Zeitungslektüre hatte er mich ins Krankenhaus geschleppt.

»Wir müssen da jemanden besuchen«, hatte er gesagt.

An jeden hatte ich gedacht, nur nicht an Malfertheiner.

»E allora?« sagte ich und sah Totò an.

»Non so«, sagte Totò, »ich weiß nicht. Während du weg warst, ist mir die ganze Geschichte noch einmal durch den Kopf. Und ich hab gedacht, vielleicht bringt uns der Malfertheiner weiter.«

»Seine Leiche, meinst du.«

»Kann ja sein.«

»Dann müßt er jetzt schon aufstehen und reden«, sagte ich. »Und vielleicht hat er keine Lust dazu. Noch einmal in diesen Sauhaufen zurückzukommen.«

»War ja nur so eine Idee«, sagte Totò.

»Ciao, vecchio mio«, sagte ich, als Totò den Reißverschluß wieder zuzog.

»Das war schon gut so«, sagte ich zu Totò, als wir vor dem Krankenhaus standen. »Hat er wenigstens noch einmal Besuch gekriegt, der arme Hund.«

Wir machten uns auf den Weg.

34

In den Zeitungen stand nur der ganz normale Dreck.

Unser Staatspräsident hatte wieder einmal einen seiner Ausfälle gehabt. Und hatte einen Richter, der ihm nicht sympathisch war, fertiggemacht. Die meisten Zeitungen interpretierten das hochherrschaftliche Verhalten als eine Art vorpsychiatrischen Versagens. Ich hielt es eher für normal, bei so einem erzreaktionären Vogel. Keiner gönnte ihm die heißersehnte Diktatur. Mußte ein schwerer Schlag für ihn sein. Da wird man natürlich ein bißchen konfus.

Warm war es, für einen Maitag in dieser Stadt knapp unterm Brenner. Angenehm warm.

»Ich will ja nicht schon wieder damit anfangen«, sagte Totò, der schwer in seine Sportzeitung versunken war, hinter den rosa Blättern heraus, »aber weißt du, was ich denke? Der Gerlacher. Der paßt mir nicht in die Geschichte.«

»In unsere Geschichte paßt einiges noch nicht«, sagte ich.

Ziemlich einiges. Zu viel. Das war mir auch schon aufgefallen. Wir hatten es uns wohl zu einfach gemacht.

»E allora?« sagte Totò.

»Niente.«

Wir saßen in Ruhe an dem kleinen Tisch in der Fußgängerzone. Hatten unsere Zeitungen und unseren Weißwein. Was wollten wir noch mehr.

Wir wollten mehr. Was, war noch nicht so ganz klar.

»Senti, Totò«, sagte ich, »butta via quel giornale. Dobbiamo lavorare. An die Arbeit.«

Er hatte nur darauf gewartet. So schnell hatte ich ihn die *Gazzetta dello Sport* noch nie weglegen sehen.

»Allora«, sagte er, »non quadra, es geht sich nicht auf: Il Gerlacher, il Pusterer, la targa della macchina, che ha portato via Tamara...«

»Wie bitte?«

»Die Nummer von der *Alfetta*, die du mir gegeben hast. In der sie damals« – er grinste – »weggefahren ist. Die gibt es nicht.«

»Wie?«

»Die Nummer gibt es nicht. Die *motorizzazione* hat sie nicht. Ist nicht vergeben worden.«

»Sieht mir schwer nach deinen Kollegen aus«, sagte ich.

»Può darsi«, sagte Totò. »E Gerlacher...«

»Wart mit dem Gerlacher«, sagte ich, »dafür bin ich zuständig.«

»Evvabbene.«

»Gerlacher ist fertig, der Ärmste«, sagte ich. »Er sagt, Pressack und Pirpamer haben ihn reingelegt. Pirpamer war sein Doppelagent. Und von Pressack hat er nichts gewußt. Also auch keine Rücksicht genommen. Und jetzt wird Gerlacher strafversetzt. Hat seine Nase zu tief reingesteckt. Sie sind gerade dabei, sie ihm abzuschneiden.«

»Non quadra.«

»Richtig«, sagte ich, »noch nicht. Unsere Geschichte ist noch zu einfach.«

Himmel. Oder was auch immer. Wir saßen in der schönsten Mittagssonne, hatten ein Glas vor uns. Und uns fiel trotzdem nichts anderes ein, als schon wieder über dieselbe irrwitzige Geschichte zu reden. Ganz normal waren wir nicht mehr. Das erstemal in meinem Leben bekam ich Sehnsucht nach einem heißen Strand. Obwohl ich genau wußte, daß es mich dort keine zwei Minuten gehalten hätte. Aber heißer Strand hatte einen Vorteil: Er war weit weg.

»Che altro c'è?« sagte Totò.

Ja, was stimmte noch nicht an unserer wunderschönen Geschichte von heute morgen?

Vor allem eines nicht.

»Die *Tiroler Investment* finanziert zu einem Teil auch Pressacks Untersuchungen zu seiner höchstprivaten Tunnelvariante. Die, die man nie im Leben bauen kann. Wissen wir von Tamara. Da stimmt was nicht. Diese Leute stecken normalerweise nicht einen Tippel in etwas, was keine Aussicht auf Rendite bietet. Also?«

»Che ne so io.«

»Tamara sagt, die Trasse, die der Pressack für seinen Tunnel gewählt hat, ist geologisch die denkbar schlechteste. Erstens. Und zweitens: Sie läuft nicht über die Grundstücke, die die *Tiroler Investment* unter so schwierigen Umständen an sich gebracht hat.«

»Einerseits spekulieren sie auf eine Tunnelvariante«, sagte Totò, »andererseits finanzieren sie Probebohrungen ganz woanders.«

»Richtig. Und wie erklären wir uns das?«

»Weiß ich nicht«, sagte Totò. »Aber gehen wir es einmal von der anderen Seite an. In bestimmten italienischen Kreisen, sagen wir einmal den nationaleren, ist der Brennerbasistunnel gar nicht beliebt. Und die haben in den wichtigen Posten einflußreiche Leute sitzen. Die letzten zehn Jahre haben sie so ziemlich alles getan, um ihn zu verhindern. Obwohl die EG den Tunnel will, unbedingt. Und Italien in der EG auf dem Musterschülerplatz sitzen will. Trotzdem: Sie haben boykottiert. Aus einem einfachen Grund. Ein Tunnel, der jeweils Dutzende von Kilometern in Nord- und Südtiroler Gebiet hineinreicht, untergräbt ihnen ihre Staatsgrenze. Sarà il tunnel di *Ein Freies Tirol*, sagen sie. Ein *Digos*-Kollege hat mir erzählt, es gibt eine Expertise des Verteidigungsministeriums. Und die sagt nein. Das Ministerium hat inoffiziell Veto eingelegt. Könnte ja der Feind so ganz einfach durch den Tunnel kommen, und man kann ihn nicht einmal bombardieren, wenn er die Grenze überschreitet.«

»Die eine, heilige«, sagte ich.

»Certo«, sagte Totò.

»Gut«, sagte ich, »und jetzt das Ganze einmal von der anderen Seite: Klaus-Dieter Pressack. Treuteutsch und Nazi. Und Pirpamer, der Bombenwerfer. Und Doppelagent. Die scheinen auch etwas gegen den Tunnel zu haben. Anders kann man es sich nicht erklären, daß der Pressack die unmögliche Variante nimmt. Zitat Petrographin. Und die muß es ja wissen. Wieso? Wieso gehen die links runter? Orographisch rechts? Einzige Antwort: Weil sie den Tunnel auch nicht mögen. Nicht wollen.«

»Perchè?« sagte Totò.

»Hab ich mir auch schon den Kopf drüber zerbrochen. Wenn's nicht so eindeutig wär, hätt ich's längst schon aufgegeben.«

»E allora?«

»Weiß nicht«, sagte ich, »bin kein Deutschtiroler. Es ist schwer, sich in diese Köpfe hineinzudenken. Ein per Drei-Staaten-Vertrag gebautes Jahrhundertwerk, wie's die Planer nennen, ist natürlich für Liebhaber einer Tiroler Alpenfestung schlimmer als eine Hypothek. Da geht sich die Heilige Isolation nicht mehr aus. Das Bollwerk gegen den Sturm der Zeit. Das Fürstentum Tirol. Auch wenn sie eh nicht genau wissen, was sie sich darunter vorstellen wollen. So ein Bau bindet, verwickelt, verbandelt. Und wenn da einmal genug Milliarden Mark, Schilling und von mir aus auch Lire in dem Projekt stecken, werden die geldgebenden Staaten das doch nie aus der Hand lassen. Nur weil ein paar Romantiker eine Alpenfestung wollen. Und abkaufen könnten sie ihnen den Tunnel auch nicht. Zu teuer.«

»Fantapolitica«, sagte Totò.

»Von mir aus«, sagte ich, »aber was ist nicht fantapolitica?«

Eben ging eine Klasse auf Maiausflug an uns vorbei. Mußte aus einem Mädcheninternat kommen. Für ein paar Minuten waren wir abgelenkt. Und hatten anderes im Kopf.

Als der Spuk vorbei war, versuchte ich wieder klarer zu sehen. Was wir uns da in den Kopf gesetzt hatten, konnte man wirklich nur aushalten, wenn man genug getrunken hatte. Und trotzdem: Es war die einzige Erklärung, die mir für den ganzen Zauber eingefallen war. Und für die seltsamen Allianzen.

»Merda, Totò«, sagte ich, »an der Geschichte werden wir noch zu Alkoholikern. Ich auf jeden Fall.«

Und ich bestellte uns noch eine Runde.

»Der Pressack und seine Freunde legen sie alle rein«, sagte ich. »Sammeln über die *Investment* Spendengelder. Und spekulieren rechts damit. Mit einem Teil des Geldes. Mit dem Rest finanzieren sie die unmögliche Variante, links. Wenn sie die durchkriegen, haben sie gewonnen. Und die Anleger ihr Geld verloren. Wenn's nicht klappt mit dem linksseitigen Tunnel, haben sie immer noch die rechtsseitigen Gründe. Und können Ärger machen. Oder Geld. Die perfekte Symbiose: Geld und Faschismus. Und die dummen Steuerhinterzieher deutscher und welscher Sprache wissen gar nicht, was ihren Geldern da geschieht. Sauber.«

»Se è così, non è male«, sagte Totò.

»Mein ich ja auch. Ganz schön clever.« Ich prostete Totò zu. »Und allein schon deswegen hat die Geschichte ihren Reiz«, sagte ich, »und deswegen wird sie auch wahr sein. So ungefähr jedenfalls.«

Totò sah dem Wein in seinem Glas tiefer ins Auge.

»Und«, sagte er, »che facciamo?«

»Niente«, sagte ich, »a chi vuoi andar a raccontarla una storia del genere? Wem willst das erzählen?«

»Al tuo psichiatra.«

»Eben«, sagte ich.

35

Das eine Telefonat wollte ich mir noch gönnen. Aus Spaß an der Freud. Und aus alter Anhänglichkeit einem Schulkollegen gegenüber. Schließlich hatte er mitgeholfen, mich auf den richtigen Weg zu bringen.

»Stufflesser«, sagte ich, »sei mir gegrüßt.«

»Du, ich kann jetzt nicht.«

Hanspeter schien es besonders eilig zu haben.

»Ganz kurz, Hanspeter. Wollt mich nur bedanken. Weil du mir den Tip gegeben hast.«

Ich konnte hören, wie er mit den Zähnen knirschte.

»Und ich wollte dir nur sagen, wenn dich die Geschichte hier heroben einmal interessieren sollte, für einen Artikel oder so, ruf mich einfach an.«

»Laß das, Tschenett«, sagte Stufflesser. »Ich will gar nichts wissen. Und ich werde dir auch nichts mehr sagen.«

»Mußt du ja auch nicht«, sagte ich. »Ab jetzt red ich. Wenn ihr Journalisten schon nicht das Maul aufbekommt.«

»Laß die Stänkereien«, sagte Stufflesser. »Du weißt ja gar nicht, wovon du redest. Außerdem: Nicht einmal, wenn ich wollte, könnte ich. Es gibt da ein Schreiben vom Hauptschriftleiter.«

»Von wem?«

»Vom Chefredakteur.«

»Aha. Ist ja interessant.«

»Eben. Und da drin steht, daß keiner von uns mit dir auch nur mehr ein Wörtchen reden darf. Schreiben schon gar nicht.«

»Hast du das schriftlich?«

»Ja«, sagte Hanspeter.

»Und um so einen Dreck wie mich kümmert sich der… wie war das noch, der Hauptschriftleiter? Was ist das überhaupt, ein Schriftleiter? Der Chef vom *Centralalpinen Beobachter*, oder was? Hätt ich nicht geglaubt, daß man euren verschlafenen Verein so auf Trab bringen kann.«

»Glaub, was du willst, Tschenett. Und laß mich in Ruhe.«

»Gerne«, sagte ich, »wenn du nicht Angst hast, an der Ruhe zu ersticken.«

Als ich vom Telefonieren wieder in die Gossensasser Gaststube zurückkam, traf mich der Schlag. Mitten ins Allerheiligste.

Da stand, links und rechts neben sich zwei Bauarbeiter, Tamara. Ich stellte mich neben die Kaffeemaschine und bestellte einen Weißgespritzten.

Tamara hatte mich noch gar nicht bemerkt. Dazu war sie viel zu sehr damit beschäftigt, mit den zwei Männern über irgendeine Ausschachtung zu reden. Sie hatte ihr bestes Tuch an.

Als ich bei der Kellnerin meinen zweiten Weißgespritzten bestellte, sah sie mich. Und tat, als ob sie mich nicht gesehen hätte.

Ich holte mir eine Zeitung. Und las sie durch. Von vorn bis hinten. Irgendein bayrischer Politikertepp hatte sich in Bozen vor versammelter Industrie- und Handelskammer über den Brennerbasistunnel ausgelassen. *Epochale Leistung, Symbol für das Europa von morgen, notwendige*

Investition, um die Wirtschaft des zusammenwachsenden Europas anzukurbeln, Schlagader im Herzen der Alpen. Zeilenweise solches Gefasel. Hatte höchstwahrscheinlich mein Freund Stufflesser verbrochen.

Ich war gerade dabei, mich richtig in Rage zu steigern, als Tamara die beiden Arbeiter verabschiedete.

»Ich komm dann morgen vorbei. Bis morgen mittag müßtet ihr ja soweit sein mit dem Ausbetonieren.«

Verdammt elegant, wie sie denen ihr Zeitlimit gesetzt hatte. Und wie sie sie verschickt hatte. Die beiden Arbeiter dackelten folgsam davon. Dafür übernahm die Chefin die Rechnung für die zwei macchiati.

Tamara ging an mir vorbei durch die Schwingtür nach hinten. Da ging's zu den Toiletten, zum Telefon und zur Rezeption.

Ich bestellte mir noch einen Weißen. Wer uns zugeschaut hatte, konnte nicht ahnen, daß wir uns kannten. Sie war wortlos an mir vorbeigegangen. Und ich hatte nicht reagiert.

Ich war noch nicht schlau geworden aus ihr. Aber vielleicht war das auch gar nicht möglich.

Und dann hörte ich hinter mir die Schwingtür. Ich drehte mich langsam um.

»Zimmer 22«, sagte sie. »In zehn Minuten. Bitte.«

Und war schon wieder in der Schwingtür verschwunden. Zimmer 22 also.

36

Ich hatte bezahlt und war auf den Kinderspielplatz hinuntergegangen.

Frischluft tanken. Noch war mir nicht ganz klar, was ich in fünf Minuten tun würde.

Es sprach viel dafür, die Welt hinter mir zu lassen, zu Berta hineinzugehen und mir dort in Ruhe einen anzusaufen. Und es sprach wenig dafür, mich ins Getümmel von Zimmer 22 zu werfen. Was auch immer mich dort erwarten sollte. Tamara stand mindestens mit einem Bein auf der falschen Seite.

Als die fünf Minuten vorbei waren, ging ich los. In der Rezeption saß niemand. Zimmer 22 würde ich auch so finden.

Was brachte mich dazu, am hellichten Nachmittag auf das Zimmer einer Frau zu gehen, der ich unterstellte, mit Leuten, die zwei arme Hunde auf ihrem Gewissen hatten, gemeinsame Sache zu machen? Ich wußte es nicht. Vielleicht wußte ich ja nachher mehr.

Tamara saß auf dem Bett. Und schaute zum Fenster hinaus.

»Tag«, sagte ich.

»Danke, Tschenett«, sagte sie.

»Bedank dich lieber nicht, sonst werd ich mißtrauisch.«

»Warum«, sagte sie, »warum bist du so mißtrauisch? Dadurch wird alles nur viel schwerer.«

»Ich kann's mir nicht aussuchen. Nach dem, was passiert ist. Wir haben uns im falschen Augenblick getroffen. Und du bist mit den falschen Leuten zusammen.«

»Ich mache nur meinen Job«, sagte sie und stand auf. Und kam mir sehr, sehr nahe.

»Nur deinen Job«, sagte ich, »das ist es eben. Zuviel. Und zuwenig.«

»Und wenn ich alles hinschmeiße?«

»Dazu ist es zu spät. Davon wird keiner lebendig.«

»Ich habe gekündigt«, sagte Tamara. »Heute früh hab ich den Brief eingeworfen.«

»Und was war das eben, mit den Arbeitern?« sagte ich. Sie hatte mich kalt erwischt.

»Ich möchte in der Firma keine Fragen beantworten müssen«, sagte sie. »Noch weiß keiner etwas davon. Und wenn sie es wissen, bin ich längst schon weg. Wenn nichts dazwischenkommt, reise ich morgen früh um fünf Uhr ab. Eurocity.«

»Was soll denn dazwischenkommen?« sagte ich.

»Du. Stell dich nicht so blöd.«

»Und, angenommen, ich komm dazwischen? Was soll dann passieren?«

»Darüber mache ich mir noch keine Gedanken. Das wird sich dann schon herausstellen.«

»Ich glaube, es ist besser, du fährst gleich«, sagte ich.

Tamara drehte sich von mir weg und ging langsam zum Fenster. Es dauerte seine Zeit, bis sie sich wieder umdrehte.

»Gleich jetzt?« sagte sie.

Ich war schon dabei, mich auszuziehen. »Nein«, sagte ich, »ich glaub, wir haben uns vorher noch etwas zu sagen.«

Die nächsten zwei Stunden verstanden wir uns bestens. Tamara krallte sich an mich mit einer Mischung aus Wut und Verzweiflung. Mir ging es nicht sehr viel besser. Wir kämpften, als ob es um unser Leben gehen würde. War ja auch so.

»Wieso bist du nicht einfach als Touristin hierhergekommen?« sagte ich, als ich mir die Zigarette anzündete. »Und ich wär ein Bergführer gewesen, oder Schilehrer. Dann wär alles viel einfacher gewesen.«

»Erstens mag ich's nicht, wenn du in der Vergangenheit redest«, sagte sie und biß mir wie zur Strafe in die Brustwarze, »und zweitens: Wozu hätte ich in einer solchen Gegend Urlaub machen sollen?«

»Wenn du das bis jetzt noch nicht weißt, kann dir keiner helfen.«

»Ich gebe dir meine Telefonnummer in Hamburg.«

»Aha«, sagte ich, »und was soll ich damit?«

Ihre Antwort wurde handgreiflich.

»Ist ja gut«, sagte ich. »Mal sehen. Hängt auch davon ab, wie diese Geschichte hier ausgeht.«

Ich stand auf.

»Bevor das hier noch rührselig wird, geh ich lieber«, sagte ich, und, als sie an der Tür stand: »Viel Glück.«

»Tschenett«, sagte Tamara, »heut abend gibt es eine kleine Feier. Mit all den Leuten aus meiner Firma, die du so gar nicht magst. Beim Zeltfest hier in Gossensass. Ich möchte nicht, daß sie etwas ahnen. Ich gehe hin. Vielleicht kommst du auch. Wegen mir. Ich würde gerne noch einen Walzer tanzen mit dir.«

»Ich glaub nicht, daß ich kommen werde. Die falschen Leute. Und die falsche Musik.«

37

Der späte Nachmittag war eine gute Zeit, um bei Berta ein paar Gläser zu trinken. Da war es nicht allzu voll, und Berta und ich konnten uns in Ruhe über Gott und die Welt auslassen.

Ich war zu Fuß von Gossensass ins Pflerer Tal hineingegangen. Die dreiviertel Stunde Fußweg konnte ich gut gebrauchen. Ich mußte Tamara erst verdauen. Wir hatten Pech gehabt. Und Tamara war verdammt blauäugig. Daß sie gewußt hatte, auf was sie sich da bei dem Ingenieur Pressack eingelassen hatte, das konnte ich nicht glauben. Oder richtiger: Ich wollte es nicht glauben.

Nur: Heute würde ich darauf keine Antwort mehr finden. Morgen auch nicht. Überhaupt nicht. Ich würde den Verdacht nie mehr loswerden. Und das war keine gute Grundlage. Das war überhaupt keine.

Bei Berta stimmte etwas nicht. Das war auf den ersten Blick klar. An der Tür zu ihrer Bar hing ein handgeschriebener Zettel, auf dem in wackeligen Buchstaben *GESPERRT* stand. So etwas hatte ich bei Berta noch nie erlebt. Hinter den halbdurchsichtigen Gläsern war nichts zu sehen. Zu hören war auch nichts. Ich klopfte an die Tür.

»Berta«, rief ich, »Berta, ich bin's, der Tschenett.«

Nicht einmal wenn sie krank gewesen war, hatte sie ihre Bar zugesperrt. Ich machte mir Sorgen.

»Berta, mach schon auf, ich bin's.«

Hinter der Tür tat sich etwas.

»Berta, ich bin's, der Tschenett.«

Als ich Berta zu sehen bekam, erschrak ich. Sie sah aus wie ihr eigener Geist. Gekrümmt, durchsichtig, ein kleines Häufchen Elend.

Ich hatte die Tür wieder hinter uns zugesperrt, Berta an den Tisch gesetzt und uns zwei Treber eingeschenkt.

Berta saß da und schüttelte den Kopf.

»Was ist los, Berta?« sagte ich.

Es dauerte eine Ewigkeit, bis ein Wort aus ihr herauszukriegen war. Sie schien eine Heidenangst zu haben.

Nach dem dritten Treber hatte ich endlich begriffen, was geschehen war. Ungefähr.

Irgend jemand hatte sie heut nacht in ihrem Schlafzimmer eingesperrt. Und dann war aus dem Hennenstall ein fürchterlicher Lärm gekommen. Vormittags hatte sie sich dann endlich aus ihrem Zimmer befreien können. Und war in den Hühnerstall gegangen, um nachzusehen.

»Ich bin gleich wieder da, Berta«, sagte ich und drückte ihr einen Kuß auf die Stirn.

Als ich mich im Hühnerstall umgeschaut hatte, verstand ich Bertas Entsetzen. Irgend jemand hatte jedes einzelne ihrer Hühner mit einem Hunderternagel an die Wand fixiert. Heut vormittag mußten ein paar von ihnen noch gelebt haben.

Ein Blick genügte mir, um meine Vermutung zu bestätigen. Der Aktenkoffer war verschwunden.

Eines von Bertas Hühnern bewegte sich noch.

Hier war ein krankes Hirn am Werk gewesen. Mit kalter Berechnung. Der Verrückte wußte ziemlich genau, was er tat. Er hatte Berta in ihrem Schlafzimmer eingesperrt, damit sie ihren ums Leben schreienden Hühnern nicht zu Hilfe kommen konnte.

So, wie die Hühner an die Wand genagelt worden waren, mußten sie noch stundenlang geflattert und gegackert haben. Und Berta hatte sich, eingesperrt, das alles die ganze Nacht lang anhören müssen. Voller böser Ahnungen. Die sich heute vormittag, als sie sich endlich hatte befreien können, zu einem Alptraum ausgewachsen hatten.

Dieser groteske Voodoozauber war präzise geplant worden. In mir stieg, langsam, aber sicher, eine mir bis dahin unbekannte Wut auf. Das Gemetzel galt mir. Und sie hatten sich dafür meinen schwächsten Punkt ausgesucht: Berta. Die gute Berta, die keinem etwas zuleide tun konnte. Feige Schweinebande.

Ich hielt es in dem Leichenhaus, zu dem sie den Hühnerstall gemacht hatten, nicht mehr aus.

Berta saß noch immer an dem Tisch in der Bar. Und starrte ins Treberglas. In regelmäßigen Abständen ging ein Zittern durch ihren Körper. Ich setzte mich neben sie. Und nahm ihre Hand in meine. Wir schwiegen.

Irgend etwas hatte ich falsch gemacht.

Dazu hätte es nicht kommen dürfen. Um mich und meine Unversehrtheit hatte ich mir nie besondere Sorgen gemacht. Es war alles mehr ein Spiel gewesen. Ich hatte gedacht, ich könnte den Burschen in den Hintern treten. Und sie würden wie normale Menschen reagieren und zurücktreten. In meinen Arsch. Aber ich hatte mich gewaltig verrechnet.

Ich hatte es hier mit Leuten zu tun, denen nichts heilig

war. Und die vor keiner Feigheit zurückschreckten. Das war kein Männerspiel mehr, das war der blanke Hohn.

»Wieso? Sie haben doch niemandem etwas getan.«

Ihre Stimme war langsam und leise aus ihr gekommen, in kleinen Bruchstücken.

»Berta«, sagte ich, »ich versprech dir, es wird nie mehr passieren.«

»Es ist schon passiert«, sagte Berta.

Sie hatte recht. Und ich kam mir so beschissen und lausig vor wie noch nie in meinem Leben.

Wir hatten an die zwei Stunden so dagesessen, Berta und ich. Wortlos.

»Berta«, sagte ich schließlich, stand auf, holte die Treberflasche und schenkte uns nach, »Berta, ich muß noch einmal kurz weg. Eine Stunde, nicht mehr. Damit das nicht noch einmal passiert.«

Sie sah mich still an.

»Es ist meine Schuld«, sagte ich, »der Koffer und die ganzen Geschichten. Ich hätte dich da nicht mit hineinziehen sollen.«

Ich wußte, daß das auch nichts genützt hätte. Sie hatten sich Berta einfach deswegen ausgesucht, weil sie mein schwächster Punkt war. Daß ich in Bertas Stall auch noch den Aktenkoffer versteckt hatte, war nur mehr das Tüpfelchen auf dem i.

Es gab nur eine Möglichkeit, Berta in Zukunft vor ähnlichen Schweinereien zu schützen. Ich mußte das Handtuch werfen. Ganz offiziell. Und mitten in den Ring. Vor versammelter Mannschaft.

Es wurde Zeit, daß ich wieder einmal auf ein Zeltfest ging. Tamaras Einladung hatte ich abgelehnt. Aus gutem Grund. Jetzt gab es einen noch besseren Grund, doch hinzugehen: Berta.

38

Das Zelt war schon ordentlich gefüllt.

In Kopfhöhe zogen Nebelschwaden aus Bier, Rauch und Polka durch die vollbesetzten Reihen. Tamara war noch nicht da. Pressack, Pirpamer, der Pusterer, der Schläger, der Raiffeisenkassachef und noch ein paar andere hatte ich an einem Tisch im Eck ausgemacht. Ich lehnte mich an einen Pudel und bestellte ein Bier. Man schob mir einen Liter herüber. Das ist es, was ich an Zeltfesten nicht mag. Heut war es mir egal.

Pressack schien hofzuhalten. Er war bester Laune. Ich hätte das Schwein umbringen können. Wenn ich sicher hätte sein können, daß damit alles vorbei gewesen wäre. Aber ich wußte, daß das genaue Gegenteil der Fall war. So einer wie Pressack würde sich immer wieder finden. Deswegen war das nicht die Lösung. Es gab nur eine. Etwas, das die Japaner Kotau nannten.

Die Kapelle dudelte übelsten Musikdreck in die stickige Luft, ringsherum schwappte die Fröhlichkeit über die Ränder der Biergläser. Der Geruch der Grillhähnchen drehte mir den Magen um. Neben mir lehnte sich ein Tourist in die Ecke und kotzte zum ersten Mal an diesem Abend. Auf drei bis viermal würde er es sicher noch bringen.

Ich wartete immer noch auf Tamara.

Plötzlich ging am Hühnergrillstand ein paar Meter neben mir ein Geschrei los. Hinterm Pudel stand der Griller vor seinen acht Drehspießen, auf und auf mit Fett verklebt, hielt ein gefrorenes Huhn in der Hand, fuchtelte damit herum und schrie: »Ich bring ihn um, ich bring ihn um!« Mit einer ruckartigen Bewegung aus dem Handgelenk heraus schoß er das gefrorene Hähnchen quer durch das Zelt. Bückte sich, holte sich noch eines aus einer Kiste und warf. Diesmal traf er einen Feuerwehrmann am Kopf. »Ich bring ihn um!« schrie er. »Die Sau hat mich mit einem DDRler betrogen. So ein Sozialistenschwanz. Dem dreh ich den Kragen um!« Bis ihn die Carabinieri aus seinem Grillstand herausgeholt hatten, hatte er den Leuten mindestens zehn Hühner an den Kopf geworfen. Die Musik, die aufgehört hatte zu spielen, setzte mit einem Tusch wieder ein.

Tamara war gekommen. Ich hatte das in dem Durcheinander gar nicht bemerkt.

Es wurde Zeit, das zu tun, was zu tun war.

Ich ging zu dem Tisch im Eck hinüber.

»Guten Abend«, sagte ich und stellte mich vor Pressack auf.

Neben ihm saß Tamara.

»Guten Appetit«, sagte ich, »ich sehe, daß Ihnen die Dinger schmecken.«

Pressack hatte ein gegrilltes Huhn vor sich liegen.

»Mir ist seit heute nachmittag nicht mehr danach«, sagte ich.

Pressack lächelte mich kühn an, Tamara machte ein ziemlich verwirrtes Gesicht.

»Pressack«, sagte ich, »wegen dir bin ich hier. Wegen dir, wegen deiner netten Freunde und wegen der Hühner.«

»Setzen Sie sich und essen Sie mit. Sie sind herzlich eingeladen. Ich kenne Sie zwar nicht, aber bitte.«

»Das kann ich mir denken«, sagte ich, »die Dreckarbeit machen die anderen. Nein danke. Und du weißt genau, daß ich der Tschenett bin. Also lassen wir die Spielchen.«

»Bitte«, sagte Pressack, »ganz, wie Sie wollen.«

»Tschenett…«, sagte Tamara.

»Nein, Tamara«, sagte ich, »halt dich da raus.«

Ich holte einmal tief Luft.

»Kannst gleich an deinem Hühnerbein weiternagen, Pressack«, sagte ich. »Dauert nicht lange. Nur eins, Pressack. Erstens habt ihr inzwischen ja wieder, was ihr haben wolltet. Und zweitens seid ihr mich ab morgen auch los. Ich such mir ein paar LKW-Touren aus, die mich möglichst lang und möglichst weit von hier wegbringen. Und ich vergess' alles, was ich die letzte Woche mitbekommen habe von euren Spielchen. Alles. Ihr braucht euch keine Sorgen mehr zu machen. Mir ist ernst damit. Nur eines: Laßt meine Freunde in Ruhe. Ihn und sie. Beide. Verstanden?«

Pressack grinste mich an. Am liebsten wär ich ihm an die Gurgel gegangen.

»Damit wir uns verstehen: Hände weg von der Berta«, sagte ich. »Das war's auch schon. Mehr wollte ich gar nicht.«

»Und Sie sind sicher, daß Sie alles andere vergessen werden?« sagte Pressack.

»Hab ich schon«, sagte ich. »Jetzt bist du dran. Und wehe, du hältst dich nicht an das Geschäft.«

»Doch, doch«, sagte Pressack. »Und jetzt setzen Sie sich zu uns her und trinken ein Bier auf meine Kosten.«

»Besser nicht. Das landet eh nur in deiner Scheißfresse, Pressack.«

Ich drehte mich um und ging. Nach ein paar Metern kehrte ich um.

»Tamara«, sagte ich, als ich wieder am Tisch stand, »du tust am besten dasselbe wie ich. Vergiß das Ganze einfach. Schnell. Vergiß es.«

Sie saß da und schaute mich an. Nicht mehr, und nicht weniger.

»Wir hatten verdammt viel Pech, Baby«, sagte ich.

Und ging. Plötzlich bekam ich es eilig. Draußen vor dem Festzelt lehnte ich mich gegen eine Mauer und kotzte.

»Da sieht die Welt gleich viel schöner aus«, sagte neben mir einer, der es gerade hinter sich gebracht hatte.

»Das ist die Welt«, sagte ich und schaute auf das, was da vor mir auf dem Boden lag.

Glossar

S. 8 *fottere* (ital.): eigentlich »begatten«; hier »betrügen«, »übers Ohr hauen«, »hereinlegen«.

S. 8 *Pflerer:* Pflerscher wird, falls es zu Verbindungen kommt, zu Pflerer. So ist der Pflerer der Bewohner des Pflerscher Tales. Und die Pflerer Sonnseite (im Gegensatz zur Schattseite) jene Hanglage des Tales, auf die, wenn überhaupt, die Sonne scheint. Von ihrem eigenen Trinkwasser abgeschnitten waren in diesem Fall besonders die Aster Höfe (siehe auch Anmerkung zu *Ast*).

S. 14 *Karpf:* volkstümlich für Carabiniere. Der Carabiniere ist eine seit 1814 existierende Gattung Mensch und diente nach der Einigung Italiens zuallererst als das, was man zu einer Staatsgründung am dringendsten braucht: das Militär. Als solches verschlug es den Carabiniere in der Folge nach Albanien, Griechenland, Äthiopien und in die Sowjetunion. In der Zwischenzeit (das also, was man Friedenszeit nennt) dient der Carabiniere als Ordnungshüter.

Europaweit ist der Carabiniere die einzige Polizeikraft, die dem Verteidigungsministerium und nicht dem Innenministerium unterstellt ist. Als solche ist er kaserniert und sitzt zu mehreren in jedem halbwegs größeren Dorf. Wie sein Kollege, der chilenische Carabiniero.

(Apropos Dorf: Mitten in der noch nicht einmal Zweitausend-Seelen-Gemeinde Kurtatsch steht eine nagelneue Carabinierikaserne. Unter anderem weil in der Dorfzeitung dieser Milliarden-Lire-Bau als »Leuchtende Festung«, »ästhetisch eine Kirche und zudem ein Bunker, umzingelt von einem Zaun aus Eisen« beschrieben wurde, handelten sich die Redakteure eine Strafanzeige samt Prozeß ein. Auszug aus der Anzeige der ortsansässigen Carabinieri vom 13. 7. 92: »Dieses Kommando stellt fest, daß der Tatbestand einer strafbaren Handlung durch die (in der Dorfzeitung) enthaltenen Behauptungen (...) gegeben ist.«)

S. 16 *Puff:* Der Puff ist im südlichen Tirol männlich, im nördlichen sächlich (das P.), ansonsten aber, wie anderswo auch, zuerst einmal ein Bordell. Darüber hinaus ist der *Puff* in Südtirol auch eine Interferenzerscheinung (Abweichung von der Norm durch den Einfluß anderer sprachlicher Elemente): »casino« (ital.) bezeichnete früher eine Villa, heute, zweitens, ein Kurhaus, drittens das Kasino, viertens das Bordell und fünftens Lärm und Radau. Letzteres hat sich der südliche Tiroler zu Herzen genommen und meint inzwischen mit »mach keinen *Puff*« nicht die Absage an ein Gewerbe, sondern seine Abneigung Unordnung, Lärm und Radau gegenüber.

S. 17 *überhaps:* vor allem in der Landwirtschaft gebräuchliche Bezeichnung für Pauschalvertrag.

S. 20 *Pudel:* Tiroler Tresen, heimelig wie überall auf der Welt.

S. 22 *Nordmeerfischerei:* vgl. den Tschonnie-Tschenett-Roman »Azzurro«.

S. 23 *Va al diavolo:* Geh zum Teufel.

S. 27 *Karneider:* Bewohner der kleinen, hinterschattigen Ortschaft Karneid.

S. 30 *Ast:* kleiner Weiler im Pflerer Tal, unmittelbar neben der jetzigen und früheren Tunnelbaustelle. Einige Wiesen werden z.T. heute noch nicht zur Gänze maschinell bearbeitet, so eindrücklich hat der ehemalige k. u. k. Tunnelbau seine Spuren im Gelände hinterlassen.

S. 34 *pofen:* unkontrollierte Absonderung von Speichel und anderen flüssigen Substanzen, vorzüglich über die Mundwinkel.

S. 36 *FERMCAR:* für ein international operierendes Transportunternehmen ein etwas unglücklicher Name. Tschenett und Totò lachten immer darüber (ital. *fermo* = unbeweglich, stillstehend).

S. 40 *Junkie* etc.: vgl. den Tschonnie-Tschenett-Roman »Grobes Foul«.

S. 40 *Totò:* Totò Schillaci war *der* Star der Fußballweltmeisterschaft, die 1990 in Italien ausgetragen wurde. Bekannt für seine harten Kopfballstöße, die er mit seinem spärlich behaarten Schädel durch die Gegend schoß. Letzterer stellt auch die Verbindung zu unserem Totò her.

S. 41 *Digos:* ital. Staatssicherheitsabteilung, *D*ivisione *I*nvestigazioni *G*enerali e *O*perazioni *S*peciali (Abteilung für Allgemeine Nachforschungen und Spezialoperationen), dem Polizeichef und damit dem Innenministerium unterstellt.

Mitte Oktober 1992 hinterlegt die Bozner Staatsanwaltschaft vor Gericht eine Anklageschrift. Der bis 1991 amtierende Chef des *Digos*-Büros Bozen, Renato Compagnone, wird darin gemeinsam mit dem Carabinieri-General Enrico Ferrari des »vorsätzlichen Mordes« angeklagt.

Dahinter steckt folgende Geschichte: Cosimo Provenzano ist Carabiniere seit 1931, ab '48 Mitglied in der Mannschaft des militärischen Geheimdienstes *SIFAR* mit Arbeitsplatz in Bozen. Der *SIFAR* (*S*ervizio *I*nformazioni *F*orze *A*rmate, Nachrichtendienst des Heeres; 1949–1966) wird unter seinem Chef Giovanni De Lorenzo 1956 das im nachhinein zu einiger Berühmtheit gelangte *Büro R* gründen, die Zentrale des italienischen *Stay-Behind*-Ablegers *Gladio;* siehe: *Gladio*). Provenzano erzählt 1991 einem italienischen Untersuchungsrichter folgendes: Am 6. September 1964 treffen sich der Bozner Quästor (Polizeichef) Alitto, der Kommandant der Carabinieri-Legion Bozen, Ferrari, Kabinettschef Nicolodi, der Leiter des *Digos*-Büros Bozen Giovanni Peternell, und Renato Compagnone, Unteroffizier der Carabinieri. Es wird ein Überfall geplant. Provenzano: »Mir wurde von Alitto gesagt, daß Amplatz und Klotz und der eingeschleuste Agent Kerbler vor kurzer Zeit von Österreich nach Südtirol gegangen sind und daß sie von Männern der Finanzwache und der Carabinieri beschattet werden. (...) Beim *Controspionaggio* (Gegenspionage) wußte man, daß Kerbler für seine Mitarbeit vom Quästor mehrere Millionen erhalten hatte. (...) Ich kann aufgrund meiner direkten Wahrnehmung und Erkenntnis nur sagen, daß bei den anwesenden Personen die vorgefaßte Absicht bestanden hat, die beiden Terroristen Amplatz und Klotz physisch zu eliminieren oder eliminieren zu lassen.«

In der Nacht vom 6. auf den 7. September 1964 werden in einer Almhütte im Passeiertal zwei *dinamitardi* in einen Hinterhalt gelockt. Luis Amplatz wird erschossen, Georg Klotz verletzt. Der Täter: Christian Kerbler, ein Bundesdeutscher, der mit Amplatz und Klotz zusammenarbeitet und gleichzeitig auf der Gehaltsliste der Italiener steht. Kerbler stellt sich und wird verhaftet. Er ist im Besitz einer Pistole Marke Beretta Kaliber 9 (*Digos*-Chef Peternell wird später aussagen, die Beretta Kaliber 9, mit der Kerbler Amplatz erschossen hat, stamme aus Carabinieri-Beständen). Am 8. September wird Kerbler nach Bozen überführt. Im Polizeijeep sitzen: Enrico Benevento, Giovanni Peternell und Renato Compagnone. Dem Polizei-Konfidenten Kerbler »gelingt« dabei die Flucht. Dazu gibt es interessanterweise zwei Versionen. Peternell (1971 und 1991): Er sei gefahren, Kerbler neben ihm, Compagnone und Benevento seien hinten gesessen. Compagnone (1990): Benevento ist gefahren, Kerbler saß zwischen Peternell und mir.

Ferrari, der an der Sitzung beteiligte Carabinieri-Kommandant, bringt es im Lauf seiner Karriere noch zum General. Und Compagnone wird Mitte der sechziger Jahre zum Vize Peternells (und damit der *Digos*). Zwischen 1984 und

April 1990 ist er der Chef der Bozner *Digos*. Im Oktober 1992 wird er des vorsätzlichen Mordes angeklagt (s. o.).

Der Untersuchungsrichter wird am 30. 11. 1992 das Verfahren mit Urteilsspruch Nr. 389/92 archivieren. Und auf vierzehn höchstpsychologischen und quasiliterarischen Seiten unter Auslassung einiger gerichtsnotorischer Tatsachenbeweise begründen: daß Kerbler nicht auf Auftrag, sondern in einem »Raptus« getötet habe. Weil er, in jener Nacht damals auf der Alm, »über seine Situation nachzudenken begann und ihn sein schlechtes Gewissen annehmen ließ«, daß ihn Klotz/Amplatz durchschaut hätten. Und er schreibt, der Richter: »Diese Gedankengänge beginnen an ihm zu nagen, sie wachsen ins Unermeßliche, erzeugen einen unerträglichen Angstzustand, der in einer explosiven Befreiungsaktion mündet.« Denn, und dabei geht der Autor ganz in sich: »Es läßt sich begründet hypothetisieren, daß Kerblers Nerven, die eines Homosexuellen nämlich, nicht besonders stark waren.«

Am 13. 12. 1992 legt der Staatsanwalt, der ansonsten bei *Staatsaffären* sich nicht eben als Wadelbeißer hervorgetan hat, heftige Berufung ein. »Fassungslos«, schreibt er, »machen einen die unbegründeten und phantasievollen Wertungen, die der Untersuchungsrichter in seinem Urteil gibt und die sicher nicht in seine Kompetenz fallen.«

S. 41 *potere occulto, deviato:* zentrale Begriffe zur Beschreibung der Gewaltentrennung in Italien. Umschrieben werden mit *potere occulto* die im Untergrund verdeckt arbeitenden illegalen Machtzentren aus Teilen der offiziellen Machtzentren des Landes.

Deviare (ital.): abweichen, entgleisen, abbringen. *Servizi segreti deviati* (ital.) sind laut landläufig veröffentlichter Meinung die »fehlgeleiteten, mißbrauchten Geheimdienste« (siehe *Gladio*). In Italien gibt/gab es mehr als zehn verschiedene Geheimdienste: Sismi, Sisde, Cesis, Sios eserc., Sios aeron., Sios mar., Gico, Ucigos, Digos und die Carabinieri-Dienste.

Der venezianische Richter Felice Casson, durch dessen Untersuchungen 1990 die Existenz von *Gladio* europaweit erst ans Tageslicht kam, erklärte am 29. 1. 1993: »Ogni tanto si usa l'espressione *servizi segreti deviati.* Io non condivido affatto questa espressione. Questi non sono proprio deviati da niente. Questi hanno continuato a comportarsi sempre dall'inizio fino ai nostri giorni nella stessa ed identica maniera. Da che cosa hanno deviato? Noi li troviamo in tutti processi di strage sempre da quell'altra parte, sempre dalla parte di quelli che imbrogliano, sempre dalla parte di quelli che depistano, sempre dalla parte di quelli che si mettono contro le indagini dei giudici, contro li interessi di chi chiede verità e chiarezza. Così hanno sempre fatto, non hanno mai collaborato, non ci hanno mai dato una mano. Quindi non hanno deviato. Sono fatti per lavorare in quella maniera. Quindi sarebbe anche ora di finirla di chiamarli *servizi segreti deviati.*«

«Immer wieder wird der Begriff *fehlgeleitete (unterwanderte, mißbrauchte) Geheimdienste* verwendet. Ich bin mit diesem Begriff überhaupt nicht einverstanden. Die Geheimdienste sind durch nichts und niemanden fehlgeleitet. Seit es sie gibt, und bis in unsere Tage, haben sie sich immer gleich verhalten. Wovon wären sie auch abgewichen? Wir treffen auf die Geheimdienste in allen Prozessen, in denen es um Blutbäder geht, immer auf der anderen Seite, immer auf der Seite derer, die die Untersuchungen irreleiten, immer auf der Seite derer, die sich gegen die Untersuchungen der Richter stellen, gegen die Interessen derjenigen, die Wahrheit und Klarheit verlangen. So haben sie sich immer verhalten, sie haben nie mit der Justiz zusammengearbeitet, sie haben uns nie unterstützt. Deshalb sage ich, daß sie nicht abgewichen, fehlgeleitet sind. Sie sind so gemacht, um so zu arbeiten, wie sie es tun. Deshalb sollte man endlich damit aufhören, sie als *fehlgeleitete Geheimdienste* zu bezeichnen.«

S. 42 *malocchio* (ital.): der böse Blick.

S. 42 *PS:* Polizia di Stato, wird Piësse gesprochen. Eine weitere Abform der Gattung Ordnungshüter, dem Innenministerium unterstellt. Den Carabinieri (s. o.) traditionell feindlich gesinnt.

S. 42 *straccio* (ital.): der Tiroler würde sagen: Siehst aus wie eine Waschhuder (Waschlappen).

S. 45 *Model:* Backform, Hohlform für Gußerzeugnisse; erhabene Druckform für Zeugdruck. Tirolerisch wird damit der Zuschnitt der Dinge gemeint. Falls es sich beim Model nicht um den Model handelt, den Buttermodel. Die Holzform, in der Butter Form und Verzierung annimmt.

S. 46 *kaste:* von ital. casto, züchtig.

S. 47 *Settebello:* der Klassiker unter den italienischen Kondomen.

S. 49 *Non mi sembrava di essere...:* Der sah mir nicht aus wie einer, der mit einem Aktenkoffer herumläuft. Das war kein Yuppie, auch wenn er ziemlich blöd dreingeschaut hat.

S. 50 *Lascia stare i yuppie:* Laß die Yuppies zufrieden.

S. 51 *Che vuoi che faccia...:* Was werd ich schon damit tun? Verschlucken werde ich ihn.

S. 51 *scemo* (ital.): Dummkopf, Einfaltspinsel, Trottel, Blödian.

S. 52 *sbirro* (ital.): Polizeispitzel. Übles Schimpfwort.

S. 52 *Buon divertimento. Cerca di...:* Gute Unterhaltung. Versuch, dich bei deiner Rückkehr nicht erwischen zu lassen.

S. 55 *Fahrtenschreiberscheibe:* Die *F.* ist ein EG-weit mit Verordnung Nr. 3821/85 eingeführtes personenbezogenes Dokument und damit eine Urkunde. Veränderungen an derselben werden wie Urkundenfälschung bestraft. Der Unternehmer (Fahrzeugbesitzer) muß die *Fahrtenschreiberscheiben* nach der Benutzung mindestens ein Jahr lang aufbewahren.

S. 55 *30000 Kilometer:* Laut EG-Bestimmungen dürfen Kraftfahrzeuge über 20000 kg Gesamtgewicht einschließlich Anhänger von ein und demselben Fahrer täglich max. 9 Stunden gefahren werden (zweimal wöchentlich 10 Stunden), je Doppelwoche max. 92 Stunden. Spätestens nach 4,5 Stunden Lenkzeit ist die Fahrt für 45 Minuten zu unterbrechen. Zulässig ist es auch, die Unterbrechung in diesem Zeitraum auf dreimal 15 Minuten zu verteilen. Täglich hat der Fahrer eine Ruhezeit von 11 Stunden einzuhalten, wöchentlich von 24 Stunden, die sich direkt an die Tagesruhezeit anschließen müssen.

S. 55 *38 Stunden:* dpa: »Einen 40stündigen Dauereinsatz am Lenkrad eines 38-Tonners hatte ein LKW-Fahrer hinter sich, als ihn die Frankfurter Polizei aus dem Verkehr zog. Die Auswertung der *Fahrtenschreiberscheibe* (s. o.) ergab zudem, daß der 23jährige in dieser Zeit mit Geschwindigkeiten von bis zu 110 km/h gefahren war. Der erschöpfte Berliner LKW-Fahrer entschuldigte sich mit den Worten: ›Ich bin bei der Spedition neu angestellt, und mein Chef verlangte von mir, daß ich diese Zeit fahren muß, da ich ansonsten entlassen werde.‹« (28. 11. 1992) *Berliner Zeitung:* »Nach 40 Stunden und 30 Minuten hinter dem Steuer ist am Dienstag (1. 12.) abends ein LKW-Fahrer aus Sachsen auf der Raststätte Dreilinden von der Polizei aufgegriffen worden. Der Mann war so erschöpft, daß er im Funkwagen einschlief. Die Verantwortlichen sind wegen Gefährdung der Gesundheit und Arbeitskraft von Arbeitnehmern angezeigt worden. Außerdem sollen die Betriebssitze des Unternehmens nach weiteren *Fahrtenschreiberblättern* durchsucht werden.« (3. 12. 1992)

S. 64 *vaffanculo:* eine etwas unausgegorene ital. Redensart, die den Mann dazu auffordert, »gegen die Natur zu handeln« (wie man sagt, wenn man es nicht besser weiß).

S. 64 *cazzo* (ital.): Seegurke (Cucumaria cucumis). Zugehörig dem Unterreich der Metazoa (Vielzeller), 2. Reihe: Deuterostomia, 7. Stamm: Echinodermata (Stachelhäuter), 7. Klasse: Holothuroidea (Seewalzen, Seegurken), Art: Cucumaria, Gattung: Cucumaria cucumis. Die Holothurien sind frei bewegliche Echinodermen, die durch Streckung der Mund- und Afterverbindungen entlang der Hauptachse zylindrische (gedrungen, wurmförmig) Gestalt angenommen haben. Die

Fortbewegungsweise ist meist ein Kriechen auf dem Meeresboden. Viele Holothurien weisen eine große Regenerationsfähigkeit auf. Auf starke äußere Reize hin stoßen sie einen großen Teil ihrer Eingeweide, besonders den Darm, die Kiemenbäume und Curierschen Organe, aus und vermögen dann das Verlorengegangene wieder zu regenerieren.

Auch: triv. für männl. Glied.

S. 67 *MEBO:* Schnellstraße zwischen *Me*ran und *Bo*zen, die unbedingt gebaut werden mußte. Weil sie schon bezahlt war.

S. 68 *Shanghai-Viertel:* Bozner Versuch einer Trabantenstadt, die prompt, weil zur Hauptsache von Arbeitern und Italienern bewohnt, Shanghai genannt wurde.

S. 73 *corretto* (ital.): eigentlich »richtig, fehlerfrei, einwandfrei, anständig«. Als Kurzform für *caffè corretto* meint die Vokabel »Kaffee mit etwas Alkohol«. Der Österreicher gibt dieser ganz speziellen und äußerst effizienten Kombination die strafende Bezeichnung »Pharisäer«.

S. 74 *POLFER:* Eine weitere ital. Polizeigattung, die *Pol*izia *fer*roviaria (Eisenbahnpolizei). Ein italienischer Untersuchungsrichter hat schon einmal, weil er seinen eigenen Leuten nicht trauen konnte oder wollte, im *POLFER*-Büro am Bozner Bahnhof sein Untersuchungsbüro aufgeschlagen.

S. 80 *Schelleberg:* Kleinstbahnhof oberhalb von Gossensass. Drei Höfe.

S. 83 *venga, venga* (ital.): aus einem sprachpsychologisch noch nicht befriedigend geklärten Grund verwenden ital. Polizeiorgane vor allem diesen Schlacht- und Ordnungsruf. Wörtlich: »Kommen Sie, kommen Sie.«

S. 89 *macello* (ital.): Gemetzel. *macelleria:* Metzgerei.

S. 90 *Lichtenberger Hirschgulasch, gewildert:* legendäre Spezialität der kleinen Obervinschgauer Ortschaft, nicht nur bei Jagdaufsehern gefragt.

S. 90 *Che succede? – Succede…:* Was ist los? – Was los ist? Daß du total in der Scheiße sitzt.

S. 95 *pallini* (ital.): hier: Tick, auch Hobby.

S. 95 *Gladio, Stay Behind:* Sämtliche beteiligten europäischen Regierungen (und es waren alle beteiligt) haben, als es zu Beginn der neunziger Jahre zur ansatzweisen Aufdeckung dieser illegalen Strukturen kam, behauptet, das Ganze sei vollkommen rechtens gewesen, eine durchaus normal-legale Abwehrmaßnahme im Rahmen der NATO. 1978, mehr als zehn Jahre bevor der *Gladio*-Skandal losbrach, schrieb Ex-CIA-Chef William Colby in seiner unter dem Titel *Honorable Men. My life in the CIA* erschienenen Autobiographie auf Seite 93: »In all diesen Ländern sollte ein Netz aus Einheimischen geknüpft werden, ohne daß ihre Regierungen irgend etwas davon wußten. Ich kann die Länder nicht genauer bezeichnen, denn das würde nicht nur gegen meine Verpflichtung, Geheimnisse der CIA zu wahren, verstoßen, sondern auch gegen die Abmachung, die damals mit ihnen über unsere Zusammenarbeit getroffen wurde und auf die sich jede zukünftige Zusammenarbeit gründen muß. In all den Ländern hätte, ungeachtet ihrer unterschiedlichen politischen Beziehungen zu den Vereinigten Staaten und zu der UdSSR, das öffentliche Bekanntwerden, daß die CIA dort *zurückgelassene Nester* geschaffen hatte, die Regierungen gezwungen, dem Projekt unverzüglich ein Ende zu bereiten.«

Zitat aus einer 1948 von der US-Regierung erlassenen Direktive, die später unter dem Code-Namen *Demagnetize* bekannt wurde: »Die Einschränkung der Macht des Kommunismus in Italien und in Frankreich ist ein prioritäres Ziel und muß mit jedem Mittel erreicht werden. Vom Plan *Demagnetize* dürfen die italienischen und französischen Regierungen nicht in Kenntnis gesetzt werden, da es klar ist, daß der Plan die jeweilige nationale Souveränität verletzt.«

Felice Casson, der italienische Richter, durch dessen Untersuchungen zu dem Blutbad von Peteano *Gladio* 1990 aufgedeckt wurde: »Ich habe es in einem Urteilstext geschrieben:

Der Zweck von *Gladio* war, eine Organisation zu schaffen, die mißbräuchlich, ohne Wissen der Behörden und ohne Kontrollen Waffen und Sprengstoff verwalten und verschieben konnte. Sie konnten tun, was sie wollten. Unter dieser Geheimhaltung war alles möglich. Was den Zweck *Gladios* betrifft: Aus den beschlagnahmten Dokumenten geht klar hervor, daß es fini interni, also innenpolitische Ziele waren, auch wenn man es jetzt anders auslegt.« (29. 1. 1993)

Eine Untersuchungskommission des italienischen Parlamentes hat 1991, *Gladio* meinend, von »fortgesetzter, andauernder verfassungsmäßiger Illegitimität« gesprochen.

Da zumindest Teile der betroffenen Regierungen mehr oder minder mittätig Bescheid wußten (vgl. das *Büro R* des *Sifar* oder die Aussagen des ehemaligen italienischen Innenministers, Ministerpräsidenten und Staatspräsidenten Cossiga), sahen sie sich zu Anfang der neunziger Jahre, als *Stay Behind* resp. *Gladio* äußerst kurz an die Oberfläche des öffentlichen Bewußtseins drang, gezwungen, von legal-normalen NATO-Strukturen zu sprechen. Der Widerspruch ist offensichtlich und nur durch Mittäterschaft erklärbar. »Ein Abgrund von Landesverrat« (F. J. Strauß).

S. 103 *guardone* (ital.): Voyeur (der klassische).

S. 137 *Nahkampf:* »Then she turn you up, and flip on your fan. And then you start to rolling, just as fast as you can.« Ry Cooder, *Every woman I know is crazy 'bout an automobil.*

S. 146 *ranggeln:* alpines Pendant zum japanischen Sumo. Es scheint, als ließe sich der zivilisatorische Entwicklungsgrad einer Gesellschaft daran ablesen, wie weit der Ringkampf (in seinen verschiedenen Varianten, deren eine das *Ranggeln* ist) als Bestandteil des jeweiligen Kommunikationssystems verbreitet ist.

S. 150 *Neunerkirchen:* sonntägliche Verabredung der Dorfbevölkerung. Die eine Hälfte trifft sich in der Kirche, die andere im Gasthaus. Punkt neun Uhr.

S. 151 *Schaffer:* landwirtschaftlicher Vorarbeiter, vgl. anschaffen (gehen).

S. 151 *LPG:* Landwirtschaftliche Produktionsgenossenschaft (vgl. DDR).

S. 152 *Waschtl:* Ohrwaschtl, auch Ohr, Ohrläppchen. Als *Wascht, Waschtl, Wast* auch Kurzform für Sebastian.

S. 155 *Steinlammer:* Geröllhang.

S. 162 *Si faccia furbo:* Seien S' schlau. Sie sind schließlich ein vielversprechender junger Mann.

S. 163 *Si metta l'anima in pace:* Machen Sie Ihren Frieden mit der Welt.

S. 163 *Non ci riuscirò:* Ich werd's nicht schaffen.

S. 173 *Ringrazia il cielo…:* Dank dem Himmel für deine Verwandtschaft.

S. 173 *Knödelbrot:* halbaltes Weißbrot, in kleine Würfel geschnitten. Grundlage jedes *Knödels.* Vor allem des sogenannten Fasten*knödels,* der zur Gänze auf Speck verzichten muß.

S. 178 *stronzata:* nicht zu übersetzender italienischer Fäkalbegriff.

S. 178 *tizio* (ital.): irgendeiner, auch »der Typ«. Geht auf den Römer *Titius* Caius zurück, einem Vorfahren der Müller und Meier.

S. 179 *clandestin* (ital.): heimlich, geheim, verborgen.

S. 179 *mio zio…:* Mein Onkel hat mich gefragt, ob ich nicht heiraten will.

S. 180 *rompicoglione* (ital.): Hodenbrecher (s. auch *coglione*).

S. 182 *blutt* (tir.): Fachbegriff beim Watten (Kartenspiel), der einen ziemlich verlorenen, weil einzelnen Schlag bezeichnet.

S. 183 *coglioni* (ital.): Testikeln. Testikel (lat.): med.: Hoden.

S. 186 *Questo mestiere è diventato…:* Dieser Beruf ist zu einer Qual geworden. *Strazio* (ital.): »Zerfleischung, Zerreißung, Qual, Pein, Verschwendung, Abfall«. *Strazza* führt das deutsche Wörterbuch heute noch als Bezeichnung für »Abfall (bei der Seidenbearbeitung)«.

S. 189 *coglioni di bronzo* (ital.): s. o., aus Bronze.

S. 200 *Reibach:* vgl. Rebbach (jidd.), Gaunersprache für Verdienst, Gewinn.

S. 203 *Schleyer:* Hanns Martin Schleyer, geb. am 1. 5. 1915 in Offenburg (Baden) als Sohn eines Landgerichtsdirektors. Besuch des Gymnasiums in Rastatt; trat als sechzehnjähriger Schüler 1931 in die damals noch illegale Hitlerjugend ein (Goldenes Ehrenzeichen der HJ). Noch in der sogenannten »Kampfzeit« Beitritt zur SS (Mitgliedsnummer 227014), Mitglied der NSDAP. Jurastudium an der Nazihochburg der Uni Heidelberg. Beauftragter des Sicherheitsdienstes (SD) der SS für den Universitätsbereich, Amtsleiter der SD-Tarnorganisation *Reichsstudentenwerk,* als solcher (aktenkundig) Denunziant von Professoren, die nicht auf NS-Linie lagen.

Sofort nach dem Anschluß Österreichs an das Reich (1938) wurde *H. M. Schleyer* mit der *Gleichschaltung* der Innsbrucker Universität beauftragt (um die »nationalsozialistische Prägung der Universität zu gewährleisten«). Als Leiter des *NS-Reichsstudentenwerkes* hatte er darum gebeten, »im Hinblick auf meinen Einsatz an der Universität als Assessor der Polizeidirektion Innsbruck zugewiesen zu werden«. Nach Beginn des 2. Weltkrieges »diente« der inzwischen zum Gerichtsreferendar und Dr. jur. aufgerückte *H. M. Schleyer* für kurze Zeit in einer Gebirgsjägereinheit. Dann erhielt er den Auftrag, in den *besetzten Gebieten* weitere Universitäten *gleichzuschalten,* und übernahm 1941 die Leitung des *NS-Studentenwerkes* der Prager Karls-Universität.

Als Heydrich, der Chef des Sicherheitsdienstes der SS, im September 1941 stellvertretender *Reichsprotektor in Böhmen und Mähren* und damit der eigentliche Machthaber im besetzten Prag wurde, unterstellte er den SS-Hauptsturmführer Dr. *Schleyer* dem Reichssicherheitshauptamt (RSHA), dessen Chef er weiterhin war, also sich selbst. *Schleyer* leitete (außerdem) das *Präsidialbüro des Zentralverbandes der Industrie für Böhmen und Mähren,* zuständig für die rasche und vollständige »Eingliederung« des tschechoslowakischen Industriepotentials und seine Ausbeutung für die Kriegswirtschaft Nazi-Deutschlands.

»Ich bin alter Nationalsozialist und SS-Führer und darf für mich in Anspruch nehmen(...). Die uns in jungen Jahren in der Kampfzeit anerzogene Bereitschaft, Aufgaben zu suchen und nicht auf sie zu warten, der ständige Einsatz für die Bewegung auch nach der Machtübernahme, haben uns früher als sonst üblich in Verantwortung gestellt. Diese Aufgabe glaube ich hier im Protektorat gefunden zu haben. (...) Heil Hitler! gez. Dr. Hanns Martin Schleyer.«

Schleyer blieb bis zum Abend des 8. 5. 1945 in Prag. Als einer der letzten SS-Kampfkommandanten konnte er sich am Vorabend der Kapitulation mit seiner Truppe bis zu den vordersten amerikanischen Verbänden (und damit auf die richtige Seite, wie man sehen wird) durchschlagen. Die Flucht in die rettende amerikanische Gefangenschaft gelang, weil *Schleyers* Gruppe Geiseln aus der Prager Zivilbevölkerung mitnahm, so daß tschechoslowakische Partisanen von einem Angriff absehen mußten.

Einen Tag vor der überstürzten *Abreise* des SS- und SD-Führers Dr. *H. M. Schleyer* und seiner Truppe hatte diese im Keller des Hauses Nr. 253 in der Úsobská-Straße sowie im Garten des Nachbarhauses Nr. 254 einundvierzig Menschen erschossen: einige ältere, unbewaffnete Männer, der Rest Frauen und Kinder, darunter zwei Hochschwangere und ein erst wenige Monate altes Baby.

Nach seiner Gefangennahme durch die Amerikaner kam *Schleyer* in ein Internierungslager für prominente Nazis. Während seiner Haft knüpfte er Verbindungen, die wesentlich dazu beitrugen, daß er schon bald nach seiner Entlassung als leitender Angestellter sein gutes Auskommen hatte und 1951 in die (damals noch von Friedrich Flick, dem in den

Nürnberger Prozessen als Kriegsverbrecher angeklagten Industriellen geführte) *Daimler-Benz AG* eintreten konnte, wo er als Flicks Vertrauensmann eine steile Karriere machte.

Seit 1959 Vorstandsmitglied, war er zuletzt als Personalchef für 150000 Beschäftigte des Konzerns zuständig, außerdem in Personalunion Präsident des *Bundesverbandes der Deutschen Industrie* (BDI) und der *Bundesvereinigung deutscher Arbeitgeberverbände* (BDA).

Am 5. September um 17 Uhr 25 wurde Dr. *Hanns Martin Schleyer* von einem Kommando der *RAF* (Rote Armee Fraktion) entführt und am 19. Oktober, nach von der Bundesrepublik abgelehnten Verhandlungen über einen Austausch gegen *RAF*-Gefangene, erschossen.

»Der junge Jurist wollte zunächst Anwalt werden, dann zog es ihn in die Industrie. (...) Hanns Martin Schleyer war der Öffentlichkeit als konsequenter Vertreter der Unternehmerinteressen bekannt. Hanns Martin Schleyer hatte seine Überzeugung nicht, weil er in hohe Ämter gerufen wurde, sondern er wurde in Ämter berufen, weil er Überzeugungen hatte, die er entschieden vertrat.« (Ansprache des deutschen Bundespräsidenten Walter Scheel anläßlich der Trauerfeier für *H. M. Schleyer* in der St. Eberhard-Kirche in Stuttgart).

S. 203 *Parteigenossen* etc.: Ein gewisser Rudolf von Luden (so der Alias-Name laut Rot-Kreuz-Paß) schreibt unter dem Datum des Heiligendreikönigensonntags 1950 und unter dem Absender »R. v. L. bei den ehrwürdigen Kapuzinern des Kloster Brixen an seine Exzellenz, den hochwürdigsten Herrn Bischof Dr. Alois Hudal«: »Im Herrn! Mit Seiner Hohen exzellenten Erlaub möchte ich bekanntgeben, daß ich ans Reiseziel angelangt bin.« Herr von Luden teilt mit, die Patres in Brixen hätten ihn liebevoll aufgenommen, vor allem der Magister Leopold (der ehemalige Fallschirmjäger Pater Leopold von Gumppenberg (1901-1982), ein Mitarbeiter Seiner Exz. Bisch. Hudal. Von Luden weiter: »Für die übergroße, so reiche Unterstützung und väterliche Fürsorge danke ich Seiner Exzellenz von meinem ganzen Herzen und werde jeden Tag im Gebet Seiner Hohen Exzellenz gedenken.«

Welcher Parteigenosse sich unter dem aus seinem Refugium in Südamerika so artig sich bedankenden Rot-Kreuz-Pseudonym »von Luden« (sic) verbirgt, ist noch nicht geklärt. Wohin die Reise ging, ebenfalls nicht. Allerdings sind mehrere vergleichbare Briefe anderer Parteigenossen an Bischof Hudal belegt. Zitat: »Ich durfte Ihnen meine Sorgen und Nöte vortragen, und Exzellenz standen mir mit Rat und Tat zur Seite, so daß mir der Weg nach Südamerika geöffnet wurde. Männer aus allen Teilen Europas, ohne Rücksicht auf Konfession und Stand, suchten und fanden Ihren Rat, Männer, die bis 1945 im Kampf gegen den Bolschewismus für Europa standen und deren einziges Verbrechen darin bestand, daß sie ihr Vaterland liebten, ihre Pflicht an der Front und in der Heimat erfüllten und unbeugsam und kompromißlos während dieser gewaltigen Auseinandersetzung mit dem Kommunismus waren.« Bischof Hudal erlangte als konsequenter vatikanischer Fluchthelfer nationalsozialistischer Parteigenossen einige Berühmtheit. Hudal, der 1937 ein Werk mit dem Titel *Die Grundlagen des Nationalsozialismus* veröffentlichte, wurde in seiner 1976 erschienenen *Lebensbeichte eines alten Bischofs* ziemlich deutlich: Er habe sich veranlaßt gesehen, »nach 1945 meine ganze karitative Arbeit in erster Linie besonders den sogenannten *Kriegsverbrechern* zu weihen, die von Kommunisten und *christlichen* Demokraten verfolgt wurden«. Und 1949 schrieb der Bischof in Heft 2 der Zeitschrift *Der Weg*, 2/1949: »Die deutsche Wehrmacht ist die bestdisziplinierte Armee, die die Weltgeschichte jemals gesehen hat (...) Glaubt auch nicht ohne weiteres allen Prozeßakten von Nürnberg, Landsberg, und manchen anderen Spruchkammern. (...) Nur wenige Jahre werden vergehen, und die große Revision der deutschen Geschichtsschreibung der letzten 30 Jahre wird beginnen, um auch unserem Volke wieder zu Recht und Gerechtigkeit zu verhelfen.«

S. 204 *dinamitardi* (ital.): Sprengstoff, Sprengstoffattentäter, Revolutionär. *Der Spiegel* nannte sie 1964 *Dinamiteros,* der *Europeo* brachte sie im gleichen Jahr als *dinamitardi* auf die Titelseite (von der Marilyn Monroe recht verloren herunterschaute). Da war es eigentlich schon vorbei: Die erste Generation der Südtiroler *Freiheitskämpfer,* zum großen Teil einfache und, wie man so schön sagt: aufrechte Menschen, war längst schon praktisch zur Gänze und innerhalb weniger Wochen nach ihrem ersten, geschlossenen Auftritt in den Gefängnissen verschwunden. Und der *Freiheitskampf* ging den Weg vieler anderer: Er wurde dem, das er bekämpfte, immer ähnlicher. Im Falle des Südtiroler Aufruhrs läßt sich früh die Einflußnahme in- und ausländischer Geheimdienste nachweisen. Die zweite Generation war außerdem bereits deutlich großdeutsch beeinflußt.

S. 207 *Pasch:* der Würfelbecher samt drei Würfeln und fünf Flaschenstöpseln.

S. 209 *bigol:* nicht übersetzbar. Vgl. *bighellone* (ital.), Faulenzer, Müßiggänger; auch: kleines, müßiggängerisches männl. Glied.

S. 212 *stella alpina* (ital.): Edelweiß.

S. 214 *Vedrò cosa posso fare:* Ich werde sehen, was sich machen läßt.

S. 222 *Hauptstadtlaggl:* Ein Laggl ist, im engeren Sinne, zuerst einmal ein breit und entsprechend schwerfällig gebauter alpiner Mensch. Der südliche Tiroler meint damit bisweilen im weiteren Sinne auch eine unzuverlässige bis liederliche Person. Ein *Hauptstadtlaggl* ist, weil der Laggl eigentlich eine dörfliche Institution ist, eine üble Kombination.

S. 222 *Non dirlo mai…:* altes Romanacci(Römer)-Sprichwort, etwa: Sag's dem Bauern ja nie, wie gut der Schafskäse mit Birnen schmeckt.

Der Italiener bezeichnet seinen Hauptstädter gern mit dem Schimpfwort »romanaccio«. Darin sind alle Untugenden des in der Zentrale eines zentralistischen Staates Sitzenden zusammengefaßt: vor allem Überheblichkeit und parasitäres Verhalten.

S. 222 *Bolzano bene* (ital.): die Hottwollee der Landeshauptstadt der italienischen Provinz Bozen.

S. 225 *Lei dev'essere...:* Sie müssen der Herr Pirpamer sein, richtig? Was für eine Freude, Ihnen zu begegnen. Ich hab so viel Gutes über Sie gehört.

S. 247 *ammesso, non concesso* (ital.): angenommen, nicht zugegeben.

S. 249 *puttanata* (ital.): *puttana* meint eigentlich die »Hure«; *puttanata* ist sehr umgangssprachlich für »Blödsinn«. Über den Sinnzusammenhang ist sich die Wissenschaft noch nicht einig.

S. 252 *Kranioten:* zoologischer Fachbegriff. Die Gattung der Wirbeltiere mit Schädel.

S. 257 *motorizzazione* (ital.): eigentlich ispettorato della *motorizzazione,* Kraftverkehrsamt.

S. 260 *fantapolitica:* ital. Zentralbegriff für eine Wissenschaft, die die Beschreibung politischer Abläufe und ihrer Hintergründe überhaupt erst möglich und sinnvoll macht. Kompositum der höheren Art, bestehend aus *fantascienza* (science fiction) und *politica.*

Ein Vorläufer dieses Romans erschien in täglichen Fortsetzungen vom 23. Oktober 1991 bis zum 19. Februar 1992 in der Tageszeitung *Il mattino/EXTRA,* Bozen. Damit wurde die Erstellung dieses Textes teilweise vorfinanziert. Thanks.

Alex Capus im Diogenes Verlag

Munzinger Pascha

Roman

Das ist die wahre Geschichte von Werner Munzinger, der 1852 auszieht, um die Sklaverei in Afrika abzuschaffen. Als Händler und Forschungsreisender zieht er nach Kairo und ans Rote Meer, den sagenumwobenen Nilquellen entgegen. Er heiratet und wird Bauer, verwickelt sich in Kriege und Intrigen, und gegen seinen Willen steigt er auf zu Reichtum, Macht und Ehre.
Das ist aber auch die Geschichte des Reporters Max Mohn, der 150 Jahre später aufbricht, um Munzingers Spuren im Wüstensand aufzuspüren…

»Dieser Erstlingsroman ist ein Wurf. Weil Alex Capus ein begnadeter Erzähler ist. Wunderbare Literatur.«
Hansjörg Schertenleib / Die Weltwoche, Zürich

Eigermönchundjungfrau

Geschichten

Das Auto lag mit dem Dach nach unten in einer Wiese, zerknüllt wie ein nie abgeschickter Liebesbrief.
In neunzehn Geschichten entfaltet Alex Capus einen Bilderbogen über das Leben der heute gut Dreißigjährigen: Bald mit leiser Wehmut, bald mit bissiger Ironie erzählt er von jenen, die sich den Haaransatz blond nachfärben lassen, denen, die ihren Platz im Altersheim schon reserviert haben, aber auch von den wenigen, die den Ausbruch versuchen.

»Alex Capus findet jenen Ton treffsicherer und leichthändiger Ironie, der in der deutschsprachigen Literatur so selten ist.« *Ralf Konersmann / FAZ*

Jakob Arjouni im Diogenes Verlag

Happy birthday, Türke!

Ein Kayankaya-Roman

»Privatdetektiv Kemal Kayankaya ist der deutsch-türkische Doppelgänger von Phil Marlowe, dem großen Kollegen von der Westcoast. Nur weniger elegisch und immerhin so genial abgemalt, daß man kaum aufhören kann zu lesen, bis man endlich weiß, wer nun wen erstochen hat und warum und überhaupt.
Daß *Happy birthday, Türke!* trotzdem mehr ist als ein Remake, liegt nicht nur am eindeutig hessischen Großstadtmilieu, sondern auch an den bunteren Bildern, den ganz eigenen Gedankensaltos und der Besonderheit der Geschichte. Wer nur nachschreibt, kann nicht so spannend und prall erzählen.«
Hamburger Rundschau

»Verglichen wurde Jakob Arjouni bereits mit Raymond Chandler und Dashiell Hammett, den verehrungswürdigsten Autoren dieses Genres. Zu Recht. Arjouni hat Geschichten von Mord und Totschlag zu erzählen, aber auch von deren Ursachen, der Korruption durch Macht und Geld, und er tut dies knapp, amüsant und mit bösem Witz. Seine auf das Nötigste abgemagerten Sätze fassen viel von dieser schmutzigen Wirklichkeit.«
Klaus Siblewski / Neue Zürcher Zeitung

Verfilmt von Doris Dörrie, mit Hansa Czypionka, Özay Fecht, Doris Kunstmann, Lambert Hamel, Ömer Simsek und Emine Sevgi Özdamar in den Hauptrollen.

Mehr Bier

Ein Kayankaya-Roman

Vier Mitglieder der ›Ökologischen Front‹ sind wegen Mordes an dem Vorstandsvorsitzenden der ›Rheinmainfarben-Werke‹ angeklagt. Zwar geben die vier zu, in der fraglichen Nacht einen Sprengstoffanschlag verübt zu haben, sie bestreiten aber jegliche Verbindung mit dem Mord. Nach Zeugenaussagen waren an dem Anschlag fünf Personen beteiligt, aber von dem fünften Mann fehlt jede Spur. Der Verteidiger der Angeklagten beauftragt den Privatdetektiv Kemal Kayankaya mit der Suche nach dem fünften Mann...

»Jakob Arjouni: der jüngste und schärfste Krimischreiber Deutschlands!«
Wiener Deutschland, München

Ein Mann, ein Mord

Ein Kayankaya-Roman

Kayankaya sucht Sri Dao, ein Mädchen aus Thailand: sie ist in jenem gesetzlosen Raum verschwunden, in dem Flüchtlinge, die in Deutschland um Asyl nachsuchen, unbemerkt und ohne Spuren zu hinterlassen, ganz leicht verschwinden können – wen interessiert ihr Verschwinden schon.
Was Kayankaya – Türke von Geburt und Aussehen, Deutscher gemäß Sozialisation und Paß – dabei über den Weg und in die Quere läuft, von den heimlichen Herren Frankfurts über die korrupten Bullen und die fremdenfeindlichen Beamten auf den Ausländerbehörden bis zu den Parteigängern der Republikaner mit ihrer alltäglichen Hetze gegen alles Fremde und Andere, erzählt Arjouni klar, ohne Sentimentalität, witzig, souverän.

»Jakob Arjouni ist von den jungen Kriminalschriftstellern deutscher Zunge mit Abstand der beste. Er hat eine Schreibe, die nicht krampfig vom deutschen Gemüt, sondern von der deutschen Realität her bestimmt ist, das finde ich einmal schon sehr wohltuend; auch will er nicht à tout prix schmallippig sozialkritisch auftreten.« *Wolfram Knorr / Die Weltwoche, Zürich*

Edelmanns Tochter

Theaterstück

Ein Bahnhof im wiedervereinigten Deutschland. Hinz und seine Tochter Ruth sitzen im Hinterzimmer des Bahnhofrestaurants und warten. Nach vier Jahrzehnten kann der Vater sich nicht länger den drängenden Fragen und Ahnungen seiner Tochter entziehen. Im Kampf um eine neue Identität, die es ihm leichter machen soll, Schuld und Schicksal zu verdrängen, hat sich der Alte tief in ein Knäuel aus Lebenslüge, Leere, Hilflosigkeit und Selbstvorwürfen verstrickt.
Ein Stück über gegenseitige Achtung, über eine Vater-Tochter-Beziehung und über die Frage nach den Grenzen von statthafter Einflußnahme. Jakob Arjouni ergreift nicht Partei, er beobachtet Menschen und keine literarischen Modelle. In prägnanten Sätzen befaßt sich der junge Autor mit dem Phänomen Deutschland: Schuld und Vergangenheit, das Dritte Reich, die Wiedervereinigung und die Tatsache, daß noch gar nichts erledigt ist…

»Arjouni weiß als Dramatiker genauso wie als Krimiautor, wie er Spannung erzielt, ohne platt zu wirken.«
Christian Peiseler / Rheinische Post, Düsseldorf

»Seine Texte haben Qualität. Sie sind ambitioniert, unaufdringlich-provokativ, höchst politisch. Dabei sind sie weder billig-appellativ noch vordergründig, besitzen in jeder Hinsicht Stringenz.«
Barbara Müller-Vahl / General-Anzeiger, Bonn

Magic Hoffmann

Roman

Fred, Nickel und Annette – sie sind jung, die Welt – nicht die, in der sie leben – steht ihnen offen. Sie träumen gemeinsam einen Traum, und der hat einen Namen: Kanada. Magic Hoffmanns Weg von Dieburg nach Vancouver führt über den Knast in das Berlin nach dem Mauerfall, wo er seine Freunde und sein Geld abholen will – doch *the times they are a-changin'*.

»Der Roman *Magic Hoffmann* trägt die Züge einer Kriminalgeschichte, und jedenfalls ist er so spannend, wie man es von einem Krimi nur verlangen kann. Doch zugleich ist er mehr: ein Roman über die neue Hauptstadt Berlin aus der Sicht eines Underdogs aus der Provinz ... Eine Verbeugung vor dem größten aller Berlin-Romane, Döblins *Berlin Alexanderplatz*, und seinem Helden, dem Haftentlassenen Franz Biberkopf.« *Gustav Seibt / Frankfurter Allgemeine Zeitung*

Ein Freund

Geschichten

In Arjounis Geschichten gehorcht das Leben kaum je den Regieanweisungen: Meist läuft es anders, und oft geht es unerwartete Wege. Da heuert ein Theatermann einen Trampenden an, für ihn den Jugendfreund zu spielen, weil er vor seinen Kollegen nicht als Arbeits-Zombie dastehen will. Der alte Kanter findet in ländlicher Zurückgezogenheit mehr als seinen Frieden. Ein Schriftsteller glaubt, als Geisel eines Banküberfalls das wahre Leben zu entdecken. Gambler und Loser, Tagträumer, Söldner und jene, die den großen Reibach machen: In Arjounis Geschichten kommt es zu unvermuteten Begegnungen in den verschiedensten Milieus.

»Arjouni hat den genauen, gnadenlosen Blick.«
Der Tagesspiegel, Berlin

Andrej Kurkow

Picknick auf dem Eis

Roman. Aus dem Russischen
von Christa Vogel

Ein Tagträumer wie Viktor hat es schwer im Kiew der Neureichen und der Mafia. Ohne Geld und ohne Freundin lebt er mit dem Pinguin Mischa und schreibt unvollendete Romane für die Schublade. Um zu überleben, verfaßt er für eine große Tageszeitung Nekrologe über Berühmtheiten, die allerdings noch gar nicht gestorben sind. Doch dann geht Viktors Wunsch, seine Texte abgedruckt zu sehen, beängstigend schnell in Erfüllung. Ein Sittenbild vom Kiew der Nachwendezeit und gleichzeitig ein rasanter Thriller.

»Pinguin Mischa ist nur eine Nebenfigur. Aber was für eine! Er watschelt durch diesen unwiderstehlich komischen und spannenden Roman über die postkommunistische Mafia-Gesellschaft Kiews, ein stummer, melancholischer Zeuge des ganz alltäglichen Irrsinns, den Andrej Kurkow in *Picknick auf dem Eis* schnörkellos und leicht und mühelos ausbreitet: ein Krimi und eine Familiengeschichte, ein Buch über rätselhafte Tode, verunglückte Liebesgeschichten, unerwartete Casino-Gewinne und gelassene Abschiede.«
Matthias Matussek / Der Spiegel, Hamburg

»Die Geschichte hat mehrere doppelte Böden. Sie führen übers Makabre und Phantastische zu überraschenden Blickwinkeln. Aber nicht nur in der Spannung liegt das Vergnügen der Lektüre. Andrej Kurkow, der auch schon mit einigen Filmdrehbüchern Erfolg hatte, schreibt eine schnörkellose Prosa, die reich ist an hintergründiger Komik und sarkastischem Witz.« *Berliner Morgenpost*

»*Picknick auf dem Eis* hat eine ganz eigene poetische Melancholie.« *Brigitte, Hamburg*

Bernhard Schlink im Diogenes Verlag

Der Vorleser

Roman

Eine Überraschung des Autors Bernhard Schlink: Kein Kriminalroman, aber die fast kriminalistische Erforschung einer rätselhaften Liebe und bedrängenden Schuld.

»Ein Höhepunkt im deutschen Bücherherbst. Eine aufregende Fallgeschichte, so gezügelt wie Genuß gewährend erzählt. Das sollte man sich nicht entgehen lassen, weil es in der deutschen Literatur unserer Tage hohen Seltenheitswert besitzt.«
Tilman Krause / Tagesspiegel, Berlin

»Ein genuiner Schriftsteller kommt hier ans Licht. Nach drei spannenden Kriminalromanen ist dies Schlinks persönlichstes Buch.«
Michael Stolleis / FAZ

»Der beklemmende Roman einer grausamen Liebe. Ein Roman von solcher Sogkraft, daß man ihn, einmal begonnen, nicht aus der Hand legen wird.«
Hannes Hintermeier / AZ, München

»Die Überraschung des Herbstes. Ein bezwingendes Buch, weil eine Liebesgeschichte so erzählt wird, daß sie zur Geschichte der Geschichtswerdung des Dritten Reiches in der späten Bundesrepublik wird.«
Mechthild Küpper / Wochenpost, Berlin

Selbs Justiz

Zusammen mit Walter Popp

Roman

Privatdetektiv Gerhard Selb, 68, wird von einem Chemiekonzern beauftragt, einem ›Hacker‹ das

Handwerk zu legen, der das werkseigene Computersystem durcheinanderbringt. Bei der Lösung des Falles wird er mit seiner eigenen Vergangenheit als junger, schneidiger Nazi-Staatsanwalt konfrontiert und findet für die Ahndung zweier Morde, deren argloses Werkzeug er war, eine eigenwillige Lösung.

»Selb, eine, auch in ihren Widersprüchen, glaubwürdige Figur, aus deren Blickwinkel ein gesellschaftskritischer Krimi erzählt wird.«
Jürgen Kehrer / Stadtblatt, Münster

»Selb hat alle Anlagen, den großen englischen, amerikanischen und französischen Detektiven, von Philip Marlowe bis zu Maigret, Paroli zu bieten – auf seine ganz spezielle, deutsche, selbsche Art.«
Ditta Rudle / Wochenpresse, Wien

1992 verfilmt von Nico Hofmann unter dem Titel *Der Tod kam als Freund,* mit Martin Benrath und Hannelore Elsner in den Hauptrollen.

Die gordische Schleife

Roman

Georg Polger hat seine Anwaltskanzlei in Karlsruhe mit dem Leben als freier Übersetzer in Südfrankreich vertauscht und schlägt sich mehr schlecht als recht durch. Bis zu dem Tag, als er durch merkwürdige Zufälle Inhaber eines Übersetzungsbüros wird – Spezialgebiet: Konstruktionspläne für Kampfhubschrauber. Polger gerät in einen Strudel von Ereignissen, die ihn Freund und Feind nicht mehr voneinander unterscheiden lassen.

Ausgezeichnet mit dem Autorenpreis der Kriminalautorenvereinigung ›Syndikat‹ anlässlich der Criminale 1989 in Berlin.

Selbs Betrug

Roman

Privatdetektiv Gerhard Selb sucht im Auftrag eines Vaters nach der Tochter, die von ihren Eltern nichts mehr wissen will. Er findet sie, aber der, der nach ihr suchen läßt, ist nicht ihr Vater, und es sind nicht ihre Eltern, vor denen sie davonläuft.

»Ebenso wie *Selbs Justiz* und der 1988 erschienene Band *Die gordische Schleife* bietet *Selbs Betrug* höchstes Lesevergnügen. Die Figur des Gerhard Selb kann gut und gerne in einem Atemzug mit Krimi-Detektiven wie Maj Sjöwalls und Per Wahlöös schwedischen Ermittlern um Martin Beck, mit Manuel Vázquez Montalbáns Katalane Pepe Carvalho und mit Jakob Arjounis Deutsch-Türke Kemal Kayankaya genannt werden.« *Thorsten Langscheid/Mannheimer Morgen*

»Es gibt wenige deutsche Krimiautoren, die so raffinierte und sarkastische Plots schreiben wie Schlink und ein so präzises, unangestrengt pointenreiches Deutsch.« *Wilhelm Roth/Frankfurter Rundschau*

Selbs Betrug wurde von der Jury des Bochumer Krimi Archivs mit dem Deutschen Krimi Preis 1993 ausgezeichnet.

Hans Werner Kettenbach im Diogenes Verlag

»Schon lange hat niemand mehr – zumindest in der deutschen Literatur – so erbarmungslos und so unterhaltsam zugleich den Zustand unserer Welt beschrieben.« *Die Zeit, Hamburg*

»Hans Werner Kettenbach erzählt in einer eigenartigen Mischung von Zartheit, Humor und Melancholie, aber immer auf erregende Art glaubwürdig.«
Neue Zürcher Zeitung

»Dieses Nie-zuviel-an Wörtern, diese unglaubliche Leichtigkeit und Selbstverständlichkeit ... ja, das ist in der zeitgenössischen Literatur einzigartig!«
Visa Magazin, Wien

»Ein beweglicher ›Weiterschreiber‹ nicht nur der Nachkriegsgeschichte, sondern der Geschichte der Bundesrepublik ist Hans Werner Kettenbach. Seine sieben bis acht Romane aus dem bundesrepublikanischen Tiergarten sind viel unterhaltsamer und spitzer als alle Weiterschreibungen Bölls.«
Kommune, Frankfurt

Minnie oder Ein Fall von Geringfügigkeit
Roman

Hinter dem Horizont
Eine New Yorker Liebesgeschichte

Sterbetage
Roman

Schmatz oder Die Sackgasse
Roman

Der Pascha
Roman

Der Feigenblattpflücker
Roman

Davids Rache
Roman

Die Schatzgräber
Roman